# 寻路芳华

*Xunlu Fanghua*

贺彩娜 陈美霞 著

敦煌文艺出版社

## 图书在版编目（CIP）数据

寻路芳华 / 贺彩娜,陈美霞著. -- 兰州：敦煌文艺出版社，2020.6（2022.1重印）

ISBN 978-7-5468-1882-5

Ⅰ．①寻… Ⅱ．①贺…②陈… Ⅲ．①散文集－中国－当代Ⅳ．①I267

中国版本图书馆CIP数据核字（2020）第050020号

**寻路芳华**

贺彩娜 陈美霞 著

责任编辑：赵　静
封面设计：孟孜铭

敦煌文艺出版社出版、发行
地址：（730030）兰州市城关区曹家巷1号新闻出版大厦
邮箱：dunhuangwenyi1958@163.com
0931-8152172（编辑部）
0931-8773112（发行部）

三河市嵩川印刷有限公司印刷
开本 710毫米×1000毫米　1/16　印张 18　插页 1　字数 260千
2020年7月第1版　2022年1月第2次印刷
印数：501~2 500

**ISBN 978-7-5468-1882-5**
定价：48.00元

---

如发现印装质量问题，影响阅读，请与出版社联系调换。
本书所有内容经作者同意授权，并许可使用。
未经同意，不得以任何形式复制。

# 序　言

陈美霞

三十年前，我们相遇在桃林深处的一所专门培养小学老师的中专。都不过十五六岁的年纪，有着圆嘟嘟的、婴儿肥的脸。

那时候没有电话和网络，我们留给对方的联系方式就是姓名。我的姓那么老套，她的姓那么喜庆，我姓陈，她姓贺。不知什么时候，我们成了前后桌。为了学习方便，我们共用一瓶墨水，一起把食堂的饭菜端到教室来吃。她从家里带来的糖蒜被我们就着清淡的饭菜消灭了，以致后面几节课，全班同学和老师都"享受"着驱之不尽的糖蒜味，而我们开心得大笑。那时候我们还有一个共同的朋友晓晓，我们仨，像铁三角一样稳固，以致中专四年，没有哪一个男生敢于追求我们中的任何一位。我们，一路走来。

我们俩住同一个宿舍，经常一起收听节目。有一档节目叫《祝你愉快》，还有一档叫《文留诗窗》，那是我们的最爱。这两档节目里有散文诗、评论，有时候也有小故事。我们试着把自己修改了又修改的文字投过去，又在几天后等待熟悉的女声播送我们的稿子。我在上铺，她仰起脸向我笑了。她脸上细软的汗毛在一缕阳光里透出金粉的质感，两个酒窝里斟满喜气。那些年，我们的日子很甜。

晓晓后来回四川老家了，我俩也分离了，相距100多公里。我们有了各自的朋友和同事，书信渐渐稀少，甚至于各自结婚都不曾通知对方。

能调回省城，在那些日子成了梦想，而她的梦想实现了。那些日子，我们彻夜长谈，总是舍不得睡去。我们不怀旧，不伤时，课堂和学校始终是我们的话题。泡一杯红茶，就着满桌的话梅、瓜子说细节，有点像教研组活动，又像特殊的培训会。有时候她会问我，她给我说过的某些方法我有没有实践，这时候我就有些不好意思，而她总是和气地笑。我们相视的目光里，总有对对方的敬意。

她后来果然成了名师！我多么高兴啊。我们开始在电话里谈论一些事情，我也开始参加她工作室的活动。我撰写的文章即将变成书籍的时候，需要她的简介，她发过来的文字让我吃惊。厚厚的日子，被她装订成了厚厚的作品，可她总是不提，而我那些四散的电子版文字，她却收藏了，并转给了她的朋友。我们相视而笑，像戳破了一个秘密。

我们的假日开始变得忙碌起来。我们在树荫下打牌，去她的发小家聚会，去登山，去公园，去商场，甚至去外地游山玩水。我们喜欢在旅游淡季去看他乡的菜市场，看农民背着新鲜的滴着露水的菜叫卖；喜欢品尝不常见的水果，并探讨某些野菜的特殊做法。我们穿过市场的时候总是有许多感叹，比如有些药材身上那些不入药的部分可以当菜卖，有些花可以用来涮火锅。我们交谈的时候口舌生津，薄荷、玫瑰、马齿苋、蒲公英的味道顿时氤氲起来。那些日子芬芳、平淡而美好。

我们看见日出的感动、月落的安详，用手机在"打卡点"拍下身影，然后落墨成文。我们来不及向岁月交代自己多么幸福，岁月就匆匆过去了。我们选取了一些与山水共处的日子记录下来，犒劳忙碌的工作中那颗长久劳累的心。写文的过程像捡起沙滩上的一个个贝壳，成书的过程却像串起一颗颗珍珠。在岁月深处被打磨得透亮的心境，原本就高于生活本来的沉重，而文字是多么值得敬畏的东西啊！我们的文字质朴、真诚、不事张扬，像心的底色。

看景色，最美不过照片；读故事，最有趣不过传奇。每一次能够动身去远方的时候，我们都会轻轻关好房门，做好不再惦念的准备，把工作和生活交给昨天，把困难和梦想留给明天。我们开始在飞驰的车上看不断倒向后方的群山和道旁树，行人纯是陌生，世界开始新奇。我们的眼睛又一次清亮，静下心来，才可以从云端开始，认真地看世界。

树木丛生，花开花落，小草枯黄的叶儿摸着我们的鞋底。陌生的树干上，陌生人的名字长成斑驳的样子，在许多名胜古迹的门口等待着我们。那些熟悉的树木像失散多年的亲人，从未见过的则像相亲的对象。我们可以找一处茶园停留，品一杯醇香的热茶……在我们原本平淡无奇的生活中，每一件物品都开口说话。在水和风的源头，在冰储藏的地方，我们让脚印代表生命，印上一个吻。归来的时候，让我们心意饱满的东西太多太多。感动生命的只有生命，娱乐自己的还是自己。

文字或深或浅，岁月或快或慢。我们是彼此的老陶器，在光阴故事的淬炼中越来越珍贵，越唯一。不说感谢，因为难以分割的实在太多。敬畏生命，无语美好。

是为序。

# 目 录
## Contents

**贺彩娜篇**

壶口瀑布 / 003

站在壶口 / 005

生死相依的胡杨 / 007

胡杨林的色彩 / 009

古镇 / 011

老街 / 012

戈壁枯草随唐诗远去 / 014

向西，在戈壁荒滩的路上 / 016

秋日偶遇钟鼓楼 / 017

弱水河畔牵手共舞 / 019

戈壁那轮明月 / 021

山林的清晨 / 023

相遇江南 / 025

出发，徒步户外 / 031

跳锅庄舞的夫妇 / 033

遇见露骨山的烟雨 / 035

靖边波浪谷 / 038

洛带的那个午后 / 040

曹家坪的紫斑牡丹 / 043

注视陶器的目光 / 045

遥望年保玉则的风雨 / 047

云雾中徒步马衔山 / 049

秋色浸染诗意兴隆山 / 052

冬日的海甸峡 / 055

暮秋走进红河谷 / 058

风声在耳，暮秋的太白山 / 060

太白秋月 / 062

冬季走近永登丹霞 / 063

登顶康乐莲花峰 / 065

相逢，冬日里的大墩峡 / 067

冰雪歧儿沟 / 069

穿越泥泞石骨岔 / 072

风雪飘飞坎布拉 / 075

负重前行——穿越深谷雪野 / 078

太平沟遇见高山杜鹃 / 081

溯溪徒步徽县 / 084

光雾山的秋叶 / 095

厦门印象 / 101

北海北，温暖如春 / 116

路过海南 / 120

南京，南京 / 124

漫步桂林 / 132

闲步阆中古城 / 149

古都长安 / 152

行舟三峡 / 160

彩云之南 / 162

行走鄂湘 / 171

天祝——离天空很近的地方 / 182

## 陈美霞篇

再到武汉 / 187

夜游武汉光谷广场 / 192

浮光掠影去杭州 / 195

马兰，寂静的马兰 / 198

又见蜀葵 / 201

伏羲庙里的古柏 / 205

新舟与水舞 / 208

高原印象 / 211

冶力关的红桦树 / 215

烈日当空登莲峰 / 217

为官滩去，从太平来 / 220

坐听梨花风起时 / 223

草原小记 / 231

望山抒怀 / 235

冬日况味 / 236

冬日听晴 / 238

河州散记 / 240

暮秋湖上日出 / 250

我与土地的无尽缠绵 / 253

那些有炊烟的日子 / 256

播种小麦、诗歌和爱的季节 / 259

大墩峡，平静下来的繁华 / 262

西海的夜 / 266

闻雪 / 268


后记　山水辞 / 273

# 贺彩娜篇

登高极目才知天地之大；在苍茫之间才知生之卑微；在与山水的相处里才懂得如何跟自己相处。你若澄澈，世界就如明镜倒映蓝天白云；你若简单，世界上的各种算计就无用武之地；你若内心修篱种菊，世界自然会避开车马喧嚣。人生是一场有去无回的旅行。唯愿每天都深情地活着，将风、雨、雪酿成一杯美酒，让自己沉醉，将生命开成一场绚烂的花事。

# 壶口瀑布

从涓涓细流到潺潺小溪，再到黄河上游的铿铿锵锵，此时如同换了一个模样，摇身一变，瞬间成了狂奔的骏马，不受羁绊地向前。

那是生命中原始的奔突、蓬勃。跳跃着的疯狂，将所有的约束和羁绊都撕得粉碎，扔在脚下。

宣泄着千百年来的压抑与忍让，以及谦卑行进的姿态。在平原，在山谷，它已经被困多年。此时它拥有了能够自由飞翔的峡谷，于是便奋不顾身、无所顾忌、坦坦荡荡地向前。哪怕万丈深渊，哪怕万劫不复，它也唯有纵身一跃。哪怕粉身碎骨，哪怕撕心裂肺，哪怕痛不欲生，它都得闯过去，闯过去。

水原本是柔弱的，但在这时，它变得强大，发出自己的声音，汇成震天的轰鸣，撞击出一片新的天地。遇山便冲毁它们，遇石就撕碎它们，没有什么可以阻挡它向前的脚步。

也许有人在它怒视的目光下会胆怯，也许有人在他强大的力量面前会退缩，但他不会在意，没有什么可以阻挡他前进。

它不需要赞美的词藻，也不需要树立丰碑，它用自己的力量与气势，在天地间汇成了一首绝唱。

凤凰涅槃，浴火重生，它义无反顾地倾泻而下。

雄浑的怒吼和咆哮，急速向前之后的酣畅淋漓。掀起惊涛骇浪，发出雷鸣震天。

而我静静伫立，每个毛孔都充盈着沸腾的热血，每个细胞都情不自禁战栗。

轰轰烈烈，热热闹闹，一路高歌，一路喧嚣，这样热血奔腾的生命可以凝聚多少气度与力量？

想起青春的狂妄与张扬，想起青春的力量，它们足以涤荡所有的沙石，用全部的热情迎接日出月升，每天都写满了新鲜与快意。如同激流，只要有出路，就会一路狂奔，不顾左右，不顾身后，只知向前、向前。日夜不停，不知疲惫，擂鼓狂歌，似乎生命的全部意义就是披荆斩棘。

或许人生不需要像壶口瀑布一样惊心动魄、荡气回肠，也不会像黄河一样一路欢歌、一帆风顺，唯有坚持自己的内心，过好每一刻。或许人生的最佳状态就是无愧于心，就是汹涌澎湃后的内心繁华。

# 站在壶口

生命经历了坦荡如砥，总想要寻找一些波澜壮阔，起起伏伏。于是沿黄河九曲十八弯，阅尽它的奔涌与平缓，它的碧绿与浑浊。

据说壶口瀑布是龙王发怒破石而造，大禹治水才将石凿开，使黄河水位下降。身居黄河底的龙王无处安身，一时发怒，破石入地，向下钻，尾巴不断拍打下游的岩石，于是就有了"十里龙槽"。玉帝赐壶锁住蛟龙，从此龙王便身居龙槽，再不敢上岸危害百姓。

实际上，由于地壳变化，壶口段原本平坦的河堤断成两截，南头下沉，中间形成一段缺口，缺口经数千年的河水冲刷，越来越深，越来越长，便形成了今天的"十里龙槽"。

我从千里之外而来，赶到壶口瀑布已经是傍晚六点。蔚蓝的天空，几丝白云轻盈地点缀着。黄河波平浪静，缓缓地从山间走来。我们从龙桥走过，脚下的河水安分守己地从河道流过。

我们却迫不及待地奔向水声震天的瀑布。远远望去，水沫如烟雾一般从河面升腾而起。河水如一把把利剑，劈开山峰，穿透山石，拥挤而出。宽阔的河床上，河水泛起无数波浪，欢笑着，狂舞着，似奔赴千年之约；咆哮着，怒吼着，肆意宣泄心中的激情。浑浊的波浪争先恐后，横冲直撞，奔涌向前，如千军万马，以排山倒海之势向壶口扑来。

一股股浊流呼啸着飞泻而下。浊浪滔天，水雾腾空，似战鼓齐鸣，杀声震天，似有山崩地裂、天翻地覆之势。

河中的巨石激起千层浪,向你迎面扑来。你渺小如一粒飞沫,不知飘向哪里,唯有与巨浪融为一体,才能感受到在人生战场上厮杀的酣畅淋漓。你就是浪头上仰天长啸的那员大将,哪怕前方是万劫不复的深渊,你也会率领千军万马,奋不顾身地冲向敌阵。你的利箭在长空中划过一道闪电,千万铁蹄在坚硬的巨石上发出惊天动地的轰响,似要改天换日,颠倒乾坤。

似是秦兵东来,席卷六国,一扫残云;如刘邦踏响秦关大地,一统江山;又似唐宗边疆厮杀,汉武燃起大漠狼烟。在历史的长河里的"壶口"这一段,写满了激情澎湃的疆场鼓韵,铸满了男儿血洒边疆的雄魂。

看,峡谷擂响千面安塞腰鼓,鼓声隆隆,击打出满腔激情,似浪花飞扬;听,黄河奏一曲赞歌,心随旋律起伏。黄河两岸的儿女和着黄河的韵律齐唱一曲《黄河大合唱》,歌声嘹亮,响彻山谷;听黄河的大声独白,诉说它九曲十八弯的艰辛与豪情。

"九曲黄河万里沙,浪淘风簸自天涯。"黄河历经曲折险阻,依旧奔腾不息,在壶口绽放出最壮丽、最耀眼的光彩。

壶口的每一滴河水都会点燃一个生命,那些选择坦途的流水可以安逸向前,即使跌入悬崖,也会很快归于平静,然后一路向东,缓缓归于大海。那些迎面扑来的飞沫弥漫在空气里,很快会消散。而那些站在风口浪尖的水滴,以奋不顾身和勇往直前的姿态,告诉我们青春的生命就是用来奔腾的。

## 生死相依的胡杨

"如果爱她，就带她去看胡杨林，三千年的守望，只为等待你的到来。"不倒的胡杨写满了坚贞不屈的爱情，见证了天长地久的真情告白。

不管风云如何变幻，也改变不了他岿然不动的身姿。白云飘浮的蓝天之下，那生死相依的胡杨静立沙海深处。

树的一半已经干枯，在岁月的风中倾倒，就在将要倒地的时候，他紧紧地托住了她，陪她度过死后的千年。

他将根深深扎入泥土，枝繁叶茂，每一片叶子都在风中歌唱，因为有她的陪伴，因为他是她唯一的依靠。

只有这样灿烂地活着，才会有千年相依的时光，在他们身旁宁静地流淌。唯有如此相依相偎，才可以在风沙飞扬的夜晚，共享月色的温柔，在风中沙沙细语，默默相望。

伸展的枝叶直指天空，根深深扎入泥土，在泥土下紧紧相握，久久相守。

习习微风清爽，大漠对着蓝天，他与她于夕阳下对望，霞光尽染金黄的枝叶，任岁月流淌。不需要语言，就在目光交融的一瞬，默契相通，心心相印。

暮色苍茫，秋夜初凉，碧绿的枝叶开始苍黄。熟悉的颜色、熟悉的姿态，相扶、相依于千年的夜色里。黄了又绿，绿了又黄，千年的陪伴，无声地融入沧桑的年轮。

每一片叶子都在风中轻唱，在月色里温柔诉说。金黄的发梢，轻柔地抚摸她干枯的皮肤。深陷的裂纹，岁月的流转，不变的是他那份生死相依、终身陪伴。即使已经老去，依然用如盖的枝叶为她遮风挡雨，依然将她拥入怀中，和她共享明月星辉，依然用自己的身体托她挺立，与她并肩站在风里。

如此魂牵梦萦的三千年，世间有谁堪比？即使相约三生三世，下一世是否可以遇见？

那并肩站立的胡杨，生死相依的胡杨，可以见证海枯石烂、天长地久的美好的爱，也谱写了一段荡气回肠、亘古不变的永恒的情。

# 胡杨林的色彩

"三千年的守望,只为等待你的到来。"一句话触动了我,让我对额济纳旗的胡杨林充满了向往,于是在胡杨最美的季节去看它。

十月的额济纳旗,因为有了胡杨,一个人口两万的县城一天要接待四十多万来自各地的游客。额济纳旗每年最美丽的时间就十几天,在这十几天里,一张床千元难求,但车辆依然成龙,人们不远千里而来,就是为了一睹大漠奇树。我们车行两天,到达额济纳旗已是子夜两点。为了心中的梦想,有时候就需要这样执着的坚持,不顾长路漫漫,不顾夜色沉沉,向前,只有不断向前,才会离目标越来越近,才会在看到目的地时兴奋不已,那一刻,所有的努力都值了。

第三天清晨,我们披着霞光,进入了这片神奇的地方。就在目光与它相遇的瞬间,所有的车马劳顿烟消云散,震撼也随之而来。

胡杨呈现出最美丽的色彩,一色的金黄铺天盖地,冲击着你的眼球;高大的树冠铺展成伞,舒展在你的眼前;形态各异的枝干,在荒芜的沙漠里向上伸展。美丽的风景,静静地绚烂成一幅色彩斑斓的油画。

在这片荒漠戈壁上,只有胡杨站立着,抗干旱、御风沙、耐盐碱。没有生命的雨露,它们的根便向地下蔓延,根系可以达十米深,在松软干旱的细沙中攫取微弱的养分。在恶劣环境中,它们奇迹般地存活了6500万年。

这种坚强而神奇的生命,震撼着我不敢向前。远远凝望,每一棵胡杨都写着不同的美丽风姿。大自然偏爱于此，将所有的金黄尽情而随意地铺撒在这里，似乎凝聚了所有阳光的色彩，浓缩在每一枚叶片中。

你淡看云卷云舒，任风云变幻，宠辱不惊。唯有你可以在千年的风霜寒暑中，将根深深扎入大地，即使是干涸荒芜的盐碱地，为了生存，你也可以将盐碱一同融入体内。没有人知道那份苦涩与艰辛，只知道你承受、忍受，不诉亦不屈。

你也静观人来人往，任他们在你的身旁风姿绰约，观赏你，赞美你。但你没有被簇拥而来的人们惊扰，而是在沙漠之中静静挺立，让桀骜不驯的枝叶直冲云霄，铮铮铁骨，千年屹立。

我静坐在你的一段枯木旁。我不知你经历了什么，也不知你在哪场狂风暴雨中抑或电闪雷鸣时干枯了自己的肉体，然后让不屈的精神沿枝干飘扬。

神奇的还在于你的叶子，有的纤细如柳，有的圆润若银杏，还有的叶边呈锯齿且状如枫叶，所以人们又叫你三叶树，越是年轻的树，细长如柳叶的叶子越多。头顶的金黄色枝叶间泻下丝丝缕缕的阳光，嫩黄的叶片上脉络清晰，写着岁月的痕迹。

树下的梭梭林、骆驼草、红柳错落生长，以淡淡的黄色点缀在胡杨的脚下，以柔弱的形象衬托着胡杨的伟岸。

穿行在胡杨林中，一片片金黄扑面而来，成为秋天最美的色彩。

# 古镇

一种仿若前世有约的感觉弥漫在心头。

青砖绿瓦，青松苍翠，炊烟袅袅，老树婆娑。古镇站在历史的风中，近百年没有改变，珍藏着温馨的记忆。

细雨蒙蒙的清晨，沿着绿意，在镇中的小巷漫步。唯有在古镇，还存在那种缓慢与优雅；唯有在古镇，还可以听到古老的声音；唯有在古镇，才可以看到百年前的模样；唯有在古镇，才可以了解生活于斯的人们的状态；唯有在古镇，才可以想象自己前世的模样。古镇是一个连接灵魂的地方。

或许，你还心有眷恋，在二月的春风中，剪下一缕牵绊，在春花欲燃的时节流连忘返。

岁月辗转成歌，唯有古镇静立曲中。时光流逝如花，唯有古镇的绿点点摇曳。

在古镇的缕缕炊烟中，将记忆拉回百年前的村庄，泥土的清新气息扑来，心宁静而舒展。

# 老街

漫步在古老的青石板小路上，两边的建筑也是几百年前的样子。沧桑的青瓦静立在时光里，迎接风雨的洗礼。它们在阳光下沉默如一位老人，又在雨夜唱出清脆的歌声，穿越时空。它们站在历史的高度张望着未来。

褪色的木门木窗还保留着昨天的繁复模样，那些褪色的雕刻诉说着昨日的日升月落，各式图案蕴含着不同的传说和故事。我们是匆匆的过客，无暇去细细品味，只有它们自己铭记着时光的痕迹，又在时光中独自苍老。

只有屋前的古树日夜陪伴着它们，在一个个群星闪耀的夜晚，在微风中，轻声讲述一天的见闻，历史的变换，日月的轮回。一间间老屋，在古树的花开花落里迎接每天的日出。

绕在房前屋后的小溪跳动着生命的韵律，在月光下闪光，唱出灵动的歌声，老街也因此更富生命力。溪边和石板路的缝隙里长满了不知名的小草，它们摇曳着，无论别人欣赏还是不欣赏，它们都绿得可爱，绿得自由，也绿得快乐。

老屋前的古街人来人往，几百年来，它还如昨天的模样。看惯了钢筋水泥构筑的城市，厌倦了人声的嘈杂，身心在日复一日的忙碌中疲惫，所以格外想找一个世外桃源安慰自己的心灵。于是越来越多的人来到了这里，想寻找遗失的精神家园。

于是住在老街的人们将老屋装点起来，让古老的外表下包容许多新的东西。这种新旧交融的老街越来越多，它们承担着记载历史、传承历史、演绎历史的重任。

　　走在厚重的历史古道上，欣赏老屋的新颜与旧容。只见各式店铺林立，一些老人坐在里面，轻声讲着价钱，悠闲而随意地卖着东西，有些是手工艺品，自己做自己卖，也就不在意价钱了。他们的脸上挂着笑，不慌不忙地收钱、数钱，很幸福的样子。也有一些老人在自家院里喝着茶，打着麻将，电视里传出悠扬的老歌。树下的一位老人说，年轻人都出去打工了，只有老人陪伴着老街。据说政府让他们搬到新城里，他们没有去，因为难以割舍对老街的感情。慢慢地与老人聊着，忘记了时光的流逝，老街的魅力也正在于这些老人们的记忆。顺着他们的目光，我们看到了更远、更多，品味到的也更醇厚、质朴。

# 戈壁枯草随唐诗远去

大漠一声声的呼唤，敲击着我在城市里生活久了的狭小心灵。茫茫戈壁的沉沙，在无月的夜回荡在唐诗的句子里。我渴望与它们重逢，却不知是否是数年前的模样。

荒蛮的戈壁，静默在历史的长河中。岑参在边疆策马扬鞭，谱写边塞诗的铿锵之气，飘荡在唐诗的天空里。王维那匹出塞的瘦马，从遥远的丝绸之路走来，只为那句"大漠孤烟直，长河落日圆"。

大漠孤烟雄浑悲壮，天边一抹豪迈的夕阳。那一瞬间，我似乎明白了诗人们千年的惆怅。他们站在天地间凝视着远方，茫茫牧草不曾淹没他们期待的目光。穿越大唐纷飞的战火，他们的生命就是一棵千年胡杨，无声地在苍穹擎天傲世。

我蹲下身来，轻抚那戈壁枯草，那枯黄的茎叶历经了风沙侵蚀，风干的绿色经历了烈日曝晒，但它们依然向上，如坚硬的十指不屈地伸向天空。在戈壁深处，在荒芜的世界里，我读不懂它们的坚持，如同我琅琅地诵读唐诗时，品不出各种滋味。但在无数的风雨飞沙中，在历史的长河里，它们的血液慢慢渗入我的皮肤，穿过我的血肉，一次次地撞击我的心灵，浸泡着我的灵魂，涤荡着我的思想。

此时，我就是戈壁的一棵枯草，成为枯黄一片中的一点，在夜幕下仰望诗人离我远去，他们带走的是我们内心深处的那份诗意栖居和情怀。

在夜色中，我们蜗居的城市灯火辉煌，唯独没有了那轮诗意的明月。

高楼遮挡的月光无法照亮我们,只有冷冷地随诗歌一起离我们远去。我们也不去张望,而是在繁华中沉沦,在无诗无歌的生活中枯黄一片。

## 向西，在戈壁荒滩的路上

从兰州出发。一路向西，沿河西走廊，行走在丝绸之路上。

最初的村庄里还可以看到绿色绵延，渐渐地就只有戈壁，只有风车，只有秋季天空下的枯草在阳光下寂寥了。裸露的沟壑蔓延到天边，生命显得格外渺小，沙尘在车后飞扬。

我们可以快速与它们擦肩而过，而在过去，驼队要在一声声单调的驼铃声中，慢慢晃到天涯。但是千万年的历史也只是白驹过隙。

几小时行驶在初秋的枯草间，单调无聊。每次坐车都睁大眼睛的我，这次也恹恹欲睡。这样的景象就像我的生活一样千篇一律，但我又无法跨越，只有一步步向前。

戈壁的枯草，我想要拂去你身上千年的风霜和沙尘，可你脆弱的身形随时会在风中吹折。在这初秋的夜晚，我无法唤醒沉睡的你。

即使是一棵枯草，也在风中披上了历史的霞光，等待着春风吹又生的时刻，将诗魂点燃。

想象着过去行走在丝绸之路上的商人，是如何度过一个个的不眠之夜；漫漫长路，是什么让他们一天天坚持着行走天涯。渺无人烟的天地间，只有灵魂与他们对话。

叮咚的驼铃声，满载着茶叶和丝绸的商队，曾一路书写着繁华和昌盛。

现在这一切都化为戈壁的石块，抛却在荒漠之中，忍受千年孤寂。

# 秋日偶遇钟鼓楼

一个秋日的午后，暖阳微醺，我坐在酒泉某高楼大厦顶层咖啡厅的角落里，品一杯咖啡，度过一个由于车坏需要修理，所以无法继续前行的下午时光。

人生有许多的意外和不容易，我们是心情沮丧地抱怨，还是坦然接受，然后重新调整自己的计划，去寻找其他的美丽和收获呢？

我们选择了后者。本来计划今天要到额济纳旗的胡杨林，但以汽车目前的状况，至少四五个小时要耗在酒泉了。于是我们漫步在酒泉市的街头。

已经完全找不到酒泉二十年前的样子了。戈壁已经变成绿洲，荒滩上建起了一幢幢高楼。秋色里，人们安闲地漫步。

酒泉有一个美丽的传说：西汉时骠骑将军霍去病大败匈奴，汉武帝赐御酒犒赏。将军以为功在全军，但酒少人多不够分配，于是便倾酒入泉，与众将士取而共饮，酒泉因此而得名。

透过玻璃，忽然望见古朴的酒泉钟鼓楼站在我的前方。汽车在它的身旁来往，人群在它的脚下穿行。

钟鼓楼在东晋的明月里静立千年，打更报时，祈一方平安。但它无法阻挡战争的硝烟，无法阻挡外族的侵略，在清朝同治年间毁于战火，又于光绪年间重修。

钟鼓楼坐落于酒泉古城中央，外墙的青砖写着沧桑，留着历史的厚重。三层的木楼，东西两面分别悬挂"声震华夷"和"气壮雄关"的巨幅匾额。特别引人注目的是浮雕下面的门额，分别为"东迎华岳""西达伊吾""南望祁连""北通沙漠"，四句话点明了酒泉优越的地理位置和山川胜景。

凝望钟鼓楼，仿佛千年前的明月就在眼前，我们就是匆匆过客。和它千年的静立相比，我们就是一粒沙，很快就会消失在时空之中。这次要不是车出状况需要修理，我们将没有时间站在它的面前。所有的相遇都是机缘巧合，所有的一切都是最好的安排。

想想几百里外，嘉峪关、阳关与它遥相呼应。一路向西，它们在祁连山下，点缀着丝绸之路的雄伟风光。

想当年，钟鼓楼旁，霍去病将军金戈铁马，少年英俊，风华正茂，率十万大军西征杀敌，威震塞外。

每一处古迹都有一段荡气回肠的历史，浓墨重彩地涂抹在天地间。每一处古迹都有一段可歌可泣的故事，悠远深邃地回荡在历史的天空。

而这一切就在一个秋日的午后与我偶遇。

# 弱水河畔牵手共舞

弱水河畔，西王母的一滴相思泪，滑入巴丹吉林沙漠，流淌在额济纳旗的大地上。

弱水河畔，化仙而去的老子，早已将人生搁浅在沙海，只留下一个神话，在水面荡漾。

霍去病、李广曾在弱水饮马，张骞出使西域，出阳关，入居延，弱水忽左忽右，沿丝绸之路向前。

王维站在历史的风中策马扬鞭，在弱水的朝霞中写下诗行，与鸟儿齐飞在芦苇丛中。

十六万土尔扈特人回归故土，进入额济纳河流域，在弱水河畔繁衍生息。

历史的天空下，弱水永远都是黄沙与碧波共存，柔情与豪迈交融，传说与现实共舞。

我与你并肩走在弱水河畔的沙滩上，你默念："弱水三千，我只取一瓢饮。"

微笑着望着太阳缓缓升起，洒下万丈霞光。

晨曦中临水站立，雾气弥漫，芦苇轻摇。

有花，有草，有鸟，有停驻的人们，诗的意境总是远离生活，弱水的美丽也只能远远守望。

这里只升起美丽的诗句，人间的炊烟早已被沙海掩埋。情歌飞扬的河畔，也早已湮没在历史的风中。

左或者右，只要有一双手，牵着独舞的我走在岁月的河沿，足矣！

对弱水曾经的想象在此刻静止，止于黄色的沙漠，止于碧绿的河畔。通红的霞光中，所有的色彩勾勒出沙海的完美。

今晨，弱水河畔，再一次将尘封的自己燃烧。一些几乎泯灭的激情随着太阳缓缓升起。有多少日子可以谱写如此光华，有多少青春可以任意挥洒，有多少个瞬间可以在光焰中舞蹈、歌唱？

一千只鸟儿齐飞在沙漠中的一汪碧波之上。生命从来都不止于荒芜，命运从来都不屈服于坎坷！

# 戈壁那轮明月

早晨五点从额济纳旗出发，经阿拉善左旗去金昌。一直到明月升起，我们还在戈壁中穿行。十几个小时的车程，我们依然没有走出茫茫戈壁。

今夜恰逢中秋，月格外圆，也格外亮，忽前忽后地陪伴着我们。荒石和枯草都笼罩在朦胧的月光中。

从风云中的盛唐到烟雨中的晚清，一直到繁盛的今日，那轮明月圆了又缺，缺了又圆，多少重逢的喜悦，多少团聚的幸福在月光下相依相偎。

想起往年的中秋夜，我们在高楼大厦的缝隙间期待一轮圆月，往往是等待了许久之后，盼来的还是躲在云层后面的一层淡淡的月痕，冰冷如钢筋水泥构筑的城市。

平时生活忙碌，以至于没有时间也没有心情抬头望月。即使有时晚归，瞥见的也只是雾霾笼罩下的一轮模糊的月。所以，我不见明月已经许久了。月亮也离我们的生活越来越远。

几缕清风推开浮云的遮掩，一轮明净如水的月，浸染着一卷卷唐诗宋词。

想起"举杯邀明月，对影成三人"，清凉的月夜，李白邀明月共饮，与明月共舞，在月下抒怀。漫漫长夜，明月成为特立独行、豪放不羁的李白夜色中的知己。而我们早已失去了小时候坐在土堆上，双手托着下巴，在夜风中望月遐思的宁静。

"我寄愁心与明月，随风直到夜郎西"，将自己的一片情思寄予明月,希望这千里共有的明月带着我的思念去那偏远之地,聊慰你孤寂的身影。明月可以传情,也可以安慰远方游子孤寂的心灵。

其实生活在城市中的每一个人都是游子,但许多游子早已把异乡当作故乡,将自己的血液融入城市的繁华之中,生命中写着丰满与充实,成功与收获,哪里还有月色下的乡愁?即使偶尔感到失落与孤寂,也会很快在夜晚的灯红酒绿、歌舞喧嚣声中忘却。

"明月几时有,把酒问青天",苏轼望月问天,思念远方无法团圆的亲人,感叹"人有悲欢离合,月有阴晴圆缺"的人生无常,发出"但愿人长久,千里共婵娟"的美好祝愿。此时我望着明月,可是和我共婵娟的又有何人?李白、苏轼眼中的那轮月,跨过历史的时空,虽然如那时一样皎洁、明亮,却没有了那时的深情与诗意。

"人约黄昏后"的美妙与浪漫也是现代人无法感受的美好。在白天的忙碌之后,人们可以在月下伸展自己的相思,可以在月下长相厮守。而现代人,夜以继日的工作,奔忙不止的节奏,在灯火辉煌的灿烂里早已淡忘了明月的存在,爱情和诗意也离我们远去。"明月却多情,随人处处行",明月处处随行,而我心中早已没有了明月。

今夜,戈壁明月照着每一块岩石,每一棵枯草,也照着月下匆忙赶路的我们。而千年之前,也是在这样的明月下,帐篷旁的游子独坐他乡,在悠悠的驼铃声中想着"明月何时照我还"。

今夜,明月装饰了谁的窗,成了谁的风景,又将落入谁的梦中?梦回故园,门前那几株老树,是否因岁月而显沧桑?院旁那座小桥,是否也添了几许古朴?房后的那片庄稼地,是否还飘着麦香?月是故乡明,清凉的院落里,亲人焚香拜月,而我客居他乡,独听秋雁的哀鸣。

明月太高太远,目光无法企及。多情的,始终是那望月的人。

# 山林的清晨

清晨唤醒我的是树间几声婉转的鸟啼，是斜入窗棂的一缕柔光，是空气中渐浓的一丝桂花香。

欣然起身，沿着青石板小路前行，穿过密林就是一个平缓的山坡。沿着山间小路而上，路边是各种不知名的花，也有各种不知名的树，但枇杷居多。每到五月份，遍山的枇杷成熟，黄灿灿的，而此时，枝头只有枇杷叶如盖，遮蔽山路。

山坡尽头可以看到一个湖泊，湖中荷叶田田。过了赏荷的季节，但荷下鱼儿的身影格外悠闲自在。沿湖向前，会看到汇入湖中的山溪清澈见底，在路边轻快地歌唱。石板路上，落叶很厚。除了几位晨练的老人，这里罕有人迹。我每天清晨徒步于此，呼吸自由的空气，心情也格外舒展。

山林中的鸟是不怕人的，它们在枝头也好，在林间也罢，往往是你一声我一语地在枝头清唱，有时似有领唱，然后才是合唱。偶尔听到它们在讨论问题，刚开始一只鸟儿叽喳几声，然后其他的鸟轮流叽叽喳喳，再然后听到十几只甚至几十只鸟一同叽叽喳喳，忽然又停止了。过一会儿，一只鸟又叽喳几声，如此这般。我是一个听众，一会儿倾听，一会儿沉思，一会儿默叹。

山林的这份热闹，还来自于花的争鲜夺艳。虽不像春天那些花儿们一般艳丽，但在丛林的阳光里，在晨露的点缀下，每朵花都像佩戴着一串珍珠项链一般熠熠生辉。花的各种淡香也一丝丝地扑来，让你来不及分辨哪种花散发着哪一种香。

当太阳慢慢从山坡上升起的时候，树们也让自己的叶子在阳光下尽显各异的颜色，向阳的叶子发着金色的光，背阳的叶子则显出深沉的绿。微风吹来，叶子们随意舞动几下，为宁静的山林增添了几份诗韵。

继续向前，就会看到"一行白鹭上青天"，白色的翅膀，在碧水之上、绿林之间，悠悠地演奏着夏之小曲，而我仅仅是一个过客，让自己的心灵沉醉其间就行。

在石凳上静坐，痴望这片山林，霞光中的湖光山色，静静地停留在车水马龙的喧嚣之外。闭目的瞬间，心沉浸在鲜花绿叶之中，细腻如雾、如纱，沁人心脾的清香与泥土的气息融为一体。目光越过白鹭的双翼，向碧绿的远山延伸。

霞光点点，望天空白云悠悠。不辜负美好时光，让心灵放慢、放空，轻轻飘扬。

自然的山水，是一味人间的心药，可以慢慢滋养心灵。干枯的心灵被湖水浸透，在波光粼粼间倒映着人间的红瓦白墙、绿树白云。生命也在山林中一点点充盈起来。

# 相遇江南

与每一座城市的相遇，都是我多日的向往与预谋。你在那里美丽了千年，就是为了和我相遇。

你以最美的风景等待着我，我也精心装扮后与你相见。

走过桥去，就走向了你的历史深处。

顺着石板小路，踏着油油的青苔，望着墙边小草的枝叶前行。历史中的你，在江南的风雨中挺立，几千年来都以柔美的样子在溪边梳洗自己的秀发。

粉墙黛瓦装扮着你的典雅。我寻找你最中式的样子，那就是你的模样。

依然是千年前的小桥流水人家，依然是千年前的杨柳依依，依然是千年前的粉砖黛瓦、细雨霏霏。这似乎就是千年前的约定。

我要成为江南的一棵树，沐浴着江南的风雨，雨露挂在树梢，在阳光下熠熠生辉。

我要成为江南的一段石板小路，伴着粉墙黛瓦，伴着清水绿波，伴着橹船悠悠，婉转地唱出江南的诗情和画意。

我要成为江南的一条小船，静静地漂在碧波之上，伴着鱼儿嬉戏，伴着莲花的清幽，沉醉不知归路。

就让这个相遇飘散在江南的风中，将我们温暖而轻柔地拥抱。

## 一、江南的雨

初冬,江南的雨淅淅沥沥,淋湿了我记忆里五彩斑斓的江南。

初冬的雨,为江南撒下了朦胧的网,网中粉墙黛瓦错落有致,勾勒出简约的线条。

水墨的江南,只是几条墨色的线条,宁静在石桥的那头。

红的枫叶,黄的银杏,绿的香樟,也在一点点地渲染着水墨的色彩。大红的灯笼被我们忽略,只有石板小路向远方延伸。

雨带着温润向我走来,清新得沁人心脾。

我不愿撑着油纸伞,不愿将诗意的雨生硬地挡在伞外,而是仰着头,让它打湿我的黑发,让它沾在我的睫毛上,蒙眬了我的目光。

从家乡到江南,就是一场雨的距离。

雨让江南柔美婉约,雨让江南丰姿绰约,雨让江南典雅灵秀千年。

## 二、江南古巷

清晨,伴着清脆的鸟啼,在蒙蒙的细雨中,偶遇了一条长长的古巷。

巷口古老的石门宁静地站立,迎接着每一缕霞光的照耀。

古巷内的房屋依然是粉墙黛瓦,斑驳的墙面被碧绿的枝叶点缀着。

沿着石板小路,走向小巷的深处。

一口古井旁,一对老夫妇守着绿的菠菜、红的萝卜、白的莲藕,静静等待着老邻居来买。

不知不觉,从一条曲折的古巷拐到另一条曲折的小巷,几个老人正在洗菜做饭。他们说年轻人都住进了新城的高楼大厦,只有一些不愿离开故土的老人守着古老的江南。

古巷以沧桑的面容静静地立在华丽建筑的身后,如一位沧桑的老人,目光深邃。

## 三、铺满台阶的黄叶

曾经的碧绿在枝头摇曳，曾经的芬芳在月下流淌，曾经以最美好的容颜出现在梦里。

可是今天与明天就是一场秋雨的距离，当冷风伴着疾雨悄然而至时，绿的叶不知不觉间黄了，枯了！

时光的流逝，四季的变换，带走了它所有的色彩和芬芳。

曾经永远是曾经。

当梦中忽然再现瞬间的碧绿与芬芳时，微笑在嘴角不经意地滑过。

金黄色的叶铺满了台阶，无论是绿是黄，都是永远的陪伴。

铺满黄叶的台阶，依然写满诗意。

无论枝头还是树下，都是最美的风景。

无论离开还是留下，都要优雅地活着。

从一个台阶到另一个台阶的高度，就是人生跌宕起伏的层次美。

诗意的生活，不在于曾经的辉煌，更在于今天的色彩缤纷。

## 四、一棵香樟树

我的家乡没有香樟树，而香樟拥有一个诗意的名字。我一直想象它会以怎样的姿态挺立，所以一到江南就寻找香樟。

初春时刚发出的嫩叶是深红的，将要落下的叶是枯黄的，还有许多绿叶在红黄之间摇动着。

路边的香樟装点着城市，如果它可以站在河岸边，就一定会以碧水为镜，照出自己摇曳的风姿。每一片叶或许都有一个故事，月光下，它静静地歌唱。

香樟就这样站在我的眼前，拉近了我与江南的距离，让我闻到了它的气息。

一棵树就是一个城市的名片，站在你向往的地方。

## 五、红枫

江南的红枫，从冬红到春。

红枫站在白墙黑瓦旁，用火热点燃沉默。

初冬，它身边的路曲折地向远处延伸。它用自己的火红点缀灰暗的世界，吸引所有的目光。人们都问它凭什么红透四季。

它的根深深地扎入泥土，它伸展的枝叶挺立风中。

不曾看到它飘零的瞬间，哪怕承载了初冬的冷雨；不曾到看它干枯的一刻，哪怕遭遇秋日的劲风。

这一切或许就是它火红的心，火红的梦。

我们只看到它白天的火红热烈，谁知道它在夜晚的寂寞里依然执着。

我们只看到它在朝阳中与彩霞争艳，哪知道它傍晚时与晚霞静静相伴。

我们只看到它在阳光下灿烂火热，谁知道它在皎洁的月光下清冷坚守。

当别的树经过四季的轮回，枯萎了自己容颜的时候，当风云变幻，大地色彩斑斓时，它依然坚守着火红的颜色，在回眸的瞬间，朝我灿烂地笑着。在我放慢脚步，犹豫不前的时候，它温柔地抚摸着我的心灵，用火红唤醒我疲惫的心。

从它身边走过，火红映亮了我的脸庞。

## 六、同里古镇

古镇的历史如河水一样悠长，又如街边的大树一样葱茏，它以自己与众不同的古朴和典雅站在历史的一角。

无论你生活在何处，它总会以你没有领略过的样子，款款走近你。你也只能以缓慢的步伐轻轻地走过，不敢惊动一枝一叶。

古镇的人们慢悠悠地过着自己的日子，不管外面怎样风云变幻，石板小路还是那条石板小路。

古镇的妇女穿着祖辈留下的服装，慢慢悠悠地划着桨，自如地穿行在每一条河道。

鸬鹚已经成为一道风景，它们的双脚被人们用丝线紧紧地捆绑在船头，捕鱼已经不是它们要做的事情。

现代文明虽然留给人们一些古老的房屋和街道，却也将他们赖以生存的河流污染了。河里不生长鱼虾，不生长水藻，只漂着各种异物。

尽管如此，还是有源源不断的人流拥入古镇。风雨中的古镇就这样挺立，而且还要以这样的容颜挺立千年吧！

## 七、甪直古镇

"甪直"的"甪"字我不认识，也不知道是什么意思，但一直有人告诉我，一定要去甪直古镇，因为一代师表叶圣陶曾在这里办学，而且生活过四年，他的教育思想就是在这里实现的。

这个古镇静静地接纳着他。他将菜园、花园、果园搬进校园，让学生不仅可以从课本上学习，从老师那里学习，还能够自己动手实践，在大自然中学习。他教育学生用脑、用心、用手、用眼、用耳，全身心地投入学习之中，培养出了全面发展的人才。

所以一定要到甪直走走,感受一下大师的风范。

我在初冬的蒙蒙细雨中走进了甪直。导游告诉我,之所以叫"甪直",是因为这里有六条河流,六的古音就是"甪"。

这里保持着江南古镇的风格。粉墙黛瓦,小桥流水人家。我想,叶老那时一定经常和他的学生一起漫步在历史的河道旁,徜徉在文学的古木下,呼吸着田野自由的气息,而不必像现在的师生一般,唯考试论,唯分数论。

这不是叶老提倡的教育。

在江南教育大家们的演讲中,听不到"分数评比"这一项,更多的是课题研究,是论文成果,是观摩课的效果。他们中有每天坚持写四千字的王开东,有每天五点钟起床写作的朱永新,有每天作诗数首的柳袁照。我们听后惭愧不已。

叶圣陶在教育上的精耕细作,让甪直进入了教育史册。甪直也永远记住了叶圣陶。他和孩子们一起上课的教室,领孩子们一起播种的菜园,依然鲜花盛开,枝叶繁茂。

甪直的每一条河道都流淌着自然淳朴的教风和民风,甪直的每一座石桥都承载着教育历史的风云变幻,每一条石板小路上都留下了教育人坚守的脚印。

甪直每个角落的花草树木都见证着孩子们的成长。无论是春季的玉兰,夏季的荷花,还是秋季的桂花,冬季的蜡梅,都为教育史上一个个动人的故事飘香。

## 出发，徒步户外

一路向西，伴着阳光向前。穿越城市的拥挤，甩开人群的喧嚣，出发！徒步户外，走近自然，认识自我。

选择户外，就是想要逃离熟悉的环境。人们常说熟悉的地方没有风景，于是要到陌生的地方寻找一些不同。

选择户外，就是要让自己暴晒在阳光下，感受生活的炙烤。在大汗淋漓之后，有微风拂面的小小惬意，也有峰回路转之后的种种惊喜。让生活的纷繁复杂都变成简单的行走，哪怕看到一朵小花也会投去敬佩的目光。没有哪一个生命简单地活着。

当山峰在眼前慢慢变换身姿，从不同的角度呈现出伟岸时，你会心地和它对望，挺立千万年的险峻——展现在你的面前。

当你静坐草地，绿色浸染了目光。每一片绿叶都那么娇柔，但每一片绿叶也都写满了生机。或许你看到了最美丽的它们，也看到了自己。虽然渺小但不卑微的生命，在每一个夜晚努力向上生长着。还有那葱茏的树木，也在长满小草的山坡上自由舒展。

仰望天空，是每一个徒步者在疲惫不堪时的姿态。仰望让天地变得无限开阔，也让自己在疲惫中挣扎，要么放弃，要么坚持。

每每这时，我总会选择坚持，因为我知道，只要放弃一次就会次次放弃，而我需要通过挑战来认识自己，我想知道自己到底有多强大，到底可以做些什么。

每每和别人拉开距离，我就会让自己低下头，默默地挪动已经酸软的双腿。他们会在终点等我，我也会在终点与他们汇合。无论多晚，我总会到达目的地。

一路上，我静静地梳理自己的心绪。看着花木草石，想着自己，就这样将自己放逐到大自然中去。

从乡村到草原、到森林，心情随着风景的不同变换着，让所有的情绪随风而逝，无论名利还是其他，在自然之中都是云烟。

只要在路上，每一处都可以将腾空的心灵静静安放，每一处都是朝圣者的圣地，每一处都是天堂。

# 跳锅庄舞的夫妇

去扎尕那的旅行中，一路绿色绵延，一路白云飘浮。挣脱了生活琐事的羁绊，远离了熟悉目光的注视，心情无限放松。看风景，想心事，都与别人无关，我只行走在自己的景色里。

同行的有一对老年夫妇，但并没有引起我的关注。我沉浸在自己的世界里，想要通过旅行忘记一些事情，也想通过沉醉于自然来疗伤。

在穿越达仓大峡谷时，我被怪石嶙峋的大山所吸引。大自然的造化远远超出了我们的想象，在每一个转角的地方，都有不同的呈现。每一次的大声惊呼之后，一转身的瞬间，又一片开阔的草地出现在眼前，几个藏族同胞的帐篷在不远的地方，几匹马儿悠闲地吃着草。

忽然听到悠扬的歌声飞起，草地上，那对老年夫妇随着音乐翩翩起舞了。

头顶的蓝天白云朵朵，绿草地上的花儿静静摇曳。

嘹亮的歌声飘荡在天空，富有节奏的鼓点就是草原上哒哒的马蹄声。歌声之所以嘹亮，是因为草原天地广阔，不用尽全身的力气就表达不出对草原的热爱和对生活的眷恋，也无法传到姑娘的毡房。

舞动时的每一个眼神都传递着对草原的深情；每一个动作都诉说着劳动的细节；每一个颤音里隐藏着草原汉子对姑娘的专情；每一个音符都是姑娘对汉子的深意。

草原上的六弦琴声，和着声声马嘶，回荡在草原广阔的蓝天下。

挥动舞袖的女子就是草原上的格桑花，热情奔放的男子就如草原上的骏马，锅庄舞就是草原儿女对生活的完美诠释。

那对夫妇并没有因为年龄而限制了对生活的向往，他们走到哪里就跳到哪里，在我们的注视中，他们的脸上洋溢着幸福的微笑，而我们也被他们的热情所感染。

想着自己多日来沉浸于失去亲人的痛苦之中无法自拔，看着这对老年夫妇对生活的热爱与享受，我忽然明白：好好生活，珍惜美好时光，就是对亲人最好的慰藉。

在阳光下，我不由自主地笑了。望着他们，我发自内心地为他们鼓掌喝彩。我敬畏每一个生命，我也热爱每一个生命。我想让每一个人都如他们一样，在阳光下舞动，在生命里唱歌。

## 遇见露骨山的烟雨

右手忙碌，左手从容。放在右手边的是忙不完的工作，托在左手中的是融入自然的从容惬意。忙碌之后，我要到山林里放松，酣畅淋漓地享受自己的世界。

在网名"银狐"的徒步群群主带领下，我们甩开城市的喧嚣，穿过丰收的乡村，来到了灌木丛生的露骨山。车在蜿蜒盘旋的山路上行至分水岭，我们背起自己的行囊，进入露骨山。计划中，我们要徒步八个小时，下午六点出山。

我们没有急于向前，而是一边和小花打着招呼，一边在一棵棵灌木下驻足。长长的路，我们慢慢地走。美景其实在路上，我有足够的时间去品味。

进入丛林，湿润与凉意扑面而来，欢喜与自由的感觉也油然而生。

在灌木丛中穿梭，有的地方连羊肠小道都没有。我们跟随在向导祁连山的后面。他告诉我们，这些灌木比七月份时长高了许多，人已经要完全淹没其中了。

驻足望天，远看群峰，近嗅花香，或是坐在松软的浮土上，想想一树花开，一山烟雨。

生活缓缓地露出美好，让你发自内心地欢笑，歌声也不由自主地溢出唇角，飘荡在山谷间，和着溪流叮咚，袅袅升空。

一路听着溪流潺潺，时而要踩着石头蹚过溪水，冰凉渗入脚心。守护者总是站在彻骨的水流中，一个个地扶着我们过河。

安全地跳上草地的瞬间，心里暖暖的，一抬头，一场不期而遇的山间烟雨就在眼前。

烟雨蒙蒙中，大山更显柔美。丛林中升起了一层层烟雾，如纱般朦胧在眼前，树木和花草在烟雨中变得更加袅娜多姿。远山和树木似一幅淡雅的水墨画铺展在我们面前。露骨山主峰像一位害羞的少女站在不远的地方，等待着我们的到来。

花和树不断变换姿态，摇曳在身旁，我们静静地与之擦肩而过。此时我明白了，大山从来就不寂寞！它一年四季有鲜花陪伴，有溪水为它弹奏雄浑的乐章，牛羊在它面前跳跃。夜晚，它还可以与明月相邀。这样的生活又怎会寂寞？

花儿独自盛开，并不为哪只蝴蝶的到来，有没有人欣赏，那是别人的事情，所以即使是深山幽谷中的花儿也不寂寞，依然灿烂地开在风中，摇曳在月下。

山路的坡度有所加大，山谷中的植物更显茂盛。野石榴通红地挂在树梢，有的已经成熟，落在地上，如同一个个晶莹剔透的红色小碗，盛满了山间雨露。高山杜鹃也出现了，可以看见很多新长出的嫩叶。我想，当满山杜鹃红遍的时候，又会为山林增添多少妩媚呢？

我们依然快乐地行走在细雨中。雨滴静静地滋润树木，满眼青翠欲滴。在云雾中穿梭，感叹难得的风雨相伴。雨越下越大，溪水的声音也大了起来。

慢慢地，我们浑身上下都被雨浸透了，泥浆沾满了双腿。虽然有登山杖在手，但还是不断看到有队友与大地"亲密接触"。

领队银狐果断叫停。剩下的山路更为难走，为了安全起见，我们必须原路返回。

在大家遗憾的叹息声中，我却觉得一切都是最好的安排。在徒步中能遇见一山烟雨也需要机缘巧合，说不定一朵花儿期待这场雨已经很久了，它在这里与我们相见，也是诗意的安排。

我们在感叹山间烟雨的诗意时，也体会到了诗意背后的种种不堪，因为我们必须付出满身泥水、四肢僵硬、瑟瑟发抖的代价，对自然的敬畏之心也油然而生。不是哪一座大山都可以被轻易穿越的，大自然不会轻易被你踩在脚下。在这场淡淡的烟雨中，谁都可以给你上一堂人生课，哪怕最亲密的、让你赞美和歌颂的人，也会在一眨眼的瞬间将你摔翻在地。

山风凛冽吹来，没有谁可以为你遮风挡雨，因为大家都在风雨中承受。所以人生的风雨来了，只能靠自己的坚持才能度过。

遇见烟雨，接受就好！

## 靖边波浪谷

从兰州出发，经靖远，过宁夏，到达陕西榆林靖边波浪谷。

植被并不是特别茂密，黄土连天。车行半路，忽然狂风大作，沙尘飞舞。心中暗想，千里迢迢而来，难道无法一览波浪谷的容颜，就此留下遗憾吗？

进入榆林之后，突然雨点降落，合着风中的沙尘击打在车窗上。到了延边之后，雨停风住，天也变得蔚蓝，路上的庄稼也繁茂起来。

下了车，一下子就被眼前的景象震撼了。黄土塬包围中的丹霞沟崖，色彩极其耀眼，使人精神倏然一振。远处是海洋留给大地的记忆，以波浪的姿态在大地上翻滚，只不过这波浪是红色的。

疾步向前，一幅幅丹霞图在眼前铺开。这是由数百万年的风、水和石头在时光中雕琢而成的奇妙风景。

我们可以近距离地接触每一块奇形怪状的丹霞巨石。我们可以站在最高处，看着那些层叠、起伏的纹路与图案扑面而来。

如果说张掖的丹霞是用巨大的排笔、粗犷的笔墨勾勒而成的，那么波浪谷的丹霞就是用纤细的彩笔细细地描绘出来的。那些线条或圆润，或斑驳，每一条曲线都随意勾勒着，如天空的云轻盈而缥缈，又如傍晚时分天际的晚霞，火红而热烈地大地上翻滚着。

静静地坐在一块巨石之上，望雨过天晴的蔚蓝。想想千万年前，这里一定是一片汪洋大海，波涛汹涌的海水，用自己有力的刻刀，雕刻出了深深浅浅的沟壑与大大小小的图案。千百年的风雨沧桑，海洋退去，只留下一片碧绿的湖水依偎在山旁。

风雨肆虐的夜晚，狂风击打着巨石，雨又滋润着山谷，石头一点点风化，被时间融化了的那份坚硬随风而逝。

一位陕北妇女，皮肤黑红，戴一条绿色的头巾，在波浪谷中挥舞着羊鞭，驱赶着几十只绵羊。洁白的羊群点缀在红色的波浪谷中，为这些绵延起伏的巨石增添了生命的活力。

一位陕北老汉，头戴羊毛肚手巾，手下灵活跳跃的柳条一会儿就变成了篮子。人们你一个、我一个地买。它们带着陕北的味道走向了外面的世界。老汉情不自禁地站了起来，扯开喉咙唱起了信天游，高亢的调子在山间回荡。这让我想起了刘成章的《信天游》，他说生活在黄土高原的人们"祖祖辈辈，年年岁岁，信天游唱在放羊的山坡上，唱在赶脚的大路上，唱在锄地的五谷间——处处都是宏阔的舞台，声声都如云霞之辞"。

在这里日出而作、日落而息的人们，用信天游柔美而粗犷的曲调勾勒出波浪谷多彩的线条。那线条如水中的波纹，像风中猎猎的红旗，也像生于斯、长于斯的陕北农民脸上的道道皱纹。

夕阳将这里染得热烈，湖水给这里带来柔意，老汉、羊群为这里增添了生命的气息。

在山谷的缝隙间，只要有一丝泥土，就会有小花小草摇曳。哪怕身旁没有高树的遮蔽，没有泉水的灌溉，只要有泥土，只要可以掩埋一颗种子，它就会发芽，甚至开花。不需要太多的阳光，只要有风有雨，就会有生命的倔强。

每一个生命都不卑微，都写着挺立与顽强。

## 洛带的那个午后

每当闲暇端坐,就不由得会想起那个宁静的午后。

我和他坐在园中的小亭下,桂花飘着暗香,绿荫将这里覆盖。我静静地看阳光移动。

不远处的角落里阳光灿烂,那里放着我和他淋过暴雨之后湿透的鞋袜。此时我俩光着脚,坐在小圆桌前的躺椅上,静静地喝茶。

本来中午还是阳光明媚,于是计划下午到洛带古镇走走,结果下了车就是暴雨倾盆。暴雨笼罩下的洛带古镇,圆形的土楼沉默着。经历了百年的风雨,这些古老的建筑更显厚重和沧桑,这是一种沉淀的味道。

街上的人有的躲在屋檐下静静地看雨,也有些在店铺内悠闲地与老板讨价还价,而屋内的人则在悠扬的音乐声里慢慢品着一杯茶,似乎屋外的风雨与自己无关。这里的人或许已经习惯了风云骤起、暴雨倾盆的日子,也习惯了在风雨中悠然地过着自己的生活。

看雨没有停歇的意思,我俩就找了一家餐厅。在洛带,处处都是麻辣的味道,每一桌都围满了人,人们大声地说笑,酣畅地喝酒,到处都飘着饭菜的清香,弥漫着浓浓的人间烟火气息。

点几道川菜,麻辣的味道刺激着味蕾,直到大汗淋漓时才知道,或许这就是幸福的味道。喜欢成都,其实就是喜欢这种酣畅淋漓、辣到刺痛的感觉。

从餐厅出来已是阳光明媚,如果不是地下的积水,你或许会忘记刚才的暴风骤雨。

　　沿着石板小路，静静地走向洛带古镇的深处，道路忽然一转，来到一个园子，里面到处是人们悠闲地喝茶和打麻将的身影。似乎是冰火两重天，刚才还是火辣辣的，现在马上变得恬淡起来，好像时光就在一杯清茶中缓缓流逝。忽然明白了成都的朋友告诉我的：周一到周五忙着上班挣钱，但是周末一定要找个地方喝茶、打牌，而且一定是全家老小一起出来。所以我们经常会看到年轻人凑在一起打麻将，孩子和老人就坐在旁边，喝茶、吃水果、嗑瓜子。这里人们生活的状态，或许就是忙的时候要拼命，闲的时候一定要让自己静下来。我想起了自己的日子，似乎并不知道张弛有度，更不知道放松会让奔忙更有意义。

　　现在，我静静地坐在园中，看阳光的脚步缓缓从我眼前走过。它那轻快明丽如水彩般的色泽有着某种诱惑，而过去的我把它放在角落，任蜘蛛结网。

　　不时有卖花生的、卖无花果和葡萄的，还有卖瓜子的从我俩的小桌旁经过，她们多半是上了年纪的老妇人，悠然地和我聊着家常。一位卖无花果的阿姨告诉我，她的外孙白白胖胖的，可招人喜爱了。望着老妇人恬淡的笑容，品尝着她家甜甜的无花果，我似乎分享了她的幸福，而我的内心也流淌着平静之后的惬意与欢愉。

　　"我停留的世界，那些不想要的浮华……"不知从何处飘来了歌声，莫名地有泪意涌上来。

　　那个午后，我坐在那里，什么都想了，又什么都没有想的时候，其实我看到了自己。原来与自己相遇，是一件这样欢喜的事，也是一件这样忧伤的事。

　　又想到那个午后，那个微风习习，我依栏而坐的时刻。

　　更美的景色已看过，更远的地方已去过。我不知道为什么要对洛带古镇的那个小院如斯挂怀，每每想起那个宁静的午后便心怀向往。

我种种的怀想，种种的难以忘怀，只是我与自己，在风雨中，在阳光里，静默以对。

记起那句："闭上双眼，没有画面。我寻找的世界依然梦一样的遥远，若隐若现……"

# 曹家坪的紫斑牡丹

听朋友说，临洮曹家坪的紫斑牡丹这几天开得正艳。在朋友的带领下，我们得以一赏它的真容。

来到曹家坪，从村中的小巷进入。巷子的两边是农家小院，小院外面种着各种花草。兰州此时已是初夏，花儿尽落，但这里还是鲜花盛开的春天景象。

从虚掩的大门外可以看到院子里种满了大株的牡丹，有些已经有上百年的历史，花儿开得大如面盆，而且一层一层的，显出雍容华贵之态。

朋友告诉我："临洮紫斑牡丹始于唐代，盛于明清，已经有一千六百多年的栽培历史，是甘肃紫斑牡丹的重要发祥地和栽培中心。种植牡丹、培育牡丹、观赏牡丹，在临洮群众中蔚然成风。近年来，临洮紫斑牡丹的种植面积达五百亩，已初具产业化雏形。"

临洮地势平坦，一条波涛翻滚的洮河为它增添了生机和活力。洮河两岸杨柳依依，碧桃青青，多层居民楼整齐地排列着。曹家坪的人们荷一把锄头，在弥散着麦香的地旁，沿着土埂育苗、翻土、灌水，像侍奉庄稼一样，细心培植着一株株的牡丹。一眼望去，上百亩的牡丹园真有一种"黄四娘家花满蹊，千朵万朵压枝低"的景象。

据当地村民介绍，园中高龄牡丹不少。我们看到了一株已经有三百多年历史的牡丹，枝干粗壮而高大，在众多的牡丹中脱颖而出，虽然经历了几百年风雨的磨砺，但花儿依然娇艳欲滴，华贵靓丽。有些花儿洁白如雪，有些花儿红艳如火，似乎将所有的美丽在风中挥霍，似乎将所有的颜色尽情挥洒。

望着成片怒放的临洮牡丹，人们会联想到洛阳牡丹。洛阳牡丹以盛唐为背景，繁华在时光的梦影里，而临洮的紫斑牡丹植根于西北广袤的大地，站在辽阔的天地间，与西北的风沙相伴。那片片紫斑，定是西北的黄土与风沙留下的印记。所以临洮的牡丹多了几分坚韧与倔强，哪怕遍体鳞伤，却依然开得热烈奔放。这也正是千百年来，中国北方农民对生活的向往和追求。人们唯有富足安康之后，才会流连于鸟语花香，否则早就挖了牡丹种上了庄稼，哪里还会在一株株的牡丹花下描绘繁荣呢！

行走中，忽听到一声声清脆悠扬的"花儿"从牡丹丛中飘出。我们循声而去，只见一位身着红衣的女子在牡丹旁神情陶醉地唱着。

花儿是流行在西北的一种民歌形式，有青海花儿，宁夏花儿，而曹家坪流行的是洮岷花儿，曲调固定，一般是随景入词，借景抒情。这些唱花儿的人们看到什么就唱什么，看到什么就赞美什么。

那女子高兴时一连唱了几首，曲调悠扬，每一首都离不开她身边开得娇艳的牡丹。因为她是用方言唱的，歌词听得不是特别清楚，但是从洋溢在她脸上的自豪与幸福中，从一首首的花儿中，我听出了她对家乡的挚爱。

在上百亩牡丹花丛中穿行，我明白了花本无高洁傲岸、洁身自好、雍容华贵，这一切都是文人墨客将自己的情绪映射其上而已。千百年来花儿无语，无论人们是否喜爱，花儿都会适时怒放，美美地活在自己的世界里，与他人无关。它的美丽无须得到别人的赞许，它只需不负春光，不负艳阳，不负生命的繁华。

# 凝视陶器的目光

朋友说:"来到临洮就一定要了解马家窑文化,要了解马家窑的陶器。今天我带你去参观一个家庭作坊式的烧陶厂。"

这是一个位于曹家坪村口的小院儿,推门进去,就看到满院红泥做成的盆盆罐罐的泥坯,后院还有两口烧陶用的窑。主人是一个中年男子,他说自己从17岁开始就跟着父亲学做陶器,现在已经做了十几年了。

他的展厅里,大大小小、款式各异的陶器静静地站立着,一个大型陶器里面种满了吊兰,碧绿的叶子将陶土的颜色点缀出蓬勃生机。

20世纪40年代,中国考古队在甘肃临洮考古时,意外挖出了大量精美的陶罐,这就是中国著名的彩陶——马家窑陶器。这批精美彩陶的出土,使中国早期陶器在审美和艺术价值上达到了一个高峰。

临洮自古有烧陶的传统,这里的泥土多属红泥,有黏度,适合做陶。作坊主从周围的山上取来陶土,做成坯,画上图,着上色进行烧制。他们的手上、衣服上沾满了泥点,那些甩不掉、洗不净的泥点,陪伴着他们在工作台上缓缓旋转、定型、描绘,他们把自己也当成了陶器,在高温中渐渐凝固、升华成精美的工艺品。

小小的陶罐捧在手心,细腻而光洁,那些花纹流畅、灵动,如在灯光下旋转舞动的少女,也把我的目光带到了千百年前的马家窑。每一个细腻的陶罐,无论是装米、盛饭还是舀水,都承载着人们的日常生活。

随着人们生活的稳定,陶器器形也出现了变化,虽然仍以盆、钵、碗等饮食器皿为主,但贮藏器皿瓮、罐、瓶也逐渐增多,还出现了最早的打击乐器——彩陶鼓。人总是能将繁重而庸常的生活过得如诗如歌。

陶器来自泥土，一抔普普通通的泥土，在烈火中锻造，在高温中煎熬，经历了肉体与火的交融，经历了浴火重生，才使泥土有了筋骨，有了灵魂。和那些精美的工艺品相比，用泥土做成的陶器显得厚重而质朴，那些简单而流畅的花纹是从历史的深处延伸出来的。当你与它目光相对的时候，有无穷的力量吸引着你，让你不忍离去，这或许是那些玻璃器皿所无法做到的。

凝视陶器就是凝视由远古而来的生命，凝视凤凰涅槃、浴火重生。

# 遥望年保玉则的风雨

在藏语中，年保玉则是"圣洁的石峰"的意思。它静立在远方的天地间，远离我喧嚣的生活，如一个遥远的传说，在无数个夜晚呼唤着我。终于，我抛却城市繁华的生活，跨越遥远的距离，一步步靠近了那个令我神往的地方。

赶了两天的路，到了夜晚十点多才到达离年保玉则不远的草甸。四周是高山，一条小溪潺潺流过，十几个帐篷就搭在这片草甸上。

不知何时，天空下起了细雨。感到了初冬的那份寒冷，我们将所有的衣服穿在身上也无法御寒。但一进入架着火炉的帐篷，一下就觉得暖暖的。

细雨中，领队兵子点起了篝火，组织大家围着篝火跳锅庄舞。火光带来了温暖和光亮，照得大家心里一片灿烂。

在锅庄舞热烈的音乐声中，在大山深处，我们放声歌唱。宁静的夜晚，只有我们的歌声传遍夜空。如果天气晴朗，这里一定是满天星斗，说不定还有流星划过。

此时虽是细雨蒙蒙，但在夜的清凉中，我们用篝火燃烧自己。摆脱了白天的禁锢和羞涩，丢却了矜持和伪装，在黑暗中，我们让歌声传递着生活的激情，用锅庄舞表达着内心的火热，让心情自由奔放。

为什么藏族歌曲是那么粗犷豪放？是因为无人的夜里，唯有大声歌唱可以倾诉自己的相思。歌声之所以嘹亮，是因为草原天地广阔，不用尽全身的力气就表达不出对草原的热爱和对生活的眷恋，也无法传到姑娘的毡房。

第三天晨光初露，我们就到了年保玉则的仙女湖畔。湖边经幡飘动，挥洒着一个个祝福。沿途走动的僧人，让原本神秘的地方更加神秘。

湖水波光粼粼地缠绕在山峰左右，山峰的倒影出现在我眼前。千年冰川冰冷地站在远处，身旁是一片碧绿的草地，还有姑娘洁白的帐篷。我能看见雄鹰在山的额头盘旋，白云在山的腰间缭绕，而我只能隔着如镜的湖水与山峰相望。

不知何时，天空又飘起了细雨，每一个草尖都舒展着腰身。我向山的深处走去，因为风雨来的时候无法躲避，也无须躲避，该来的一切都会到来。人生本来就没有那么多的艳阳高照，也没有那么多的阳光明媚。你或许可以找到一处遮风避雨的地方，但你的人生不可能总在别人的庇护下，你总得支撑起自己的天空，学会独自面对纷繁的世界。即使站在悬崖的边缘，也要站成挺拔的样子，不去理睬左右摇摆的树木；即使在荒野，也要像野百合一样盛开，任其他的花草羡慕或嘲笑；即使在孤独的天地间，也要像一株小草一样自由摇曳，仰望自己的星空，在星星眨眼的瞬间，闪耀自己的颜色。

索性把自己融入湖水，和鱼儿一起自由地迎接雨滴，洗涤多日的疲惫，冲刷心底的杂乱。就让风雨来得更猛烈些！或许摧枯拉朽、重整河山后，会出现一个崭新的世界。

年保玉则远离喧嚣和繁华，耐得住寂寞和冷落，挺立千年。圣洁的石山再次成为美丽的传说，静默在遥远的世界里，沉静于心，安宁于世。

在经历了许多风雨之后，淡定如这不惊的湖水和沉寂的远山，才是最好的修行。

# 云雾中徒步马衔山

每次户外徒步都是一种心灵的安放,让自己以诗意的心态在苟且的生活中寻找远方,让灵魂在人迹罕至的大山深处聆听天籁之音,在风雨的滋润下一点点舒展。

驱车来到马衔山脚下的大水窝村,整理行囊,跟着领队银狐徒步穿越。从大水窝上山,从上庄出山,全程18公里,计划用时8小时。

从谷底沿羊肠小道穿行于灌木丛中,沟口是一片夏季的葱绿。沙棘果一颗颗簇拥在枝间,橙黄透亮,摘下一颗放入口中,酸酸甜甜的山野之味刺激着吃惯了温室大棚水果的味蕾。不一样的风景在眼前展开,没想到初秋季节已经能够看到绿色中点缀着点点红黄。

从谷底慢慢上山,云雾一阵阵飘来,为色彩缤纷的大山蒙上了一层面纱。

丛林中雾气渐浓,银狐让大家在一小片开阔地吃午餐。因为山林里一旦起雾就特别容易下雨,一旦下雨就路滑难行,还容易迷路。如果下雨,吃完饭就原路返回。

就在我们快吃完饭的时候,一阵风吹来,云雾消散,周围的山峰一座座显露出来。我们兴奋得收拾行囊,继续前行,不一会儿就穿过了灌木丛,进入了草甸。一朵朵蓝色小花灿烂夺目,梅雨告诉我,那是龙胆花,是一种中药材。

亲近一个地方,从认识那里的植物开始,每一种植物都写着它故乡的信息。沿山脊上山，草甸绵延到天边，一路不时遇见龙胆。蓝色的龙胆花一朵朵盛开如小喇叭，吹响在草地上。

龙胆挺立在海拔 3000 多米的高原上，清冷的风中，它柔弱的枝叶轻摇，在云雾来临时，它会自然关闭"门窗"，成为含苞待放的样子。

每一朵静立的花儿，都可以仰望云的自由，亲吻雨的清凉。摇曳在雾的朦胧中，它们选择了不胜寒的高处，也撑起了一片灿烂。

到了海拔 3500 米的山梁上，云雾又开始从四面八方聚集，五米之外看人都很模糊，银狐一再提醒我们不能掉队。

浓雾从指尖飘过，我们静坐在石头上，天地朦胧一片。也许云雾的美妙就在于风景明明就在眼前，却还要让你去猜测无限种可能。

向导星空不时停下来辨别方向，即使如此，我们还是走错了。浓雾中，我们沿着山梁从一个山头走向另一个山头，成片的石头让我们停了下来，大家高喊着，很有一种登顶成功的喜悦。这时，从不同的方向上来了十几个和我们一样徒步的"驴友"，他们确认了我们走错方向的事实。他们这支队伍每次都要走二十到三十公里，甚至更远。望着他们快速离去的身影，我的心中充满了敬意。

我们都没有抱怨走错路，因为浓雾之中没有参照物，分辨方向本来就很难，再说不同的路上有不同的风景，我们在意的是路上的风景，不是何时到达终点。每一条路都有终点，漫长的路，我们慢慢地走。一切风景都在路上。

有人说，周末不在家睡觉，大清早背着行囊在野外行走是不是有病。我也觉得寻找远方的风景"有毒"，但是染上了就难以割舍。即使筋疲力尽，但经过一两个星期的休整，心中又开始向往融入大自然的那种自由与舒畅。

浓雾从身旁滑过，不一会儿头发上就有了小露珠。在大雾中分辨不清方向，只能紧跟向导，如同人生迷茫不知方向时，那个领路人就显得那么重要。

在云雾中穿梭，什么风景都看不到，马衔山的真面目我们无缘一见了，只能在失望中慢慢下山。就在山路一转间，云雾消散，对面山坡如同一幅展开的油画，在绿的底色上涂抹了鹅黄、深黄、嫩红、火红……银狐告诉我："那是牛背山。"

我的目光滑过每一座可以看得见的山峰，抚摸每一座山的脊梁与头颅。它们默默无语地与我对望，在夕阳的余晖里层林尽染，绿色也在一瞬间幻化成黄色、红色，铺染着大山的每一寸肌肤。

领队银狐告诉我，从不同的小路上山，在不同的季节和天气里会看到不一样的马衔山——一个"一天有四季，十里不同天"的地方。他无数次登顶马衔山，但每次风景都不相同，这就是山的魅力所在。

由于迷路，我们出山时已经夜幕降临。回望苍茫的马衔山，在夜色里又蒙上了一层面纱，依然神秘地连绵起伏着，似乎我从不曾走近过。

每一次徒步穿越，都有不同的风景撞击着你，使你重新认识所有的一切，也在一草一木间获得了重生。走过的每一段路都会在你的生命中留下痕迹，或许在某一个夜晚的梦中，你还会重走那条魂牵梦萦的路。

用诗的心态过好眼前的苟且就拥有了远方！

## 秋色浸染诗意兴隆山

校园的爬山虎点燃了一墙火红,摇曳在阳光下,灼伤了我匆匆而过的双眼。一瞬间,心颤了一下,原来秋色已至。

生活在城市里,住在高楼上,对大自然的感知不如一棵树、一墙叶。来路与归途间,世界已变。"一叶落知天下秋"的那一叶早不知被清扫于何处,人们还在盛夏的碧绿里徜徉,哪里知道秋已把大地点燃。

临窗北望,雁声滑过,思绪飞扬在秋色浸染的山林间,于是到山林中去寻找秋色。

早晨七点出发,沿着宽阔的柏油马路驱车到无路可走的山下。下车走一段水泥路就进入了祁儿沟。今天徒步的路线就是穿过祁儿沟,翻越莲花峰,登上兴隆山,全程16公里。

喜欢徒步,其实是喜欢一步步行走在大地上的踏实感。一路的风景不一定漂亮,只要和平时看惯的风景有所不同,就可以让目光驻足,让情感一点点释放。背起行囊,将心事一点点丢在路上,随风而逝;将爱恨一点点抛却,随时光遗忘,生活的压力也在阳光下消散……

人生总有一些穿着高跟鞋走不到的路,总有一些穿着裙裾看不到的风景。于是穿上登山鞋,拿起登山杖,穿上户外服,沿一条羊肠小道前行。秋的色彩一点点斑斓,五彩缤纷的颜色点燃群山。细数秋花盛开,静望红枫摇曳,望黄叶随风飘零,心随云卷云舒。没有生活的烦琐、不堪与苟且,没有车马喧嚣、人流熙攘,只有浪漫与悠闲。

走过一段段黄土路，穿过林荫小道，拨开灌木荆棘，自由、解脱一路相伴，闲适、轻松一点点滋养，无法诉说的感动让生命渐渐丰盈。秋风清凉地拂过脸颊，通红的野石榴挂在枝头，树在云雾中流露沧桑，叶或黄或红还有绿。只有大自然才有这样的手笔，任意挥洒间，景染如画。

灌木丛中荆棘丛生，我们需要弯腰前行。人生路上也有许多荆棘挡路，需要我们放低身段，耐心谨慎地从缝隙间越过。过于浮躁甚至急功近利，就会划破手臂和脸颊，伤痕累累。

半坡枯草残枝勾勒出生命的沧桑。没有丝毫的伤感，哪怕片片落叶也铺成了诗意的小径，踩上去松软而惬意，只有秋可以带给我们这样的感觉。穿行在林间，不时有阳光丝丝缕缕地洒入，可以看见金黄铺就的远山。

几声高亢的秦腔在山间回荡，那厚重与沧桑的声音撞上一棵棵古木，又回荡在山间。虽然听不懂他在唱什么，但那一声声撕破天际的重叹与长腔，让我听出了生长于斯的人们发出的生命赞歌。悲与喜，爱与恨，在山大沟深的林间回荡，唯有厚重与粗犷才可以稍作停留，那温柔的江南小调，只能在青山绿水间缠绵。

一路走着，一路想自己的心事。无需对谁诉说，只让心情随着风景的变换而变换。

从沟底的树林向山坡上的灌木丛穿梭。五个小时后，从林中出来的一瞬间，大家一阵惊呼。只见金黄的树林边有一片开阔的草甸，草虽已枯黄，但高到腰间，很有一种"风吹草低"的起伏感。我们终于从祁儿沟到达了莲花峰顶。

莲花山，山如莲花，花瓣相连，山与山也是肩并肩，手拉手。我们从这座山头翻到那座山头，不知道会翻过多少山头，只知道享受路上的那份宁静与心中的诗意。

此时一片叶子落下，这在秋天是最寻常的。捡起仔细看，如同注视一位老友，细数他人生的脉络纵横。无论碧绿还是枯黄，叶子都飘着淡淡的香，轻盈地落下时，也蕴含着厚重的一生。经风历雨的时光被镌刻在叶脉中，融入生命里。无论由绿变黄还是变红，色彩的变换证明了人生的成熟。

  我在山顶等待叶的飘落，也在山顶回望秋的丰盈。一路徒步走来，汗水一次次风干。我一次次超越自我，一次次遇见不一样的自己。

# 冬日的海甸峡

周末要到临洮的海甸峡去。对我来说，去哪里不重要，只要能够走出拥挤的城市，到外面呼吸一下新鲜空气，看一看与城市不同的风景就可以。

在未知的地方，一切都是崭新的。有些人，有些事，有些景陪伴着我，一路上会遇见不一样的自己。

没有想到城外的阳光如此灿烂。北方的山川因为缺水而显得苍黄，唯独这里，一条河流卧于山谷之间，在冬日的暖阳里闪动着碧绿之光，流淌着一曲铿锵之歌，也为空旷而寂寥的山谷增添了生命的灵动和隽永。它就是洮河！

真是藏在深闺人不知。这里的景色，在每一座山的拐弯处尽显大气之风。有红的灿烂的叶子，还有深红、金黄的各种野果子。几处田园、村庄和狗吠、鸡啼偶尔会打破宁静。无须评级，它优美着自己的优美，只有户外爱好者才可以看到它的独特。

草木的荣枯，花朵的绽放与凋谢，果实的生长与坠落，在洮河的身边循环往复。破晓时的一群群飞鸟，迎着太阳穿梭在村庄与树林间，过着简单而快乐的生活。远处的莲花峰展示着雄浑与伟岸，在阳光的照耀下，反射冬的苍黄。洮河千古不变地流淌，用碧绿、清澈书写着山的高大与多姿，倒映着树木的翠绿与枯黄。时光从河面静静划过。宁静的山村，炊烟袅袅升起，为大山增添了许多温柔。人与大山、大河和谐地生活了千年。

历史曾经在这里留下了闪光的足迹,尤其是马家窑、辛店、寺洼文化,就像三颗耀眼的宝石,永远骄傲地挂在洮河母亲的胸前,熠熠生辉,光耀神州。

宁静的山路上阳光倾洒,我们微笑着缓缓行走。六十七岁的西岭姐姐说:"我可以缓行在阳光下的日子已经不多了。人们总是说等到退休后如何如何,可退休后,身体情况已经不允许我去做很多事了。我现在能走多远就走多远,就是为了让自己的人生不再单一。"

西岭姐姐穿着鲜艳的户外服,画着精致的淡妆,将头发高高盘起,谁也看不出她已经是快七十岁的人了。她说:"喜欢大自然,就是喜欢一种简单、美丽的生活。一个女人能够简单而美丽多少年呢?"

是啊!在人生道路上行走,看到什么风景不重要,重要的是有一种平和而美丽的心态。放下生活中的烦琐,给彼此以空间,有时生活的留白比纷繁更有意义!我们留白的那点空间,就应该到大自然中去,看大树如何静守天空,看远山在寂静中如何傲然挺立,望河流蜿蜒曲折、奔涌向前。

沿河徒步十几公里,到达了侯家码头。大家乘船,返回海甸峡水电站。船缓缓地在河面上行驶,两岸高山挺拔,很有一种"客路青山外,行舟绿水前"的感觉。船老板说在山崖之上有一条长800多米的山洞,是几百年前人们从进入海甸峡的必经之路。

船老板停船靠岸,带领大家爬上了峭壁。沿着山间小路前行几百米后,果然发现有一个洞口。我仿佛看到了渔人进入桃花源的那个山洞,找到了"初极狭,才通人,复行数十步,豁然开朗"的感觉。

山洞洞口狭小,仅能弯腰通过。走几十米后,人可以直立,借助灯光可以看到洞壁上斧凿的痕迹。可以想象人们为了打通这样的一个山洞,花费了多少时间和精力。这个山洞曾使山村与外界相连,而现在,宽阔的公路上，每天有数辆长途车穿越山村，这个山洞已经很少有人知道了。

我们从黑漆漆的山洞走出来的时候，和从洞的那边徒步而来的几个"驴友"相遇了。可见大家的探索与好奇心都是相同的。

想想一路走过的风景，想想一路的遇见，想想一路陪伴的朋友，有多少未知，有多少新奇，是我们在城市里永远看不到的，也是我们永远无法想象的。只有到户外，我们才可以发现世界之外还有一个天地等待着你。

享受行走的过程，在陌生的地方寻找一种久违的感动，不只是为了看风景，而是为了去天地的尽头会一会自己。

## 暮秋走进红河谷

暮秋的兰州,满树的枯叶在风中颤抖。总担心一夜冷风之后黄叶落尽,只剩下裸露的枝干挺立风中,所以总想紧跟秋的脚步,向东,向温暖的地方行走。于是,我一个人坐上了由兰州开往岐山的动车,到陕西宝鸡徜徉红河谷。

当看到眉县依然绿色一片时,我不禁欢喜雀跃。大地上有枯叶飘零的地方,也有葱绿的一隅。

眉县最有名的特产就是猕猴桃。路两边大片大片的猕猴桃林,现在已经到了采摘的季节。路边卖的猕猴桃价格便宜,随手拿起一个品尝都是格外香甜。红河谷之旅从一颗甜蜜的猕猴桃开始。

暮秋季节是红河谷旅游的淡季,让这里少了盛夏的繁华与浮躁,多了几分悠然与闲适。大大小小的石头铺成的小路蜿蜒向前,巨石的缝隙间长满了草,虽然颜色开始变黄,但掩盖不住生命的痕迹。

驻足在绿苔漫过的石径,斑斓的红叶从一座山漫过另一座山,那些似火的山头迤逦向前。

一路伴着汩汩的泉水,行走在宁静的山林之间。小鸟婉转啼叫,曲曲折折的山路坎坷,水也弯弯曲曲地向前,然后慢慢汇聚成溪流,拍打着巨石,击起浪花朵朵。浪花带着笑声从石头身旁跑过,石头的目光追逐每一朵浪花。浪花飞溅的地方长满了苔藓,于是石头有了灵魂。

当溪流成河时,就会高声歌唱,哪怕遇见山崖也会奔泻而下,成为挂在山间的瀑布，在绝境中奋不顾身地向前。

奔泻千年的斗姆飞瀑义无反顾，哪怕粉身碎骨也要谱写辉煌。即使摔成白色的粉末，飞溅成点滴水珠，也要发出嘹亮的高歌，因为只有经历撞击的疼痛之后才会有重生的宁静，才能一路向前。

我的目光凝固在飞瀑上。人生有多少次的跌落悬崖、撞击巨石、跨越山谷，才能修炼成一潭能够倒映山之峻峭、树之挺拔、草之茂盛的碧波之镜呢？

在斗姆瀑布巨大的轰鸣中，我的内心异常宁静。洗去尘埃，舒展压抑的情绪，放下所有的沉重与羁绊，让心灵浸润在红河谷的每一个角落，那份清幽与沉静，让我无法转身。

云霞满天，暮色将起，红河谷的空气中弥漫着太阳的味道。迎着夕阳静立，深嗅，得一腔满满的惬意与舒畅。

# 风声在耳，暮秋的太白山

秋色漫舞。静静地行走在太白山的山路上，连一声鸟啼都听不到，只有风声在耳。那风滑过山涧，舞动在枝梢，在时光的琴弦上跳跃。顺着逶迤的群山，寻得一缕倚树临风的意境。

走在山路上，前没有归客，后没有来人，自由与快乐让我脚步轻松。沿石板台阶而上，风吹过脸庞，叶随风而舞。秋叶少了盛夏时的浓墨重彩、青翠欲滴，也少了相互炫耀着在风中招展的妖娆，有了几丝凄艳和干涩。落叶没有翅膀，风托着它起舞，如蝶般飘落大地，化作春泥。叶之一生如人之一生，从葱郁到凋零，从相聚到别离，无数轮回刻入生命的年轮。

斑驳的光影投在地上，落叶泛着淡淡的光，沉浸于一份夏的回忆。

抬头仰望的瞬间，目光触及三国古栈道，那段遥远的历史便在悬崖绝壁间回荡。诸葛亮的木牛流马似乎吱吱呀呀地行走在昨天，千军万马在栈道上浩荡前行。英雄的身影已逝，栈道历经沧桑，成为太白山的一道风景，承载着历史的厚重与雄浑，曲曲折折，穿越时空，勾连古今。

向前走，发现李白醉倒在一块巨石上。相传李白登临太白山，准备挥毫泼墨，可看到太白美景之后，却一个字也没有想出来，只好将已经研磨好的浓墨泼到了旁边的石壁上，从此那石壁寸草不生，色如墨染，后人便将其叫作泼墨山，而李白睡过的石头便是"醉卧石"，旁边还建造了"李白醉卧亭"。当地人口中至今还流传着这样的诗句："李白斗酒诗百篇,自称臣是酒中仙。一朝到此文思尽,此处空留泼墨山。"

曾经照耀李白的那束阳光,穿越千年,照在我凝望远山的双眸上。想起韩愈的"云横秦岭家何在?雪拥蓝关马不前"。其实不前的哪里只是马儿,还有韩愈对家人和京城的不舍与眷恋呀!"一封朝奏九重天,夕贬潮阳路八千"。为了国家,为了百姓,韩愈不顾生死,将衰朽残年抛却,他的灵魂在天地间不朽。人们在太白山建起了大文公庙,供奉韩愈。传说玉皇大帝也封韩愈为太白山神。所以无论他活着还是死去,都庇佑着天下苍生。

一边行走在山路上,一边想着千百年前,韩愈也曾走在这条路上,看过春之繁华、夏之灿烂、秋之温婉、冬之苍凉,也曾在山下捡拾随风飞远的红叶,也曾在莲花峰下静坐,心系天下苍生。

阳光暖暖地照在石头上。我静立风中,周围的一切是那么寂静而空旷。风吹过,云卷云舒。我不禁热泪盈眶。人生风云变幻,值得珍惜的一定要握在手中。

太白的风吹过千年,吹过四季的轮回,翩跹在我的生命里。

## 太白秋月

那棵柿树挂满了金黄的柿子，而叶已落尽，在月下如写意画，涂出秋的诗韵。就在那一瞬间，我泪流满面。这幅画面曾在我的脑海深处久久埋藏，而此时一下子喷涌而出。

儿时，故乡。这样的月夜，我总会倚在奶奶的怀中望月，望月下的那棵柿子树，期待着奶奶会递给我一个凉凉的、甜甜的柿子，让我一点点吮吸，一点点享受那份幸福。

柿树在春天开出淡雅的花，当花落满一地时，奶奶会将它们穿成一条项链挂在我的脖间。我们在田地间奔跑，春天就在柿花的清香里过去了。

夏天，奶奶会将落下的青柿子拾起来酿成柿子醋，为炎热的夏季增添一丝清凉。

到了秋天，奶奶会将酸涩的青柿子削了皮，在秋日的暖阳里静静地晒着，直到晒出一层白霜，酸涩就变成了甜美。那个味道是我儿时最美好的回忆。

生命中总有一些美好的情感在心底窖藏。无论你离开多远，飞得多高，它们总会在那里，让你在回眸的一瞬间热泪盈眶。

今夜，太白山，我望见的那轮月一如儿时的那一轮，只是在月下张望的人已经走到了人生的秋季。

回不去的故乡，望不见故乡的月。

# 冬季走近永登丹霞

冬风呼啸而过，席卷的落叶在时光里纷飞。站在初冬的路口，迎着阳光，走向那铺满落叶的小路。

脚下的鹅卵石路伸向前方，阳光洒满脸庞，蓝天在远山处静默。我没有将自己包裹得严严实实，也没有急于回到温暖的家中。我知道，冬也有冬的美丽。

在冬之荒芜、寒冷、衰败、干枯中，北方的大山又会怎样？那些原本就荒寂一片的大山是不是更加硬朗和粗犷了呢？我选择于冬日走进永登树屏、苦水一带的大山，那里有丹霞地貌。

其实去哪里并不重要，重要的是可以摆脱羁绊你的身体和灵魂的那片天地，可以放弃挤占你的时间的那些没完没了的事情，可以让你有不被一地鸡毛的生活缠绕而转身离去的痛快。

永登的丹霞和张掖的丹霞相比，名气没有那么大，也没有怎么开发，一切都是原始的面貌。

蓝天像一块蓝玻璃，阳光格外透亮，虽是冬日，但让人觉得暖暖的。周围的村庄安静而祥和，偶有几个老人在墙角晒着太阳，几只花狗跑来跑去，时光在这里显得那么缓慢。在这宁静的山村里，今天和明天或许是一样的，所以人们一点都不着急。

我们的到来没有打破这里的宁静，人们该干什么继续干什么，我们也继续走我们的路。

沿山路上行，很快就到了山顶。极目远眺，远处连绵起伏的大山与天相连，起伏跌宕的山峰如波浪翻滚一般奔涌向前。四周除了山还是山。

冬季的大山裸露着红与黄。红土难以生长植物，所以和江南那些绿树掩映的小山们比起来，北方的大山更显粗犷和辽远。一片片红色、黄色、褐色被随意涂抹，然后被随意抛在这里，被人们遗忘。没有多少人知道，这里还藏着一个色彩缤纷的世界。

不似森林只有碧绿，沙漠只有金黄，也不同于大海只有蔚蓝，丹霞撷取了霞光之火红，阳光之苍黄，将天地之色彩一点点融入血肉之中，然后似大西北的汉子一样粗犷奔放，拿起画笔尽情挥洒在天地间。于是不仅有了山之雄伟壮观，更有了色彩之绚丽缤纷。

置身苍茫的"色海"，人显得渺小而简单。无论是人还是绵延的大山，苍凉之中自然有了孤独之感。

山下有一片树林，树上有一条条的冰挂。冰雪是冬的精灵，也只有冬才可以将水以优美的造型悬挂在风里，将山水、树木装点成诗的模样，时而简单，时而精致，随意而洒脱。

其实，生活就是一段寻找、发现、遇见美的旅程。

# 登顶康乐莲花峰

似乎每一处有山的地方都有莲花峰。张家界有，黄山有，泰山也有，而我们这次要登顶的是康乐的莲花峰。

莲花峰因山似莲花盛开而得名。立于山下抬头仰望，阳光下的悬崖峭壁果然如一朵朵盛开的莲花。

进入山林，拾阶而上，树叶已然落尽。落叶慵懒地静卧在大地的怀中，踩上去可以听到清脆的声音。

清晨的阳光丝丝缕缕照入森林，为枝干涂上了一抹金黄，也暖暖地洒在台阶上。山的阴面还有层层积雪，一条条小径隐没在山林深处。

山林中除了我们这支徒步的队伍，就是小鸟和敏捷的松鼠了。我们可以听到自己的心跳。蔚蓝的天空下，周围一片宁静，越往上走，越能够体会到"会当凌绝顶，一览众山小"的豪情。

想象在千年的风中，无数游人墨客曾经在阳光下，在微风中静静地回望。台阶小路如同人生的坦途，行走起来轻松又惬意。

因为这里没有过多的开发，所以很长一段上山路需要攀缘前行。此时，我们紧抓铁链，蹬着巨石，手脚并用，艰难地攀登。当爬上一个垭口，那种欢快和愉悦瞬间从心里溢了出来。同时，我们也感谢那些在巨石中凿下孔洞，系上铁链，帮助游人一步步攀爬到顶峰的人。

山顶的雪越积越厚。踩着积雪在悬崖峭壁之间行走非常惊险刺激，同时也有滑倒之后跌入悬崖的危险。但在户外徒步的次数多了，胆子就大了，也有了一点经验，每一步都要踩稳、踩实，然后再寻找下一个落脚点，不急不躁。这其实就是我们经常说的脚踏实地。而平时，平坦的道路走惯了，难免连跑带跳地一路向前，许多风景也就转瞬即逝了。

而此时，我们需要小心谨慎地找好每一个支点，抓紧每一段铁链，奋力登上一块块巨石。领队银狐让我们不要向下看，而我偏偏想向下望，一瞬间，腿就软了，心跳也加速了，原来我们正悬在陡峭的悬崖绝壁之上，下面是深不见底的山谷。我不禁惊叫起来，银狐大喊："抓紧铁链，别怕。"但我却不敢向前迈步了。前面的禾木说："没关系，我拉你。"可我居然不敢放开铁链，把手伸给禾木。禾木焦急地说："现在你只能往上走，下是绝对下不去的！"我只好小心地把手从铁链上移开，快速抓住禾木的手，禾木一用力，把我拉了上去。

前面还有好几处这样的陡峭石壁。队友反复对我说："只能向前走，向前看，你没有退路的。因为这是上山的路，从这里下山更危险。"

我也知道，人在许多时候是无法选择退路的，所以我也极力说服自己。徒步本来就是为了挑战自我，既然选择了这条路，无论多么难，别人能走下去，我就一定能走下去。

接下来的几段攀爬，我咬紧牙关，踩着别人的脚印，一步步向前。

我们终于登顶了，欢呼声不绝于耳。队友残剑居然脱掉棉衣，赤裸上身在雪地上狂舞。只有付出了百倍艰辛，成功之后才会如此疯狂。

头天门、二天门、三天门、四天门、朝圣门，一步步向上，每过一道门，就离尘俗越远，离天宇越近。

山顶白雪覆盖，放眼望去一片圣洁，的确是"无限风光在险峰"。如果不登顶，如何能将群山尽览？

拽着铁链上山，下山也需要在铁链的帮助下缓缓而行。弯弯曲曲的石径，在一个又一个山涧之中延伸。这种需要相互搀扶、提醒的山路，引发了我们欢快的笑声。在笑声中，将所有的不快与郁闷一点点敲碎，抛上遥远的天空，扔向深深的山涧，留下的是心灵和身体的轻松与愉悦。

# 相逢，冬日里的大墩峡

大墩峡远离尘嚣。青山静卧，碧水轻流，幽静而清凉，夏日的周末，人们总会到这里避暑。而冬日里的大墩峡，树木落叶飘零，远山枯黄一片，没有鲜花的点缀和绿叶的浸染，更少了人群熙攘，少了繁华与浮躁，回归了本来的寂静与安然，也多了冰雪覆盖下的晶莹剔透，像一幅浓淡相宜的水墨画。

大墩峡的玻璃栈道，在冬日的阳光下如同一座冰桥，让两座山牵手。千百年来，它们久久凝望，或许未曾想过会以这样的方式相守。

褐色的大山迎接着我们的到来。走在栈道上，路过一个个飞瀑。夏日里，它们欢呼着从山顶跳跃而下，又于冬日凝固成晶莹的冰，闪耀着阳光的色彩。

沟壑纵横，接纳了所有的浮动与不安。群山收敛，在冬日的阳光下平静站立，无论碧绿与苍黄，都是它的容颜。风掠过，抚摸丛林。黄叶落尽，更显枝干的苍劲。

冰雪漫过一块块巨石，将谷底点缀，倾斜而下的水化为冰柱，丝丝凉意在山谷飘散。那泓幽泉，如你的眸子一般清澈，闪耀着深情的光芒，于山谷的一隅，静静等待我的凝望。登山远眺，你在遥远的山顶，如一棵树立在我的记忆深处。无论是春季一树花开，盛夏绿叶繁茂，还是在冬日的暖阳里落尽繁华，你都是柔柔夜色里轻飘着的歌声，叩打我的心弦。有风拂过你的脸颊，那便是我的思念在你的耳边轻吟。仰望碧蓝如洗的天空，灿烂的阳光透亮而明净。

每一次的徒步攀登都期盼遇到不一样的风景。到达山顶的观景台，有人告诉我们，前面的栈道正在维修，无法前行。但领队禾木告诉我们，这是一条可以穿越的道路，于是我们继续向前。

古旧的木栈道铺着一层厚厚的松针，可以看出这条路已经很久没有人走过。走了一段后，发现路被石块砸断了，但下面的栈道依然完整。于是扶着崖壁，踩着断木，小心翼翼地走过这十几米的山间峭壁。继续向前，不多远，又是很长一段栈道被毁，埋在山石之中。我们这才相信此路不通，只好原路返回。有几次差点滑入山谷，爬上来之后心有余悸。

朋友说："我们想走一条不同寻常的路，结果此路不通。"人生有许多这样的时候，我们总是固执地认为，前方有一条光明大道等着我们，但无法跨越的天堑总是横在我们面前，而我们就是不愿放手。

或许它只是生命中的一个小插曲，就像急流遇到了巨石会掀起美丽的浪花。在跨越巨石后，我们依然会向前，生命却因为有了浪花而灿烂了一些。

在登山的路上，无数次与萍水相逢的朋友相随相伴。并肩行走一程，下一段或许又有新的遇见，继续并肩前行。相识时的微笑，相伴时的牵手，相随时的温暖，如同一路上有溪水相伴，有山风相随。

把一切看淡，心就不累了。不要把萍水相逢的人看得太重，也别高估了你在别人心中的位置，更不要害怕失去谁。在不同的人生阶段，会有不同的人与你相遇。

# 冰雪歧儿沟

空调的暖风阻挡了所有的寒意，也阻挡了寒凉的思绪。期待一场雪，于夜半时分旋舞着，叩响门窗。

城内的雾霾遮挡蓝天，让大自然失去了本来的面目，所以一直期待一场雪的到来。而城内的雪迟迟不来，我只有自己去寻找。

冬日的阳光只有在城外才如此灿烂。我不敢抬头凝望，怕阳光刺伤了双眼。

山林枯叶落尽，唯有苍黄的枝干突兀而高傲地伸向蔚蓝的天空。空气冷冽，有几只飞鸟划过，大地沉寂而安然。雪清冷、无瑕、婀娜地飘洒在大地上，好像一层棉絮，染白了山川，洗去了一年的污渍和尘土，让江河白茫茫一片。

银狐说："穿上鞋套，这样雪就不会打湿裤子。"然后，我们小心地沿着他走过的路走，因为雪会将所有的陷阱掩盖，将沟坎填平，一不小心就会跌入深沟。

"千山鸟飞绝，万径人踪灭"。此时歧儿沟的沟底，只有我们这十几个人的小分队踏雪前行。虽然清冷，但也足以让我们这些久居闹市的人兴奋不已。

雪落无声，将谎言掩藏，但我们还是沉浸于这粉装玉砌、银装素裹的世界。

每到开阔地，我们总会双手捧起白雪扔向天空，看它在我们的头顶划过一条白色的弧线，然后重新飞舞着扑向大地。我们欢笑着，白雪和蓝衣在苍茫的大地上画出一幅素雅的山水画。

大雪下的生命都静默着，或者已经消亡，只留枯枝在雪中，被雕琢成"千树万树梨花开"的繁荣景象。那些枯枝虽然已经死去，但因为雪的装扮，仍然闪烁着智慧的光芒，以生的姿态伸向蓝天，成为冬的旗帜。

继续往前走，银狐说："穿上冰爪，我们要过冰道了。"沟底的河水在夏季清澈流淌，此时却凝结成长长的冰道。

每次出来徒步都有老公陪伴，在冰冷的世界里，紧握的手和手心的温暖才是最真切的。

光滑的冰层绝对不会让我们如此安稳地通过，一定是三步一滑、五步一滚狼狈前行，但穿上冰爪，听着冰爪插入冰层的咔嚓声，心里一下宁静起来。在野外生存，没有人类解决不了的难题，遇河搭桥，过山开路，人类的智慧在大自然的每个角落都闪现光芒。

到了平滑处，银狐说："来，我们坐在冰上，溜冰过去吧！"于是十几个人排成一队，在冰道上欢快地溜着。人家兴奋地叫喊着、歌唱着，似乎体内所有的污浊之气都随着冰冷的空气排泄一空，胸中只剩下一片冰雪的洁净。

在欢声笑语之后，银狐告诉我们："感受冬，不是站在雪中几分钟的诗意浪漫，而是像我们这样一整天都在雪中的山林徒步，你会遇见你想要遇见的一切。"

是的，站在窗前望雪，心与雪是有距离的，只有在雪中望雪，才能让自己的肌肤去感受那份冰凉，让自己的双眸去欣赏它飞舞的模样，甚至可以嗅到雪花的味道。

行走在雪中，谁都不是旁观者，都必须自己跨过每道坎，穿过每条沟。或许在你摔倒的瞬间，会有一双有力的手将你拉起，你也会在雪中摇摇摆摆地提醒他注意脚下的路。

在庸常的日子里，你不会感到牵手和陪伴的力量，唯有在大雪纷飞、寒冷至极、寂寥无人的山谷，你才会知道这份真情的珍贵，才会珍惜手拉手一路相伴的真情！

## 穿越泥泞石骨岔

周末清晨七点出门，跟随领队银狐，乘车两小时到达了石骨岔，把自己扔进森林，扔进了大自然。

森林中云雾渐起，迅速将我们包围。在很近的距离却看不清彼此，这种感觉如同置身仙境一般。今天是白露，山中已有微寒，而我却只穿了长袖T恤和防晒外套。一进入林中，我就感到丝丝凉意沁入肌肤。多亏"驴友"老贾带了一件薄薄的羽绒服，我穿上之后才感到后背不是那么凉了。

领队银狐告诉我，凡是爬山，必须要带厚衣服，而且我穿的网面旅游鞋也不合适，必须要穿登山鞋。不过我还是很开心地呼吸着与城市里不一样的空气，听着山林中野鸡和小鸟的鸣叫。伴着一路的溪水，时不时地能见到几头黄牛在草地上游荡。虽然已经过了野花盛开的季节，但是漫山遍野依然能够见到野花摇曳飘香。

穿行在羊肠小道上，雾气越来越浓，似乎还有零星小雨在空中飘飞。扬起头，伸开双臂，拥抱一山云雾在怀中。

满目绿色中点缀着初秋的点点黄意，想象着再过几日，山中一定是绿的、黄的、红的各种色彩交织成的一片五彩林。

沿着山路爬到半山腰的时候，已经是灌木丛和荆棘林相互交织。野石榴通红的果实挂在枝间，沙棘果一串串黄澄澄的果子酸透舌尖。高山杜鹃的绿叶厚实而翠绿。

一段时间没有到户外徒步，第一分队的"驴友"们将我甩出很远，但是我依然根据自己的节奏调整着呼吸，告诉自己就这样不紧不慢地走着，一边让风吹过脸颊，一边让层峦叠嶂的山峰从眼前划过。我知道路是一步一步走出来的。

我也不像以前那样只是埋头走路，希望能够跟上别人的节奏。我知道我们的终点是一样的，即使他们比我早一点到达，但还是会等着我。所以我一边关心路上紫色的小花和碧绿的小草，一边让自己完全沉浸在自然的空气里。

爬了将近三个小时的山路，走在最前面的人也开始放慢脚步等待我们，因为越往上走路越窄，而且在丛林之中，如果不仔细辨认很容易迷路。

雨也越下越大了，光忙着走路，带的雨披都忘了穿上，羽绒服已经被淋得半湿。"驴友"说："既然已经湿了，就把雨衣穿在里面，羽绒服穿在外面吧。"我一想，也对。

在户外遇到下雨已经不是第一次了，我知道雨下得越大，爬山的路就会越滑，于是赶紧督促大家往上爬，希望能够快速到达山顶。

银狐告诉我们，山顶的海拔是2800米，我们现在所处的海拔是2700米。于是我们就手脚并用，一步一滑地往上爬，终于到达了山顶。

山顶没有开阔地，全是灌木丛，我们只能站着吃点东西。因为下山至少还要走一个小时才能找到开阔地，大家恐怕会体力不支。于是，我们在一片灌木丛中顶着伞，拿出馒头啃上几口。还有几个准备充足的"驴友"拿出了火锅，在树林的缝隙中支起了锅，烧起了火，烫起了菜，阵阵香味在风雨中飘散。

这样的浪漫让等待也变得美好。户外徒步本来就无法预料会遇到怎样的风雨和坎坷，但无论怎样都要愉快接受。这个队伍里有一对60多岁的老年夫妇，当他们最后爬上山顶时，我们欢呼着给予他们掌声。我不知道，等自己到了60岁，会不会有像他们一样行走在山水之间的劲头。

老人告诉我,他们不愿意天天待在家里,但他们没有想到爬山的强度这么大,更没有想到自己能够爬上来,也算是挑战了一下自我吧!

下山的时候要穿过一大片荆棘林。我们全副武装,将头和脸全都包好。在许多地方,需要弯腰、下蹲才能通过。

脚下是多年沉积的落叶,厚厚的,踩上去软软的,很舒服。虽然下了雨,但是路并不滑,而且灌木丛中到处可以看到大大小小的蘑菇。我们不去研究它们是否有毒,也不想去采摘它们。这些小精灵在灌木丛中随意生长,时不时地以不同的姿态出现在我们的眼前,给我们惊喜。

下山穿过灌木丛之后就来到了山谷,河水暴涨,淹没了原来的小路,我们只能蹚河而过。刚来时听到小河叮咚的声音,还觉得那么富有诗意,现在要从沁人骨髓的冰凉的河水中蹚过,就觉得不那么美好了。即使河中有石头,但是也长满绿苔,踩上去更滑,更容易摔倒。有时候遇到水深也没有石头可以踩的时候,大家就互相拉一把。还有些地方看起来虽然没有水,但是踩上去却直接陷入水坑之中。

我们花了两个多小时才从灌木丛中走出,一片茂盛的草丛那边就是成片成片的森林。从出发开始,我们一直没有休息,这时候才放慢了脚步放眼四周。一重山接着一重山,绿色尽染。一片夕阳照入林中,天空一下变得蔚蓝。

户外徒步如同人生,无论遇到什么情况,我们都要坦然接受。美好的与坎坷的,哪怕摔跤,哪怕艰难的攀登,哪怕雨水打湿脸庞,哪怕汗水湿了又干……选择了户外就要接受大自然的安排。

# 风雪飘飞坎布拉

清晨迎着秋风一路向西,前往青海黄南藏族自治州所属尖扎县西北部的坎布拉。"度娘"告诉我:"坎布拉公园内分布着坎布拉乡所辖七个藏族村社。这里有奇特的丹霞地貌,丰富的动植物资源,浓郁的宗教文化资源,古朴的民俗风情,沿途还经过国家重点工程——李家峡水电站。

九月底,兰州还是绿意盎然,坎布拉已经是秋色连波。一棵棵金黄的树在每一个转弯处迎面而来,一片片通红的叶子在枝头招展。格桑花在路边招摇,静谧而有灵性。山峰起伏着,向身后跑去。

车子忽左忽右,隔着车窗可以嗅到清冷的风中那苹果和梨的清香。通红的枣子在枝头低垂,丰收的清香沁人心脾,心也飞驰在丰收的田野。黄河如一条绿色的飘带映入我眼中,也许它在青海才如此清澈。它平缓而安静地流淌着,哺育着这里的一草一木和勤劳的人民。

一路上很安静,几乎见不到其他车辆同行。或许是还没到旅游的旺季,又或者这一带原本就鲜有人来。坎布拉在藏语里的意思是康巴的庄园,犹如与世隔绝的世外桃源。居住在半山腰的村民平时难得下山,有些人甚至一辈子都没到过县城,更不要说远在二百公里外的西宁了。

越过青黄相接的田野,一组丹霞地貌的山峰丘陵在眼前蜿蜒,生命也如坎布拉起起伏伏的山峰一样,在沟沟壑壑中向前。一层层通红的色彩在生命中延伸,无论生命中是否有绿树成荫、鲜花盛开,那起伏的山峰，挺拔的山脊，连起来也是一首首雄浑的乐章。

车子驶入坎布拉景区，像是进入了一个大大的山谷，可谓是树的海洋、山的家园。丹霞山搭配着坎布拉湖，小家碧玉般温情脉脉。

到达坎布拉时，风行云端，蔚蓝的天空一瞬间阴云密布，但那池高原湖水依然清澈，让山野更显苍茫。船一程，跨过坎布拉湖水；车一程，翻越山峰，坎布拉的秋景尽在画中。

那池干净的秋水犹如坎布拉清澈的眼睛，四周的山峰望穿秋水。无论风雪，山都静静地拥一池水在怀中，千年万年相守。

到了徒步栈道的时候，雪已纷纷，漫山遍野都是秋的颜色。秋，因为走过了羞涩和娇嫩，所以比春更厚重；走过了激情与火热，所以比夏更丰富。"霜叶红于二月花"，正因为经历了风霜雨雪，坎布拉的树林才更显多彩。登高远眺，在风雪中，我们更加体会到"无边落木萧萧下"的苍茫和冷峻。虽然穿着厚厚的外套，但还是感觉寒气逼人，甚至有点刺骨。在海拔三千多米的空山旷野，我感受到了海阔天空的气势，甚至有与敌大战三百回合的酣畅淋漓。

山谷中突然传来一声悠长的秦腔，厚重的声音铿锵地敲击着山上的树木，树木似有瑟瑟发抖之声。此时，也只有西北的汉子才可以吼出这样的声音，但也很快消失在绵延的山林之中。

一路上秋风催黄树林，吹红树梢，吹醒沉睡于琐碎之中的心灵。每天算计着一程又一程的收获，比较着自己的得与失，可生命就如秋末的一片黄叶，有谁会拾起来，静静地在阳光下端详你生命的纹路呢？

铺满落叶的小径向前延伸，生命并没有因为飘零而显得凄凉。在枝头时，叶子宁静地守着一树青春，即使飘落地面，它们依然淡定守住大地的一方。

拾起一枚落叶，叶脉在阳光下更显清晰和苍劲，每一条叶脉或许都是它的经历，曲曲折折间已到了秋天。

雪越下越大。山路回环，更显得缥缈。山的棱角被隐去，如梦幻一般。清冷中依然有鸟清脆的鸣叫，风雪掩盖不住生命的活力。仰望天空，心也如飞雪一般，自由地在天空飘舞。朦胧的人间啊。

沿着栈道蜿蜒向前，风雪渐止。清风渐起，天空蔚蓝，白云朵朵，纯净如洗。纵然冷暖交织，心中依然有花开叶红；纵然岁月清冷，仍然守一方绿林，一座青山；无论风云变幻，心依然淡定从容。

经历风雨之后，才会有温暖的微笑。风在云在，相拥相舞。

# 负重前行

## ——穿越深谷雪野

那年冬天,银狐说到太平沟徒步赏雪,很快就有十几个"驴友"响应,而且有"驴友"提议在雪地里吃火锅,那可是别有一番情趣。

出发前一天,我就到市场上采购了羊腿、牛肉、蔬菜、水果。老公提醒:"别背那么多,走十几公里路,你会背不动的。"我自信地说:"没关系,以我的体能完全可以。"

从喧嚣的城市来到静谧的太平沟,阳光都显得格外刺眼,天空也蔚蓝一片,干枯的枝干在大地上写意地挺立着。

穿越太平沟需要走16公里路。刚开始进入森林,雪还不是特别深,走起来还很轻松,大家会时不时地团起一个雪球,你砸我一下,我砸你一下,笑声在山谷中回荡,震落枯叶上的一团团雪。脚下积雪松软,走起来格外带劲。

越往森林里走雪越厚,有的地方,雪已经漫过了膝盖,每走一步都很吃力,也只有银狐这样有丰富的户外徒步经验的"老驴"在前面开路,我们才不至于迷路。

走了几公里之后,我渐渐感到肩上的行囊越来越重,脚步也越来越沉了。银狐说:"你今天的装备背的太多,有没有我们可以替你分担的?"我说:"有啊!快来,一人拿一个苹果。"看我拿了那么多水果,银狐说:"以后徒步,只需要背自己的东西就行,因为每个人都有准备,你这样只会给自己增加负担。"

除了穿越山沟,还要爬山。虽说我包里的东西少了许多,但那些肉和蔬菜还是很重的,爬山时,我落下了很远。为了等我,大家都不能走得太快,有几次我摔倒在地,也不敢有一声抱怨,赶紧爬起来,拍拍身上的雪说:"没事没事,大家继续往前走吧!"可是内心却有些沮丧。以往徒步的时候,我都处在中间的梯队,而这次……

山林中的美景,天空的蔚蓝,我已经无心欣赏了。银狐对我说:"不要受情绪影响。这山中的雪景一年难得遇到一次,好好呼吸一下这清冽的空气吧!"

我独自一人站在过膝的雪中,望着林中的小路和前面的队友留下的深深的脚印,突然亮开了嗓门,长长地吼了一阵,那发自肺腑的吼声在山林回荡,将胸中所有的不快都赶走了。

我的吼声引来了前面队友的回应,禾木大叔敞开了喉咙,吼起了秦腔,那声音撞击着山林,撞击着血液,很有一种荡气回肠的感觉。我突然想起刘成章在《安塞腰鼓》里说,"多水的江南是易碎的玻璃,在那儿打不得这样的腰鼓"。是啊,也只有这样的深山老林才可以经得起如此厚重的、气势磅礴的、酣畅淋漓的狂吼。

大家在山林里大声歌唱,无论是否跑调,无论是否优美,每一声都是从胸中吼出,每一声都是从生命最压抑的地方发出。这些歌声将我们心中最郁闷、最失望、最痛苦的情绪抛向天空,洒向原野,并将随着春季的到来,随着冰雪的融化而烟消云散。

银狐说:"不要自己给自己加压。你的累,有时候不是别人带给你的,而是你自己想要承担太多。"是的,我们每个人都在生活中负重前行,为父母,为儿女,为工作。许多时候,我们都将不属于自己的重担扛在肩上,而且无法放下,甚至美其名曰"有付出就有收获,天道酬勤"。

可是在做这些的时候，我们并没有考虑到自己的能力，这种盲目的或者无奈的承担，有时会把我们压垮。前路荆棘几何，坎坷几何，冰雪几何！唯有放下该放下的，扔掉该扔掉的，才可以走得很远。

终于到了一片开阔地，银狐说："在这里准备午餐，吃火锅。"地垫铺好，煤气炉安放好，火生起来，锅支起来，大家带的肉、蔬菜、水果很快摆了一地。一会儿，热腾腾的麻辣味道就在雪野中飘散，火辣辣的味道刺激着味蕾，温暖着每一寸肌肤。对于喜爱吃火锅的我来说，今天的火锅是最美味，也最难忘的。

一顿美味足以抵挡所有的寒冷。在后半程的穿越中，虽然还是积雪过膝，甚至有光滑的冰面，但减轻负担的我却走得很轻松。在徒步中与坎坷和泥泞周旋，就如同在自己的世界里与不堪的人和事周旋，只有脚踏实地、坚持不懈、懂得减压，才能顺利地翻越山岭。所以对我而言，徒步是一次心灵的沐浴，是一种精神的突围。

登高极目才知天地之大；在苍茫之间才知生之卑微；在与山水的相处里才懂得如何跟自己相处。你若澄澈，世界就如明镜倒映蓝天白云；你若简单，世界上的各种算计就无用武之地；你若内心修篱种菊，世界自然会避开车马喧嚣。人生是一场有去无回的旅行。不愉快的过往、痛苦的回忆都会成为昨日的风。风雪苍老了我们的容颜，却淡定了我们的心灵。日子是自己的，道路也是自己的，不负岁月，也是对自己的负责。唯愿每天都深情地活着，将风、雨、雪酿成一杯美酒，让自己沉醉，将生命开成一场绚烂的花事。

# 太平沟遇见高山杜鹃

## 一、迟来的春天

兰州的天气说变就变,昨天还艳阳高照,今天就是沙尘漫天。但是既然选择了户外运动,那就说走就走,风雨无阻。

我们徒步的路线是从太平沟穿越官滩沟,大概有 16 公里路,早上 7:30 出发,下午 5:30 返程。

太平沟的海拔是 2400 米,最高峰有 3200 米,这里的空气都比城市里透明许多。

城市里已经过了"人间芳菲四月天,桃红柳绿醉春烟"的春季,换上了"枝头花落未成荫,篱落疏疏一径深"的初夏风光。而此时的太平沟,才是"草色遥看近却无"的初春景象。北边的山坡还是一片苍黄,沙棘和酸果枝还是光秃秃的,没有一点要吐绿的样子。

有"驴友"带来一只小狗,欢快地跟在我们左右。这只小狗已经是"老户外"了,如果按照人的年龄计算的话,它应该有 80 岁高龄了。带着宠物徒步,也是一件很有趣的事。

郭郭说:"徒步有毒,会上瘾的。"以前,她的周末生活就是躺在床上玩手机和吃饭睡觉,现在每周都会迫不及待地到山林中放松,而且每次徒步完之后都在计划着下一次的出行。因为每次出发,走的路都是不一样的,每个季节的风景也都不相同,你会遇到许多自己根本无法想象的风景。大自然的造化比人类制造出的城市更为奇妙。

沿着山路一路向上，我们看到了许多树，它们身下的泥土已经被山洪冲走，但是裸露的根依然努力地向下扎。这些树虽然还没有发芽，但是可以想象，数日之后，裸露在外的根会慢慢扎入泥土深处，滋养着小树发芽吐绿。哪怕只有一条根须还在泥土中深埋，它都会想尽一切办法让自己活下去。

## 二、遇见高山杜鹃

爬了近两个小时，终于到达了山顶。山风猎猎，当我们准备从向阳的山坡往下走的瞬间，忽然发现眼前居然有成片的高山杜鹃，红的、粉的、白的，在冷风中怒放。

风雨说："高山杜鹃只有在海拔 2000 米以上的地方才会生长，而且四季常绿。从头一年的冬季就开始长花苞，一直到来年五六月份才会盛开。"

在冷风中，我凝望着这些杜鹃。它们是这里最高大的植物，六七米或者十余米。一枝枝，一簇簇，肆意地绽放着；一团团，一片片，忘情地燃烧着。熊熊似火的杜鹃花，召唤着万紫千红，汇聚在一起，交织在一起，热闹又热烈，蔚为壮观。

它们选择了高原地带，也选择了默默忍受严寒，它们的盛开要比别的花儿艰难许多。它们用半年时间孕育花蕾，将日月的精华与泥土和雨露的滋养一点点积累，将一小朵、一小朵像喇叭一样的花簇拥在一起，然后灿烂开放。那一个个的小喇叭就是它们向风雪吹起的号角，那顶风傲寒的姿态更让它们多了几分冷艳与高洁。

摸摸旁逸斜出的枝干，粗糙而坚硬，冰冷而沧桑。别看只有手腕般粗细，却经历了几十年甚至上百年的雨雪风霜。俗话说"不经历风雨，怎能见彩虹"，正因为它们经历了岁月，汇聚了精华，才开得这么壮丽，这么顽强，这么神圣。

## 三、冰雪未融的小溪

谷底的冰雪还没有融化，但是小溪已经在冰雪之下欢快地流淌着，跳跃着。

因为已经经历了徽县三滩东沟峡的大江大浪，这样的小河对于我们来说并不算什么，但是居然有十几个队友滑入水中湿了鞋子，还有湿了衣裤的。在徒步中遇到意外是难免的，面对大自然设置的一个个"拦路虎"，唯有小心翼翼地面对。

羊肠小道就在小溪边，上面铺满了厚厚的枯草，踩上去软软的，有些地方一踩就陷了下去，抬起脚，水已经汪了出来。这种感觉奇妙极了，是走在城市里的柏油马路和水泥地上永远找不到的那种松软与舒适。

在山谷中穿行了几个小时之后，大家都饥肠辘辘，最盼望的莫过于选一片平缓的山坡聚在一起，支起锅灶吃火锅。

在人迹罕至的山谷之中，大家将自己带来的矿泉水、火锅菜汇聚在一起，每个锅里下两包火锅底料之后，汤锅立马变得鲜亮诱人。第一口入胃，那种火辣而满足的香气，立即让每个人露出了轻松而幸福的微笑。其实吃什么不在于味道，而在于心情，也在于与什么人一起吃。

大家或坐或站，围在两个火锅周围。这种感觉已经多年没有了。大家每天都过着自己的小日子，吃着自己的小锅饭，精致而美味，但吃的多了，似乎觉得缺了些什么。现在大家围成一圈分享食物，虽然说不上有多么美味，更谈不上精致，但是大家一起说笑着，和着天空的流云和山谷的清风，这火锅的香味才显得那么诱人。

走在人迹罕至的羊肠小道上，呼吸沁人心脾的空气，放飞束缚在钢筋水泥丛林中的心情，你会遇见意外的美丽。

# 溯溪徒步徽县

一路向南，走进了陕甘川交界的徽县三滩风景区。这里林海茫茫，碧草连天，因为有三个森林、草甸相连，故名"三滩"。我们这次去的是东沟峡。

## 一、嘉陵江漂流

早晨 7：00 出发，下午 6：00 才到嘉陵江畔。虽然沿途的风景可以减轻乘车的辛苦，但狭小的空间和颠簸的路途难免让人困乏。一下车，看到碧绿的嘉陵江在碧绿的两山之间缓缓向前，乘车的辛劳马上烟消云散。

我们乘着气垫船在江面上缓缓前行。由于是初夏，徽县又位于嘉陵江上游，所以水面平缓，我们可以静静感受"行舟碧波上，人在画中游"。船老大为我们"指点江山"，一会儿说左边的山峰叫什么，一会儿又说李白曾经到此游览，题诗于峭壁间。看来，哪里有碧山清水，哪里就有诗人的足迹。

河岸边悠闲的钓鱼人独钓江畔。据说这里有娃娃鱼，这种鱼对生活环境要求很高，可见这里的水质非常好。

船老大用船桨一指："回头看，我们的后面就是卧龙山。"诸葛亮六出祁山时曾经多次经过这里，在悬崖峭壁间可以看到许多圆孔，那是蜀国运粮的栈道留下的痕迹。当年铺就栈道的木板早已不见，但石壁上一个个圆孔就像深深刻入历史的印迹，书写着诸葛亮指挥千军万马，不远千里六出祁山征战魏军的辉煌。

说到此，船老大流露出自豪与骄傲的神情，仿佛他曾是当年为诸葛亮运送粮草的那个船夫，也曾领略诸葛亮的智谋与才华。是的，这里的每一座山，每一棵树都见证了卧龙的雄姿英发和英雄气魄。他的故事流淌在山水之间，他的英魂化作一座山，一条河，一棵树，一直在我们的身边，从来不曾远去。

在江水的每一个回环处，总会看到一两栋别墅掩映在青山绿树之间。住在这里的人们每天面对青山碧水，呼吸着新鲜的空气，望着江面上来来往往的野鸭。饭后悠闲时，还能在江畔垂钓，过一种"农夫山泉有点甜"的生活，是很惬意的。

船老大指着岸边的一栋别墅告诉我们，那就是他的家。我们心生羡慕，问他："这样一栋别墅在这里，值多少钱呀？"他说："也就200多万吧。不过你们别羡慕了，我的儿女们可不愿意生活在这交通闭塞的地方。虽然这里有青山，有绿水，有他们的根，但是他们更向往外面繁华的城市生活，留在这里的，就是像我一样上了年纪的，依然眷恋着这份故土的人。"看起来，每个人都在自己的生活里羡慕着别人的美好。

船老大告诉我们，他从小就生活在这里，每天清晨都是在清脆的鸟鸣声中醒来，然后看着炊烟袅袅升起。夜晚则坐在自家院内听江水滔滔，望天空繁星点点。我们再一次对这位面孔黝黑、身材魁梧的船老大心生敬佩。他就像一位山水诗人，因为生活在这里而道尽了所有的诗情画意。

碧水倒映着青山，鱼儿轻游在水底，浪花不时地让橡皮艇上下颠簸。每到水流转弯处，我们的艇上下起伏，激起了声声尖叫。旁边的艇上有好斗的小伙子用船桨击水，挑起了二艇之间的水战，双方你一桨、我一桨，在笑声中战得不亦乐乎。还有用水枪互相攻击的，你来我往，乐此不疲。大家虽然身穿雨披，但依然湿透了。挑战与应战的呼声不停，欢笑声也不断。还有一些人唱起了嘹亮的山歌，大家应和着、呼喊着，将压抑了许久的激情在江面上释放。

这时，悬崖峭壁间有绿皮火车缓缓通过。船老大告诉我们，这就是大名鼎鼎的宝成铁路。他们小的时候，家里的鸡鸭牛羊以及蔬菜、粮食，都是通过这一趟趟的绿皮火车运送到外面。外面的电器、机械，也是通过这趟绿皮火车运到了他们的生活里。

兰渝高铁通了之后，火车的趟数减少了，但是火车票依然是几十年前的价格，于是这一趟趟火车就成了人们的"快速公交"。

嘉陵江贯穿着古今，连接着山川，从雪山一路奔来，曲曲折折地涌向大海，而我们仅在徽县段与它相遇。我们不求永恒的驻足，只为它瞬间的美丽。

## 二、溯溪徒步东沟峡

东沟峡是徽县月亮峡景区的重要组成部分，位于月亮峡上段。它未经开发，没有道路，唯有溯溪、翻山才可渐渐走进。

清晨的阳光斜洒在山林，每一片叶子都闪着油光。顺山路前行，一路鸢尾点缀草丛，点点蔚蓝在风中静立。高大的野核桃树在初夏孕育出如拇指大小的桃核。

这里峡谷幽深，水流清澈，崖壁陡峭，植被茂密，春天花香扑鼻，夏天凉风习习，秋天层林尽染，冬天白雪皑皑，堪称"梦中伊甸园"。

顺石子小路向前，植被越显茂盛，山峰也越显险峻。人在密林里见不到多少太阳，但灌木、箭竹、荆棘茂盛，行走中被刺所扎是常有的事，也许这就是徒步穿越的乐趣。

在悬崖峭壁间不时可见开凿于三国时期的古栈道孔。这条栈道承载着蜀国运送粮草、输送物资的重任，使这段峡谷成为入蜀的必经之路。

现在一条条高速公路和铁路让入蜀成为一件轻松快捷的事情，这条古道渐失繁华，只留下山间小径通往远方，甚至有些地方因为有河流阻挡，不得不涉水前行。如果遇到雨季，河水过胸，一般的人是很难通过的。现在是初夏，水深已经到了腰部，要不是领队小雨和热心的队友帮助，像我这样的人只能被它拒之山外了。

路上的花儿开得正艳，我们不时和它们合影，欣赏它们，品味它们的野性。

走了一段小路之后，我们被溪水挡住了去路。于是大家换上了溯溪鞋，我也穿上了鞋套，而有些人打算脱掉鞋子，赤脚涉水。小雨马上制止，说这条溪里有蚂蟥，必须穿上鞋和袜子。

小雨和几位队友站在水流湍急处，告诉我们可以踩哪一块石头，哪一块是坚决不能踩的，那些看起来很大、很平整的石头，如果长满了青苔就会变得很滑。我以为穿上鞋套就可以安全通过了，可是到了水深处，溪水直接灌进鞋子，鞋和袜子瞬间全湿，透骨的冰凉直击骨髓。水很快漫过了膝盖，裤子也全湿了。我无奈地脱下鞋套，索性直接穿着徒步鞋下了水。上了岸，在阳光下走了一阵，速干裤就干了，然后我们该照相照相，该唱歌唱歌。

山路回环，我们一会儿在岸边，一会儿在丛林里，一会儿又要溯溪而上。小雨告诉我们，只有到达燕子洞才能原路返回。我和郭郭计划紧跟小雨，不达目的不罢休。

郭郭的身体素质比我好，很轻松地紧跟小雨，而我到了爬坡处就有点气喘，但是在徒步中磨炼出的坚韧，让我始终咬紧牙关，紧追不舍。

每到一处需要涉水的地方，小雨都会停下来，站在水深处扶大家上岸。有一段河流，上面虽然有三根木棍拼成的小木桥，但是由于水位上涨，木桥的一端已经淹没在水里，于是木桥的两侧便站满了身体强壮的队友，他们扶着像我们这样的弱者，小心翼翼地缓缓通过。队伍里有两个七八岁的孩子，小雨一次次地背着他们从冰凉的河水中穿过。

小雨说，在野外，领队就是灵魂，因为领队知道这条路上哪里有险滩，哪里有坎坷，他们总是第一个站在那里，承担起自己的责任。所以在每次涉水而过时，我都从心底里对他们充满了感激。

平日的徒步都是在岸上，远望溪水或潺潺或宁静地变换着身姿。唯有此刻可以站在湍急的水流中，亲近水底的细石，感受溪水的彻骨冰凉，在水流湍急处承受水的冲击，感受激流从皮肤滑过的轻快。

有一位队友踩上了长有苔藓的石头，一下滑倒在水里，浑身湿透。好在他提前准备了衣裤，换上之后依然欢快地前行。户外人有一个最大的特点，就是不管遇到什么事情，心态都特别好，因为到户外就是为了寻找快乐，哪怕遇到麻烦，遇到困难，也会苦中作乐。

当蹚过最后一段溪水时，心中满是喜悦，是大汗淋漓之后的畅快，是筋疲力尽之后的瘫软如泥，也是走过万水千山般的轻松，更是披荆斩棘之后的胜利。

## 三、扎营向阳草甸坡

出了严坪村，就看到成片的核桃林和一块一块的油菜地，在阳光的照射下闪着油绿的光。山路回环，我们突然发现一片向阳的草甸坡，草长过膝，绿油油的草地上，有鸢尾的紫色小花，还有不知名的红色、黄色的花儿点缀其间，如一块绚丽的地毯。草甸前方是一条潺潺流淌的小溪。小雨说："这就是我们的宿营地。"队友们很快扎下了帐篷。红的、黄的、蓝的帐篷，也如盛开在草地上的鲜花。

从清晨的精神勃发，到晌午将自己的身体一点点抽空，再到傍晚时分筋疲力尽地拖着自己的身体从山林中走出，然后将自己交给野外的帐篷，似乎躺倒就听到了自己的呼噜声。

队友们忙着烧水做饭，而我一觉醒来，喝着滚烫的水，吃着徒步时顺手摘来的野菜，不禁感慨这水是我喝过最甘醇的，这野菜也是我吃过最清香的，在慢慢地咀嚼中，品味一步步走来的那种满足和一点点沉浸山林时的幸福。

黄昏的天空中红霞满天，那柔和、悠远又充满希望的霞光，将我的目光一点点点燃，就像生命交响中的行板，引导着人们去领悟那一份淡泊。日暮的静谧，让人的心灵闲适而平和。连绵起伏的远山，在落日余晖里如一幅浓淡皆宜的水墨画在我的眼前铺开。近处山上的青松翠柏，在傍晚时分更显葱郁。

西边的云不断变换着身姿，如万马奔腾般在天空翻滚，又慢慢地飘散。天空暗淡下来，星星开始一颗一颗地闪现。周围是那样寂静，就连小虫子的叫声也渐渐远去。我已远离城市，就连村庄也在远处。队友们一个个安静地睡去了，"独怆然而涕下"的悲怆与孤寂悄然涌上心头。

望着天空中那一颗颗闪动的星星，想起每一个逝去的人都会化为一颗星星的传说，突然想寻找哪一颗是爷爷奶奶，哪一颗是父亲。或许在这寂寥的夜晚，他们也会在天上静静地注视着我，如同我在寻找他们一样。在我们目光交汇的时空里，许多点滴涌上心头。他们静静地说笑着，如从前一般，他们的目光还是那么温暖，让我在凉凉的夜里，心一下明朗起来。或许我们在各自的世界里好好活着，相互不挂念、不惦记，就是最好的纪念。

## 四、东沟峡的石头

我对石头有一种特殊的情感，因为儿子的小名就叫石头。大自然在造物的时候，既创造了柔弱的植物，又创造了坚硬的石头。自然界给了所有事物生命，只是在许多时候，我们无法与之交流罢了。

我触摸着峡谷中大大小小的石头，没有哪两块有着相同的面孔。它们安静地躺在谷底，或者卧在溪水中，任凭山溪冲刷，任凭风吹雨打。

在悬崖峭壁的断面上，不时有一段段千姿百态的化石层。这些化石形象生动，有的像游鱼，有的像海虾。经专家鉴定，它们确实是古代海洋中的生物化石，标示这个区域在远古时曾经是海洋。想象着千百万年前，这里烟波浩渺，鱼虾游弋，波浪拍击着岩石，水鸟翱翔天宇。沧海桑田，所有的记忆都留在了远去的涛声里；所有的生命都留在了陆地的巨石之中，无声地述说着千万年来的风和雨。

随手捡起一块石头，上面的花纹随意铺陈着。那或浓或淡的线条像一片片云彩，我看到了云彩背后的喧嚣、闪电、雷鸣。还有众多与我有关或者无关的故事，顷刻之间向我围攻而来。它们涌进我的记忆，和一段段历史相连，再也挥之不去。

在偌大的天地间，唯有石头与世无争。唯有与世无争，才可任由风吹雨打；唯有与世无争，才可以在岁月的长河里经受日月的洗礼、世事的变迁而容颜不改、傲然矗立。

在繁华的城市中，我常常感到焦虑、失落、郁闷、无助，也常常想起那深山巨谷中的一块块石头。它们教会我在凡世中保持自己坚硬的风骨，坚守自己脚下的土地，像一块石头一样活着，可以卑微，却不轻贱，可以孤单，却不流俗。即使在泥沙俱下的洪流里，也会击起生活的浪花；即使在风雨交加的日子，也会发出铮铮的脆响；即使在漫漫长夜，也依然闪烁钻石般耀眼的光芒。

## 五、探秘燕子洞

中国的溶洞有数百处，多分布在南方石灰岩地区，是碳酸岩在温暖湿润的条件下发育而成的一种特有地貌。洞中各种溶蚀形态和钟乳石堆积物，塑造出光怪陆离的奇妙景致。

看过广西桂林的银子岩、芦笛岩，进过金华的双龙洞，也曾经到过福建武夷山的龙腔洞，还欣赏过湖南张家界的黄龙洞。所以对于溶洞，我并不是那么好奇，但小雨说这是一个纯天然的、没有经过一点人工打造的溶洞，很值得一去。

于是，我们从东沟峡出发，涉过溪水，穿过草地，翻越大山，在丛林和竹林中徒步四个小时后，来到了一个不起眼的山坡下。小雨停下脚步，告诉我们燕子洞到了。我们抬头张望，并没有发现这里有什么奇特的地方。原来，洞口掩映在树林之中，很难发现。

小雨让大家把随身携带的行囊全部放下，穿上薄羽绒服，打开手机上的手电筒，准备爬上半山坡，进入燕子洞。

一进入洞口，视野一下开阔起来，大家把头顶灯打开，看到了洞中形状各异的石笋。小雨问："你们看，它们像什么？"于是大家纷纷议论起来，有的说像猫头鹰，还有的说像猴子。继续往里走，岩壁上有各种图案，但是它不像那些已经开发出来的溶洞打着人工的五彩灯，而是原生态的，这倒更让我们浮想联翩。

走过一个大洞之后，来到了一个很小的洞口。小雨说："我们只能爬过去，而且一次只能容一人爬过。我先过去，给你们照亮，你们再一个一个爬进来。"

小雨爬过去之后，用灯光照着黑暗的洞口。第一个爬过去的人尖叫着，我们心中都充满好奇，那个洞会是怎样的呢？是不是"初极狭，才通人"，然后又是一个豁然开朗的世外桃源呢？

大家一个一个地通过。在黑暗狭窄的洞里，我爬得很艰难，不是磕着胳膊，就是碰着屁股，而且膝盖着地，坚硬的地面硌得腿疼。终于四肢并用地爬出了洞口，小雨说："抬头，抬头！"然后咔嚓一声，给我们照了一张刚出洞口时惊恐中又带着惊喜的照片。

爬过黑洞，果然是一个偌大的厅，却不是"屋舍俨然，有良田美池"的世外桃源，而是漆黑一片，潮湿、密闭的，充满异味的空间。小雨说："大家把自己的灯都打开，照在洞壁上。"

哇！只见上面密密麻麻地悬挂着无数黄褐色的蝙蝠。这些蝙蝠整整齐齐地排列着，静静地悬挂在洞壁上。小雨说："蝙蝠白天都是在洞里睡觉的，只有到了夜晚才飞出洞去活动。"我想起教科书上说，蝙蝠夜里飞行，靠的不是眼睛。它一边飞一边从嘴里发出一种超声波，人的耳朵是听不见的，蝙蝠的耳朵却能听见，超声波像波浪一样向前推进，遇到障碍物就反射回来，传到蝙蝠的耳朵里，蝙蝠就立刻改变飞行的方向。人们根据蝙蝠的这个特性发明了雷达。

黑暗、潮湿、逼仄的空间，给人一种压抑和恐惧感，我不敢停留太久。小雨说里面还有一个大洞，愿意去的跟他走，不愿意去的，他会送我们出去。我赶紧出去了，在外面晒太阳。

结束了燕子洞的探险，我们原路返回。因为是走过的路，所以无论是爬坡、穿越丛林，还是涉水而过，都轻松了许多。郭郭还教我认一种野菜，当地人叫鸡儿菜。在一处开阔地，有成片的鸡儿菜，我们边走边摘，不一会儿就收获了一大袋子。郭郭说："今天的晚餐有野菜吃了！"

一路上和郭郭聊天，她说："远离城市的喧嚣，用脚丈量大地，攀登青山，踏过溪涧，路走的越多，内心越是柔软！看到的每一处风光都是美景！"所以郭郭的脸上一直挂着笑容。她说："到户外就是为了寻找开心，哪怕遇到麻烦，也要开心地解决。对于整天埋头工作的人来说，一张办公桌就是全世界，对于整天忙于家务的人来说，一间房屋就是全世界，而对于我来说，那只是生活的一部分，世界只是我途经的驿站！"这样的人，无论和谁在一起都应该是轻松快乐的！这样的人，无论在生活中遇到什么烦恼，都会在微笑中让它们灰飞烟灭！这样的人赢得的不只是身体的健康,更是心灵的愉悦,生活的幸福!

正如《最好的时光在路上》所写的:"一辈子是场修行。短的是旅途,长的是人生。旅行,能让你遇到那个更好的自己。"

## 六、东沟峡的碧波

我时常会沉浸在一滴水的世界里。一滴水映射着一片海,苍茫无际、波涛翻滚、汹涌澎湃;一滴水折射出自然、生命、灵魂;一滴水涵盖宇宙、世界、万物。

唯有水可以无声地接纳万物。遇着巨石,它会掀起朵朵浪花跳跃而过;遇到扔来的石头,它会接在怀中,放在身底;就连尘土细沙,它也会一一收入囊中。有时泥沙混入太多,它会混浊几日,但它并不停留,依然滔滔向前,等泥沙沉底,它又复归清澈。无论是繁花似锦还是灯火阑珊,都挡不住它前行的路。

面对东沟峡的水,我不仅仅沉醉,还有些眩晕。一路上,溪水时而碧绿,时而浑浊,水流或急或缓,或深或浅,或左或右,就如同我不知人生到底是什么颜色,岁月是什么样子。你看它一路冲过来打在石头上溅起水花,一圈儿波纹还没有完全散开,另一圈儿又压了上来,活蹦乱跳而又井然有序,喧嚣又安闲。恍惚间,它正从狭长走向宽阔,从山林的缝隙里挤出一片敞亮的天地。看似默默无声,但又不可遏制,奔涌向前。它只有一个方向,那就是穿过丛林,一路向东,汇河成海。那涌动出的每一条柔美的曲线,看似恬静自然、漫不经心,但又没有丝毫犹豫,坚定而决绝。

山为源,海为终,顺流而下,没有什么可以阻挡。人生何尝不是如此?从出生的源头到死亡的终结,生命的轮回有谁可以抗拒?人生也像一条河流,可是有些河流在前进中消失在泥沙之下;有些河流掩映在绿草之间；有些河流在山谷巨石中蜿蜒，最终汇入大海的能有多少？

　　沿着东沟峡的山谷向上，必须要多次横穿河道。我们或踩着河底的细沙，或攀着河中的巨石，逆流前行。河水冰冷地凝望着我们。它或许会阻挡胆小懦弱的人，或许会吓退总是站在岸上观望的人，对于我这样既不是强者也不是勇敢者的人来说，要想挑战自我，唯有小心翼翼，唯有敬畏谦卑，摸着石头过河。

　　而溪水这时候倒显得高雅而浪漫，在我的脚旁缓缓地唱着歌曲，还在我的身边划出几条优美的弧线，翻滚起几朵浪花，嘻嘻地笑着送我上岸。其实我更愿意坐在岸边，望着溪水，在峡谷的一缕斜阳里，念着"子在川上曰：'逝者如斯夫，不舍昼夜。'"

　　在人生路上，哪怕曾经满身泥泞，哪怕摔得鼻青脸肿，只要前方有一丝亮光，我都会逆光而行，逆流而上。

# 光雾山的秋叶

活成自己喜欢的样子是一种美好，所以我经常在长夜里问自己："你想要的究竟是什么？"

有些女人把时间和精力花在了华丽的服饰和美容养颜上，有些把时间花在了精致美食上，而我则愿意去山水之间游荡，感受微风的轻拂，体味秋叶的飘零。

红叶纷飞的时节，看到网上那一张张红叶的照片，心动不已。看光雾山红叶的行动计划了三年，却总为俗务所羁绊，不得一饱眼福，常为憾事。老公"激"我："你再不去，我就一个人去了。"看他如此执着，又如此这般愿意陪我、帮我下决心，于是我果断决定出行。

## 一、一路秋色

城外火红的日出将天空染得通红，也映得我们的脸庞笑意盈盈。只要出城，心情就一下子灿烂起来。几个多日不见的好友更是叽叽喳喳说个没完。我静静地听着，心里笼罩多日的雾霾也渐渐散去。

出兰州，经定西到天水，远山连绵苍茫。大地失了绿装，换上了枯黄冷寂的素衣。过了天水，大地的色彩一下丰富起来，地里还有绿色的蔬菜，树叶的颜色也斑斓起来。到了陇南，山上全是五彩斑斓的树林。农家小院门前挂着金黄的玉米棒子，火红的树围在小院周围。生活在如画的山中是幸福的。在甘肃，也许唯有在陇南才会看到如此灿烂的秋季盛景，难怪陇南被称为"小江南"。

车缓缓地在山林中行驶，路上的美景是不事雕琢的天然呈现，越是人迹罕至的地方越存在着意想不到的风景。

进入陕西略阳，山势更显险峻了，嘉陵江碧水环绕。山上树木更加茂盛，色彩也更加绮丽，我想象着红叶圣地光雾山会是怎样的景象。

## 二、红叶纷飞兰溪沟

光雾山地处川陕交界，"上通秦陇，下达巴蜀"的米仓古道纵贯南北。出南江县城逶迤北行，过幽峡清溪，穿茂林古道，沿途坡陡沟深。

光雾山因雾而得名，又因红叶而成为秋季游览圣地。我们驱车千里，就是为了在光雾山的红叶节一睹盛景。

在光雾山赏红叶，首选米仓山。进入景区，还要坐区间车在山间行驶二十多公里才到第一个景点"天然画廊"。沿蜿蜒的山路向前，绕过十八弯的曲折，才知美景总是藏在遥远的地方。可以想象，如果不是公路修到山上，这些美景我们永远无法见到。

可惜前几天的细雨和秋风已经将山顶的黄叶带走，"画廊"只剩下一些枯枝伸向天空，许多人深深叹息："来晚了几日而已，漫山遍野的黄叶已落尽。"其实我们错过的何止一片黄叶呢？人生中许多的美好，我们曾一次次错过。

景区讲解员说，兰溪沟的红叶正好，而且今天天气晴朗，天空蔚蓝，拍出来的照片一定色彩斑斓。于是我们继续乘车几公里，步行入兰溪沟。

初进沟口，就有不一样的红叶迎面而来。由新绿转向枯黄，转向深红，把生命最后的光华洒向人间。那些在风中摇曳的红叶，那一片山谷，一条山溪，一座石桥，恍如前世的记忆。

就在峰回路转的一瞬间，一棵又一棵金黄火红的树迎面而来。在我的一声声惊叹中，红叶乘着秋风，在艳阳下闪动着光华，如千万只蝴蝶翩翩飞舞。山谷中，那些飞舞的精灵弹奏着秋的琴键。它们如返乡的故人，在归途上轻舞着、微笑着，轻盈地抖动着、翻飞着，在天空的舞台上，将最美的水袖舞出最美的姿态。

层层落叶铺在地面上，每一片叶子都有一棵树的故事。曾经的相依相恋，终会归于大地。红叶落入清澈的潭水中，在水中打着旋子随波远逝。唯有经历了风霜的落叶，才会显出色彩的厚重，才有洒脱和淡定。如人生，经历了困苦和挫折，才会有涅槃之后，灵魂升华的优雅。生命之静美不只是在枝头、在阳光下灿烂，也有飞离大树时那份舍弃，以及纵身一跳的决绝。

在山谷中，这流光溢彩的红色，波澜壮阔地挥洒自己的华彩篇章。四季的轮回凝结成最后的精彩，在默默舞动之后，与世无争地润入泥土之中。"落红不是无情物，化作春泥更护花"，就是对它最完美的诠释。

## 三、黑熊沟

据说这里有黑熊出没，所以被称为黑熊沟。我想，此时的黑熊也早已沉醉在漫山红叶之中，不知归路了吧！

沿栈道向前，先是一片落叶松林。枯黄的松针在地上铺了厚厚的一层，走在上面软软的，如同行走在地毯之上。阳光透过松林照在我们的脸上，心如同天空的白云一样轻盈自由。丛林深处可以看到朵朵小蘑菇自由生长。

穿过松林，就听到了潺潺的水声。溪水击打着大大小小的石头，撞击出一幅幅美丽的画面。因为有了水，树和山才有了灵气。

或许，枝头的红叶跌入的是它凝望了一夏的绿潭。它在每一个月光倾洒的夜晚痴痴地倾听潭水的吟唱，但唯有此时才可以投入它的怀抱。溪边的那棵小树也伏下腰身，努力让自己的每一片叶靠近溪流，轻抚每一缕碧波。

秋风轻柔地吹过，没有春日的张扬，没有夏日的燥热，更没有冬日的凛冽，在小溪与群山间飘荡，在枝头上歌唱，吹得满山遍野火红、金黄。

行走在小溪之旁，树叶儿轻轻扬扬地落了，溪水便快乐地追逐每一个金黄的梦想。驻足一道山梁，沟谷里，清澈的溪水泛着点点阳光，叮叮咚咚流向秋的深处。

## 四、十八月潭似水流年

出南江县一路行去，初见零星的红树在群山中点缀，像束束燃烧的火焰，十分惹眼。入山愈深，红树愈多，色彩愈浓，甚至比兰溪沟的红叶更为丰富。山坡上、沟壑中，绿、黄、红变幻交织。

十八月潭因为十八座水潭而得名。海子说："给每一条河，每一座山起一个温暖的名字。"十八月潭的每一个潭也都有一个诗意而温暖的名字。瀑布和潭相连，如十八颗明珠点缀于山林之间，连接出一幅幅美景。

因为是周末，还没有进入景区，各类车就排成了长龙。景区里也是人挤人，人挨人。大家在窄窄的栈道上行动缓慢，各种"长枪短炮"一字排开。帅哥靓女姿态各异，红衣绿裙、各色纱巾在风中凌乱。这哪里是来看大自然的风景？各色人等的表演已经夺人眼球。

一位老爷爷拿起手机就照，老奶奶的身影在照片上方占据了很小的位置。老爷爷一边照一边说："只要人在里面就行了，有个意思就可以了！"老奶奶也乐呵呵地答应着，两个人手拉着手缓缓前行。他们一直笑着，偶尔的低语让我们感觉到他们生活的默契。

一对小情侣耐心地等待着，等别人都让开了，才开始摆拍。女孩多情的眸子如同一潭湖水，深情地注视着不远处的一片片红叶。红叶也在潭边摇曳着，潭水将红叶的倒影轻轻拥入怀中。如果女孩是一潭水，那男孩一定是她身边的一棵树，一片片叶就是他的笑容。

十八个潭在山路的每一个转弯处等着我们。最先看到的是神龟潭，潭中那块巨石形似神龟，静卧千年。五彩池旁边有拍电视剧的剧组，男主角身着白色长衫，站在潭中巨石之上，抬头凝望东方，似在吟咏什么。加上周围层林尽染，想来定是在演绎浪漫的爱情故事。不远处就是情侣潭，两潭之间被大大小小的石块分割着，如情侣携手。情侣潭经过沟沟坎坎，很快就修成了正果，穿上"婚纱"站在秋日的暖阳里。看那婚纱瀑，高50余米，远远望去，真像一件在阳光下熠熠生辉的婚纱。在天地间以水为裙，旋转出青春的浪漫，这是多少少女梦寐以求的时刻。

这一切都被眼睛潭深情记下。它像女子的丹凤眼，将山谷间每一个美好的瞬间深藏。我久久凝望，被那泓清澈之光所吸引。它折射出来的绿，透着山川的灵气与魅力，似乎人世间的一切美好与丑陋都无法躲藏，但它却只是沉默着，将一切融入水中。

忽听有人呼救，原来是孔雀潭的一侧，有一女子坠潭。她的好友慌乱中寻来树枝，很快就将她拉出了不太深的水潭。我想，她一定是被孔雀潭的容颜所迷醉，这才和"孔雀"来了一次亲密接触，虽然受到了惊吓，但也是幸运的，唯有她真正融入了这份美丽之中。

或许一切都是宿命。红叶跌落枝头，有清潭等待着。柔柔的碧波，将落叶缓缓托起，叶儿会随流水，轻拂一棵棵大树的根。昨日是这些树承载了它生命的源泉，今日是生命的最后一天，它不再站立枝头，而是以游走的形式向每一棵大树微笑致谢。

它在水中旋转着，沉浮着，路过每一棵树。当它飘不动的时候，就会和伙伴们一起沉入水底，用自己的色彩铺就一池的美丽。水和叶，就这样相伴千年。没有叶的陪伴，水更显寂寞，没有水的相随，叶也少了灵动。

叶子一半红艳，一半金黄，一半激扬在风里，一半沉浮在碧波之中，那种半甜半涩的感觉就是我的乡愁。每每看到落叶就想到了归根，但如果飘于风中，落入水中，就成了回不去的那个游子，带着故乡的味道四处飘零。

水缓缓地流过，悠长而又带着律动。是啊，生活中的任何事物都会随着时间的流动而成为过去，但是我们必须不能停止地向前。

# 厦门印象

## 一、厦门如画，如诗，如梦

厦门如画。它的大街小巷都生长着三角梅和凤凰树，空气里弥漫着花的芳香，流动着花的灿烂，怒放着花的生机。在哪一个角度都可以看到大海，都可以闻到大海的气息，触摸到大海的波涛，感受到大海的广阔。它的每一个角落都有绿色，从点点滴滴到大片大片，从矮小到高大，从浅绿到深绿……满眼都是。

对于一个生活在北方的人来说，我很珍视这绿色。

厦门如诗。在它的环岛路上，在大海和城市相接的地方，随处可见拍婚纱照的情侣。他们靓丽的面庞装点城市的繁华，城市的从容点缀他们幸福的背景。人们悠闲地漫步在街头，在冬日的阳光下幸福地微笑。海风吹起黑发，暖阳亲吻着面庞，海鲜的气息阵阵飘过。这一切如诗中的长短句，交替着，跳跃着，慢慢地向我们走来。

对于我这个来厦门过年的人来说，想寻找的是它与众不同的地方。

厦门如梦。在长长的海边沙滩上，人们将自己埋在沙中，那么细滑，那么温暖，那么沉醉。真希望自己是一只小贝壳，在海的抚摸中轻轻地摇。真希望自己是海边的一块小小的礁石，在浪花的清唱中凝望远方。真希望自己是一只海鸟，飞翔在蓝色的海和蓝色的天之间。

我和我的家人静静地坐在沙滩上，看海浪一次次涌向沙滩。捡贝壳的孩子们来来去去,老人们在漫步,还有五颜六色的风筝在飞翔。远方有大担岛、二担岛、金门岛,还有更远处的台湾岛。在海天相接的地方,是一片苍茫。

## 二、海上花园——鼓浪屿

在这里,西方建筑和中国建筑完美地结合在一起,你可以看到红砖绿瓦、钢筋水泥,也可以看到有些荒凉的别墅被绿藤缠绕。

漫步岛上,那一扇扇关闭的大门里依然流动着绿色的生机和不为人知的秘密,我们窥探着,想象着。

这里是没有污染的小岛,没有机动车辆往来,唯有一条大船。人们可以自由穿行在弯弯曲曲的小巷中,可以随时驻足观望那一树树的花开和一幢幢青砖红瓦的别墅。

这里又被称为钢琴岛,一是因为出过好多钢琴家,也陈列着许多著名的钢琴,我想,更多的原因是海水击打沙滩和岩石的声音像一首首钢琴曲,日日夜夜弹奏在鼓浪屿的天空。无论在哪,你都能听到悦耳的琴声,在向你倾诉着那份悠然与宁静。

曲折蜿蜒的小路掩映在错落有致的亭台楼阁之间,两旁的树木郁郁葱葱。各色花朵盛开在路旁,让人感受不到冬的气息。

登上日光岩,望着下面的海滩,游客们在玩水嬉笑。向远处看,是海沧大桥、思明区、大金门、小金门。哦,鼓浪屿与台湾遥遥相隔。忽然,我理解了余光中的乡愁。

## 三、花开厦门

从兰州出发的时候,大雪纷飞,远山白茫茫一片,近处的树木和房屋也笼罩在纷纷扬扬的大雪之中。一踏上厦门的土地，温润的空气夹杂着各种花香扑面而来。街头绿树成荫，淡淡的桂花香沁人心脾。

凤凰木花事已过，叶子对生，极像凤凰的翎毛，细细碎碎、整整齐齐的模样，给人以细腻、精巧、温情的感觉。三角梅却开得灿烂。它的样子很奇特，不像花，倒像三片红叶合在一起组成的图案，简单而灿烂。红的，粉的，开得泼辣而耀眼。我喜欢它那份野性的美丽和低调的张扬。

我在一株花前凝望了许久，一位老人告诉我，它叫鸡蛋花，花朵外白内黄，像鸡蛋白包裹着蛋黄一样，十分别致。在鸡蛋花盛开的季节，人们会采下来泡茶喝，可以清热解毒，润肺止咳。老人还说："传说，鸡蛋花曾是一位天使，因为爱情违反了天条，逃到了人间。但是触犯了天威，怎么能逃得掉？那一日，在七星岩天柱岩上，它最后一次将心爱的爱情信物黄丝带紧紧缠绕在洁白的翅膀之上，然后撞上了岩石。上帝也被她感动了，在她殉情的地方，长出了一棵神奇的树，花开如蛋，黄白有致。"我听后不禁感叹，此花如此多情，难怪会吸引人们在它的面前久久驻足。

羊蹄甲这个名字很奇怪，花儿开得鲜艳而美丽，很像紫荆花，所以有些地方又把它称为洋紫荆。

还有处处可见的大榕树，很多已有百年历史，一条条根须如长须飘飘。榕树有大叶的，也有小叶的，在阳光下舒展着，为大街小巷送去片片绿荫。

认识一个地方，就要从认识这个地方的植物开始。这里的每棵树、每朵花或许都藏着一个动人的故事或美丽的传说。每一朵花都灿烂地绽放，不负美好时光。如果不是放慢脚步，静下心来仔细观赏，许多美丽就会从眼前匆匆划过。

## 四、静谧厦大

厦门大学坐落在东海之滨,面向美丽的大海,和台湾隔海相望,南门紧邻香火旺盛的南普陀寺。寺内外熙熙攘攘,有流连忘返的游客拍照留影,也有穿一袭僧袍,挂着念珠虔诚诵经的僧人。

随着川流不息的人群,排队验证身份进入校园。现在进入厦大需要预约,而且只有中午十二时到十四时可以进去,每天只能进入一千人,为的是给学生一个安静的环境。

校门口有许多游人在说笑,但进入厦大,所有的喧嚣一下子消失了,百年古树环绕的百年建筑,让浮华的心一点点沉静下来。走在路上,静听自己的脚步声在寂静中回响。烦闷与浮躁被校园净化甚至融化,仿佛已超脱世俗,沉浸书香。

芙蓉湖碧绿清澈。风拂湖面,波光粼粼,有几只黑天鹅在湖中嬉戏。漫步湖畔,时间也缓慢下来。有学子手捧书卷,斜坐在湖边石凳上。在此处读书,不光学到了知识,更读到了湖光山色。

湖的对面是嘉庚楼群,红砖为体,白石包边,红底白边,依次排开。其中一栋高大的建筑如一位慈祥的老者,安详地俯瞰着学子们。当初陈嘉庚先生"宁可变卖大厦,也要支持厦大",把自己的三座大厦卖了,作为维持厦大的经费。

行走于此,不时可以看到各届学生、各地的校友为厦大捐建的广场、教学楼、图书馆等。厦大教给学子的不仅仅是知识,更多的是用知识改变社会,用感恩回馈社会。这一切或许都来源于陈嘉庚等一批爱国华侨对厦大的资助。在他们的影响下,学子们沿着他们的脚步,以他们的做人处事为准则和规范,行走在世间,传播着大爱!

学生宿舍掩映在一片热带植物中,时时会听到几声鸟啼。外面的世界如此浮躁,能够找寻到如此静谧的一隅,是每一位学子的心愿。看着一个个青春靓丽的少男少女，背着双肩书包穿行在绿荫小路上，心中充满了羡慕。能考上厦大的孩子绝对是优秀的，他们青春的脸上写满了阳光和自信。相信从这里走出去之后，他们将会有"海阔凭鱼跃，天高任鸟飞"的美好未来。

鲁迅曾在厦大担任教授，据说在厦大的几个月，是他一生中最美好、最温柔的岁月。在鲁迅的雕像旁，三角梅灿烂绽放，鸡蛋花飘逸暗香，紫荆花也在风中摇曳，一切都是如此美好。这或许就是他用笔奋斗一生，所想要看到的吧！

## 五、漫步中山路

在厦门七日，住在中山路上。大街小巷全是骑楼建筑，即使下雨也不用担心。也许是因为这种悲悯世人的情怀，闽南的商人才会一天天强大起来，走向世界。

行走在古朴的街巷，欣赏沧桑的旧时建筑，感受历史的沧桑巨变，心头泛起层层涟漪。

街头有各种糕点小店，什么"赵小姐的店""苏小曼的糕点"，还有"一封情酥"，都成了网红打卡店。进入店中，漂亮的女子会送你一块甘甜可口的小点心，也会让你在店中小憩。望着各色小点心，各种清香的气息在店中弥漫，时光是这样的慢而悠闲。厦门人将这种居家过日子的小吃包装得如此富有诗情画意，深情款款，将自己的生活打造得如此惬意而醇香，让我流连忘返。

踏遍中山路步行街的长街短巷，由一个街口拐向另一个街口，看不够骑楼细廊，看不够每个小店别具一格的陈设。有人说中山路不光有浓郁的商业气息，更有浓郁的文艺范儿，每个小店都有让你驻足的魅力。是的，想要在千百个小店里脱颖而出，没有一点特色就只能淹没在平凡之中。

　　随意拐进一个小店，都可以看到店家摆着茶具、茶水，温文尔雅地用两根手指小心翼翼地捏定茶盅，慢慢送至鼻下闻香，再轻轻撮唇饮茶。这样一小盅、一小盅地慢慢呷，让茶香一点一点在舌下化开，入喉时清冽甘甜。饮者如何沉醉我不知，但我已看得入迷。他们品的是偷得半日闲的心情，修的是淡定与从容的气质。天天饮茶的厦门人，自然体会出了茶的神韵，茶的气度，那是一种"家"的感觉。对漂泊在外的游子过客来说，还有什么比这种感觉更温馨呢？

　　不经意间走进一家开蚌取珍珠的小店，伙伴挑出三个蚌，想为妻子做一条手链。珍珠一颗一颗跳动在店主的手心，有的洁白如玉，有的深蓝偏黑，略带彩虹的光，还有的带着青铜色调的黑色。店主说，这些蚌已经养了十年之久。望着取出来的珍珠被穿成了一条温润光洁的手链，我想，伙伴和他的妻子也曾经历了生活的磨砺，他们的爱情也如珍珠一般熠熠生辉。

　　随意漫步，很快就到了厦门第八海鲜市场，远远地就闻到了大海特有的咸腥味。伙伴告诉我，这个市场是厦门当地人购买海鲜的地方，价格便宜，货品新鲜。那些大大小小、形态各异的海产，那些叫不上名字的鱼、虾、蟹，都是大海馈赠给人类的礼物。

　　到一座城市，一定要去菜市场走走，看看普通百姓柴米油盐的生活。卖海鲜的老人说："在过去，穷人才吃海鲜，因为下海打鱼是穷人的职业。"作为家庭主妇，看到如此鲜美的鱼虾，心中怎能不痒？多亏我们住的是民宿，有厨房，可以做饭，过几日当地人的生活。于是我很娴熟地与鱼老板们讨价还价，左手提海鲜，右手拿热带水果，以饱"吃货"胃囊。

## 六、极美集美

从中山路出来,到镇江路坐地铁,只需要三十分钟就到了集美学村。出地铁站,远远地就看到了"集美学村"牌坊式的大门。进入大门,一股沁人心脾的花香扑面而来。我们循着花香来到一棵树下。树高大,叶繁茂,开着白色喇叭状小花。出于好奇,我们用形色软件查出这棵树名叫"千里香"。但我想,飘香的不光是这一树的花,更有陈嘉庚出资办学的精神。

进入大门,沿着花岗岩铺砌的斜坡大道向前,集美学村的各级各类学校顺着山坡建于林荫之中。从1913年起,陈嘉庚先生开始倾资创办集美学村,前后耗资1亿多元。1913年办集美小学,1917年办女子小学,1918年办师范和中学,1919年办幼稚园,1920年办水产科和商科,1921年办女子师范。1921年2月,他将这些学校定名为"福建私立集美学校"。逝世前,他还立下遗嘱,将自己在新加坡剩余的公司、工厂、橡胶厂等产业今后创造的利润全部投入厦大和集美学校。为保证建学费用,他出售了自己在国外的所有不动产,还在厦门大学发起人会议上慷慨陈词:"民心不死,国脉尚存,4万万人民绝无甘居人下之理!"这些事迹,让我对陈嘉庚先生肃然起敬。黄炎培先生说:"发了财的人,而肯全拿出来的,只有陈先生。"

陈嘉庚故居是一栋浅灰色二层楼。他倾资办学,自己和家人却过着极其简朴的生活。他在个人自传中写道:"我之个人家庭,年不过数千元,逐月薪水足以抵过。在集美建一住宅,不上一万元,他无所有。"他的居室里,床、桌子、椅子都很破旧,外衣、裤子、鞋子、袜子等,全都补丁摞补丁。据说,他晚年为自己定了很低的伙食标准:每天五角钱,经常吃番薯粥、花生米、豆干、腐乳加上一条鱼。

在《致集美学校诸生书》里,我读到了一段话,这才明白了陈嘉庚的精神动力所在:"教育不振则实业不兴,国民之生计日绌……言念及此,良可悲已。吾国今处列强肘腋之下,成败存亡千钧一发,自非急起力追难逃天演之淘汰。鄙人所以奔走海外,茹苦含辛数十年,身家性命之利害得失,举不足撄吾念虑,独于兴学一事,不惜牺牲金钱竭殚心力而为之,唯日孜孜无敢逸豫者,正为此耳。"正是这样一位对自己节俭而对大众慷慨解囊、无私奉献的人,被毛泽东主席称为"华侨旗帜、民族光辉"。

走近集美龙舟池畔,轻柔的海风微微漾起水面的波纹。那一溜排开,静静横卧水面的龙舟,十足是中国传统文化中龙图腾的形象再现。小伙伴指着西北侧的道南楼说:"这是由陈嘉庚亲自主持兴建,于1962年春建成的。"远望去,9座连体建筑坐北朝南,东西走向,呈一字排列。中央耸起一座宫殿式的高楼,小伙伴说:"它有七层,是办公楼。周围连接着四座五层教学楼。"

走到南熏楼附近,才发现它是一处呈"个"字形的楼群。中间一座主楼兀立如塔,楼前的石碑上刻着:"南熏楼是陈嘉庚亲自主持兴建,楼高15层,为当时福建省最高大楼,融合了中西建筑的特色和优点,是集美学村的标志性建筑之一。"楼群的整体建筑风格是西洋巴洛克式,注重闽南式大屋顶与西式外廊建筑式样的巧妙结合,集美学村的其他建筑基本都是这种风格。在建筑材料上也别出心裁,利用本地的黏土生产出釉面红砖,特别是规格统一的橙色带滑面的大片瓦,人称"嘉庚瓦",集美学村大门顶上的橙色瓦片就是这种瓦。

从教学区域走出就来到了居住区。居住在这里的大多为集美学村的教职员工,每家每户都种植着绿植,在每一个拐角都可以看到怒放的三角梅从白墙之间的铁栅栏中挤出来,似墙壁上点燃的一处处火焰,在阳光下摇曳着。

一个别墅小院旁,曼陀罗花从墙角旁逸斜出,在大片的绿叶间垂下一大朵一大朵似喇叭式的橙红色花儿，似悬挂在门旁的门铃，任风儿随时轻扣，仿佛会发出"叮咚"的清脆之声。

忽然想到了尼采的那句话："每一个不曾起舞的日子，都是对生命的辜负！"是啊！集美的教授和学子们，在每一个日子里起舞，舞出集美的风韵与精神。

## 七、骑行环岛路

从厦大南门进去，从群贤门出来，就离环岛路不远了。在环岛路上骑行是一件惬意的事情，路两旁盛开着粉红、鲜红的三角梅，如一片片绯云。右手边就是无垠的大海。今天阳光明媚，沙滩上的人们或嬉戏，或静坐，或眺望海浪澎湃，或静观碧波粼粼。

早已经忘了现在是隆冬时节。我沉醉在温暖的阳光里，感受着面朝大海春暖花开，望着远处帆船点点，碧波之中轮船来来往往。

骑行在环岛路上的人们，风吹起她们的长发，阳光轻拂他们的笑脸，这是多么温馨的画面，只可惜我不会骑自行车。为了满足我的心愿，老公租了一辆双人自行车，他在前面把握方向，我坐在后面。忽然想起年轻时的他也曾经这样骑着自行车，我坐在后座上，到周围的农村去玩。在林荫小路上，年轻就是欢快的车铃声。

现在我们骑行在环岛路上，一路花开，一路芬芳，每到一处美丽的地方，他总要停下来。我们从厦大一直骑行到黄厝溪，有一大段上坡的路。老公骑得很吃力的，但也很欢快地蹬着车轮。他的身子紧贴着车子左右摇摆着，虽然坡很长，但他骑行的速度一直没有减，还把伙伴们拉开了很远。我说："要不我下来走，等上了坡再骑。"他说："不用，我不比年轻时逊色，不信你看看。"说着他更卖力地蹬着车子，车子平稳地向前。我忽然觉得，这么多年来，老公就是这样承担着家里所有的负担,而且很开心地负重前行。他在前面为我把握方向,也在前面为我遮风挡雨,每当家里有事的时候,他都会说:"别怕,有我呢!"

在老公的呵护下,我轻松地上了一个又一个长坡;在他尽心尽力的付出中,我从来没有感到生活的艰辛,每天的笑容就如同路边的花儿一样。

风徐徐吹来,那份清爽如同在展翅飞翔。身边的大海平静而苍茫,如同我们的生活,平静但不缺少浪花点点。我不知道明天会有怎样的风浪,但我不怕,因为风雨同舟,因为相信未来。

想起以前来环岛路骑行,是骑三人自行车,儿子坐中间,我坐在后面。现在儿子已经上大学了,可以独自骑行天下了,而我还要和老公同骑一辆车,并一直骑行下去。生活的风雨里从来不缺少风景,缺少的是携手同行,缺少的是肩并肩、手拉手地一直走下去。

几块礁石伫立海面,人们在礁石上拍照。于是我们也下了自行车,小心翼翼地登上礁石。海浪一次一次冲击,但巨大的礁石不为所动,就这样迎接着生活的撞击。它们就像处在生活洪流中的人们,如果哪天离开了这些冲击,或许还会感到寂寞。

坐在礁石上看海浪翻滚,一望无际的苍茫,让我顿生渺小与无知的无力感。在沧海中,或许我们连一粒粟也算不上,那些小烦恼、小困难、小煎熬与小挣扎又算得了什么?所以多来一点小幸福、小快乐、小骄傲,让生活更有意义,让生命充盈一些吧。

贝壳紧贴礁石而生,如果不是礁石,它们早已不见踪影。所以在生活的浪潮里,我们唯有抓住所依附的东西,才不会在忙碌之中迷失在匆匆的时光里,才会让自己的灵魂找到点滴的欢愉。

从礁石上跳下来,就来到了一片金黄的沙滩。一步一个脚印留在沙滩上,风吹不走,唯有海水涨潮才会让它们消失。生命中有许多东西也是如此,我们以为刻骨铭心,但随着时光飞逝,我们才会发现,它们早已不见，如同从未来过一样。

我们一直骑行到夜幕降临。夜幕下的大海别有韵味。深灰色的天空，将圆未圆的月亮朦朦胧胧的，像隔着一层纱，淡淡的月色若有若无。海空一色，浩瀚无涯。月下隐见白线不断涌现，那就是海浪，轻轻地、轻轻地摇动，海涛也像低低的呢喃，是大海轻哼的小夜曲。

在这份静谧中，我们继续前行，一路变化的风景如人生之路，无论羊肠小路还是康庄大道，都需要走过；无论是荆棘丛生还是一马平川，都要经历。只需要这样肩并肩、手拉手，就会一直走下去。

## 八、大红袍基地

关于"大红袍"，有很多传说，流传最广的还是它与一位秀才的故事。传说古时候有一个穷秀才赴京赶考路过武夷山，病倒在路上，幸好被天心寺老方丈看见，泡了一碗茶给他喝，病马上就好了。后来秀才金榜题名中了状元，还被皇帝招为驸马。一个春日，状元来到武夷山谢恩，在老方丈的陪同下，来到了九龙窠，但见峭壁上长着三株高大的茶树，枝叶繁茂，吐着一簇簇嫩芽，在阳光下闪着紫红色的光泽，煞是可爱。

状元带着茶进京后，正遇皇后腹痛难忍，卧床不起，他立即献茶让皇后服下，果然茶到病除。皇帝大喜，将一件大红袍交给状元，让他代自己去武夷山封赏。一路上礼炮轰响，火烛通明。到了九龙窠，状元命一樵夫爬上半山腰，将皇上赐的大红袍披在茶树上，以示皇恩。说也奇怪，等掀开大红袍时，三株茶树的芽叶在阳光下闪出红光，众人说是被大红袍染红的。从此人们就把这三株茶树叫作"大红袍"，还在石壁上刻了"大红袍"三个大字。"大红袍"也因此成了武夷岩茶的代名词。

一边听导游讲故事，一边沿着沙石小路，顺着小溪的方向向山林的深处走去。远山在云雾缭绕中若隐若现，苍翠的树木顺着山脉向远方延伸，绿色装点的大地让我们感受到了不同于北方的生机与活力。

行走在小路上，两边长满了茶树。此时看不到采茶姑娘的身影，也听不到那些悠扬的采茶小调，只有无数游人自由地观赏美景。逃离城市的喧嚣，就是为了享受这份超脱的宁静。冬日的细雨轻轻地洒在茶树的嫩叶上，叶子反射出柔美的光，还可以闻到淡淡的茶香和着泥土的气息。一切都是那么自由而轻快，我们禁不住轻唱起来，心儿也一下子轻盈起来，就像飘浮着的淡淡的云。

越往里走，越有一种曲径通幽的感觉；越往里走，越接近与世隔绝的世外桃源。山林的宁静让我们只能听到婉转的鸟叫和溪水的叮咚之声。

三棵"大红袍"长在悬崖峭壁间。它们的叶子泛着嫩红的光，在细雨中蕴含着悠悠的诗意，如一个典雅的女子婷婷静立。"大红袍"因为有了美丽的传说而增加了神秘感，加上真正的大红袍茶已经价值不菲，更让我们觉得可望而不可即。

我们不仅仅是来看"大红袍"的，一路上，那种曲径通幽的感觉以及美景的变幻，让我们认识到"美丽的风景总在人迹罕至的地方"。那三棵如少女般婀娜而神秘的茶树是受不了城市喧嚣的。

细雨蒙蒙的茶林湿润而清澈，这种诗意让人留恋，让人不舍。我理解了那些游走的人们为什么停不下自己的脚步，因为他们对这些山水充满了挚爱。

## 九、烟雨蒙蒙云水谣

云水谣，一个诗意的名字。诗意的名字背后一定有美丽的故事。果然如此，这里原名长教，因为导演张克辉在此取景拍摄电影《云水谣》而改名。

因为要去云水谣，我专门从网上看了一下《云水谣》这部电影。这是一个生死不移的爱情故事，有古典的柔情，也有浓烈的悲怆，令人流泪和感伤。女主角王碧云等了男主角陈秋水一辈子，孤单了一辈子，到老了，内心还坚守着这一份爱。陈秋水内心也一直惦念着碧云，虽然天各一方，却许下了相守一生的承诺。但钢筋水泥的城市，浮躁的社会，早已没有了如此柔软而浪漫的爱情。而那小桥流水的村庄，古镇的十三棵榕树，还有在沼泽地上建起的和贵楼，气势磅礴的怀远楼，都能唤起我对云水谣的好奇与向往。

走进云水谣的那天，下着蒙蒙细雨，这种朦胧的感觉是在北方感受不到的。石板小路，桂花飘香，路边的藤上结满了百香果。顺着窄长而粗糙的石板路，走向云水谣景区的第一座楼——和贵楼。它是唯一一座建在沼泽地上的方形土楼，已经有六七百年的历史了。远观此楼，高低错落，斑驳的墙壁就像秋天里被风吹落的枯叶，有一种凄美和沧桑感。

和贵楼内有两口水井，前庭的阳井清澈见底，是人们的生活用水；内庭的阴井一片浑浊，是消防用水。一清一浊，一阳一阴，就如同人们的生活，有苦有乐，阴阳相合。

因为听说这是唯一一座可以登上五楼的土楼，于是我们向当地居民交了五块钱，进入其中。由于是圆形结构，每一间房子都有良好的采光。过去一座土楼里住着几十户人家，而且多为同族。据生活在这里的小伙伴说，他小时候，每到吃饭，便可以拿一个碗，围着土楼走一圈就吃饱了。现在土楼里还有人居住，楼道里晾满了衣服，也有晾晒蔬菜的，还有卖土特产和小吃的，俨然一个充满烟火气息的小社会。在战争年代，只要把土楼的大门一关，就可以自成一统。土楼里储存着充足的粮食和水，人们完全可以过上一种与世隔绝而又衣食无忧的生活。

站在五楼的窗口往外看，正好面对笔架山。小伙伴说这里有一句俗语："面对笔架山，代代出大官。"这是劳动人民生活的愿景啊！

继续往前走，一段细腻悠长、带着浓厚闽南乡土气息的旋律宛若一股清风扑面袭来。原来这里是一个戏台，村民们经常聚在一起观赏表演。一位穿着大红色衣服、绑着长辫、身材袅娜的姑娘在台上放歌，清脆的歌声在风中流淌，歌声伴着鸟鸣，像一潭清澈的水。虽然听不懂姑娘唱的是什么，但那动听的歌声在古朴宁静的村庄上空飘荡，足以让我们沉醉驻足。

在歌声里沿着小河向前，一棵枝叶繁茂的古树挡住了我们的视线。那古树树干粗壮，枝叶延伸到河水上方，碧绿的叶子在水中留下一个个靓丽的倒影。粗壮的根部深深地扎于石板中，露在地面上的根苍劲有力。

一块刻着"云水谣"的石头竖在我们面前。电影中的画面逐一呈现出来：一群老人悠闲地在大树下抚琴品茶；一家家别具一格的民宿；大树下竹制的茶盘、桌椅和棋盘。环顾四周，一种抛开尘世间浮华和聒噪的洒脱充斥心间。

走着走着，就见到了碧云和秋水相见的老屋。一轮古老的木制水车徐徐转动，在古朴宁静的乡村，在美好的年龄上演浪漫的爱情故事。碧云和秋水虽然许下了相爱终生的诺言，可天各一方，等待一生。而那两棵百年夫妻榕却相守、相伴在人生的风雨里，枝干紧紧相依，叶子紧紧相握。

微风吹拂着河面，漾起层层涟漪，一只只白鸭浮在水面上。对岸的水牛后面跟着小牛犊，在岸边悠闲地踱步、吃草。人世间的一切悲欢离合，一切爱恨情仇都与它们无关，它们依然过着宁静而简单的生活。

顺着长满青草的小径直走，远方隐约可以看见一座环形屋顶的土楼矗立在群山之中，这就是怀远楼。

田地中还有耕种的农民，一家盖着二层楼的小院门敞开着，我轻轻地推门进去，只见一位年轻女子笑容满面地站起来问我："需要什么帮助吗？"我说："随便转转。"她热心地说："坐呀，坐呀！这里天晴的时候，天空一片碧蓝，不过今天下雨，烟雾朦胧的感觉也非常好！"

说着让我们看她婆婆种的洛神花，她说这种花也叫玫瑰茄，晒干了泡茶，养颜美容，还送给我们一些花籽。她说："或许你们种下，来年会在你们的家乡发芽、开花呢！"我小心翼翼地将花籽装入口袋，想要回家送给母亲，让她种在花盆里，期待明年盛开。

从小院里出来，走过了一间承载旧时光的房屋，墙壁上还留有模糊的字迹。我不禁好奇地迈步轻入，只见三位白发苍苍的老妇人在聊天。她们微笑着对我说："来了！坐呀！"我说："来看看！"一位老妇人热情地问我："你从哪里来呀？"当听说我们从遥远的大西北来时，她不禁感慨："我在这个地方生活了80多年了，还没有走出这个土楼到外面去看看呢！"这位老人就是历史的见证，她说云水谣从遥远闭塞的小山村到现在成为著名景点，她们的生活也富裕了许多。她们在后面的山地里种了许多菠萝、甘蔗，她家还有几十亩茶园，言语之间流露着幸福与满足。

云水谣的灵魂就包含在这鲜灵灵、活泼泼的时光里。我喜欢宁静的自由，而云水谣以它的方式成全了我。

# 北海北，温暖如春

每一个寒冷的假期，我总是计划着如何逃离北方的刺骨和干枯，所以每次都要寻找一方温暖，然后买票、启程。我还会在网上查询那个地方的故事和历史，并从众多民宿中选择自己喜欢的那种简约的、鲜花盛开的房屋。"面朝大海，春暖花开"，是我在这个严冬的梦想。

当站在这片温暖的大地上张望，诗意一瞬间扑面而来。拉着他的手，留下并排的脚印，一切都是最好的安排。

## 一、静立银滩

北海的银滩静卧在阳光下，宁静地铺开在蔚蓝的大海之畔。椰林碧绿在天地之间，站立在东风之中。

我从看雪望梅的严冬走来，抛开厚重的行装，让自己的肌肤被温暖的海风触摸。一望无际的海水窒息了目光，视线所及之处就在天涯的尽头，心也随风飞远。

我羡慕这里没有冬的枯萎，四季常青的蓬勃生命没有停顿，一直向前、向前。没有冬天的死去，也就没有春天的苏醒，生命一直处在奔波之中。

此时坐在海边的咖啡厅里，阳光在窗棂上跳跃，风吹过冬季的绿藤，远处海涛阵阵。杯里的清茶静卧，读过的诗集不语。窗前的小花，在阳光转身的瞬间，在我生命的清香里眨眼。

苍茫的大海与天相接，遥远到目光不可及的地方。人生的无限可能，都会在天地之间缓缓拉开。

在绵延的沙滩上，我望着小小的螃蟹快速消失在沙粒之下。人又何尝不是一只螃蟹，在沙滩上快速爬行，只会偶尔在阳光下发呆，静静停留几秒。

我拉着他的手走在阳光下，远处的椰林静立在风中。如盖的绿荫，让我忘了北方的干枯与寒意。大海的彼岸有我想象不到的波涛汹涌，我也不愿触及，只想在此岸的宁静里守着自己的点滴幸福。北方的寒流翻滚、冷风凛冽与我无关，此时我只在南方的大海边消融，在太阳倾洒的金光里，漫步在暖风和煦的沙滩上。

北海的海边没有三亚的热闹，也没有三亚的喧嚣，有的只是海浪声与孩子们的欢声笑语。被炒作得炙手可热的海景房，满足着每一个面朝大海春暖花开的梦想，想象推开窗，就可以融入无际的大海，想象脚下巨浪拍岸的自由与奔放，想象自己也任性如浪花，四处奔跑，高声歌唱。北方那片苍茫的大地，你跟我的生活，似乎都随涛声远去。

吃过牛羊肉的胃，再细品海鲜的精美，两种味道冲击着我的生活。我更喜欢静静地坐下来，品每一条鱼的细腻，每一个螺的柔软。没有杀牛杀羊的那份血腥，只是轻轻地一蒸一煮一煎，原汁原味的鲜美就已四溢于味蕾之间。

## 二、海上酒店

住在海上酒店，离海更近，可以闻到海水的咸涩，听到海水拍岸的声音。逃离严寒的孤寂，投身温暖如春的北海大地，这里不是我的故乡，但亲切的笑容如风般扑面而来，温暖如我喜欢的样子。站在风中守着春的底线，生命无论如何，都会灿如春花。

夜晚忽然被阵阵海浪拍打声吵醒，原来是涨潮了，我们脚下就是汹涌澎湃的海水。听着海浪声声，猜测着下一浪是否就会拍上落地窗，并沿着窗户的缝隙进入房间，心中有点怕。这个被大海托起的酒店似乎随时会漂浮而去，或许大海吞噬房屋和土地就在一瞬间。

好不容易在涛声中熬到天亮，潮水也慢慢退去了。清晨的霞光迎面而来，一下赶走了昨夜的清冷与恐惧。

沙滩上已经有许多人在赶海，一位中年妇女捡了满满一桶贝壳，还有好多孩子拿着小桶子、小铲子，在沙滩上挖。

船只都驶向了大海的深处，远远地只见到船帆点点。他们是靠海吃海的疍家人，船只是他们的家，大海就是他们赖以生存的土地，只是他们的庄稼地里长出的是鱼和虾。

## 三、烟楼，北海的渔村

不知为何，看到"烟楼"的第一眼，就被这个诗意而朦胧的名字打动了。"多少楼台烟雨中"，对我这个北方女人有一种天然的吸引力。

烟楼的天空蔚蓝一片。清晨下海打鱼的人们将打捞上来的各种海鲜拿到集市上卖，大海的味道在市场上飘荡。

盛开的凤凰花如红云一般点缀在街头巷尾，每一种植物都疯狂地铺开枝叶，在风中摇曳，绝不像北方的那些叶子，生得细细柔柔。或许不缺阳光也不缺水分滋养的生命才可以如此生机勃勃。

这里是疍家人生活的地方。他们以船为家，整天漂泊在海上，船舱就是他们的家。在海螺的声声鸣奏中，一辈辈人在海水中浸泡着温暖的时光。

我一个北方女子，固执地沿着海岸线一直向前。那一片片沙滩、一堆堆礁石、一棵棵椰子树，是与北方完全不同的风景。

天空宁静、蔚蓝、辽阔，在天地之间，我渺小如水滴，所经历过的苦与甜在浩瀚的天地间简直不值一提。当生命中的苦涩足够多的时候，你才会静静地品尝，无声地沉淀，才不会吃惊与愤怒地诉说。可以诉说的永远不是真正的痛。

我选择浩瀚的大海，就是为了得到内心的宁静。活在内心的充盈与精彩里，就不会因花开花落而伤神。

望大海潮起潮落，生活就是如此波澜壮阔。

# 路过海南

## 一、寻找冬季的温暖

夜晚，星光撒满琼州海峡。坐在船头，海风渐凉，远处的海面点缀着一弯眉月。有多少心事，就在这里让风吹散吧！我沉沉睡去。当睁开眼睛的时候，船已经进港。终于，我踏上了海南的土地。

从寒冷的北方迢迢而来，第一眼看到的就是高大的椰子树和红艳艳的三角梅。延绵到海边的绿色让我理解了，为什么人们在冬季会像候鸟一样不远千里地从北方飞来，因为这里有沙滩、海浪、阳光、绿色，还有澄净的空气。

当我把背影留给寒冷的冬季时，我也走向了春暖花开的季节。

## 二、三亚湾

清晨的三亚湾从红日轻颤中醒来。海浪轻拍沙滩，带走了沙滩上那些深深浅浅的痕迹，却带不走岁月的年轮。

迎着风将心事搁浅，聆听海的轻吟。阳光下，千万颗珍珠跳动，洒满每一处海面。孩子们欢快的笑声激起阵阵涛声。

站在沙滩上，只有此岸而没有彼岸的人生波光潋滟。放下所有的爱恨，北方的寒风和南方的温润，都在闲适的时光里流动着诗韵。

一声声呼唤从千里之外而来。想着诗意的生活，耳畔的声音回荡，心却在世外。

静坐在沙滩上，遥望大海的苍茫，沙粒一点一点从手中滑落，如同握不住的时光。大海或许带不走什么，其实它也什么都不曾留下。一次一次地拍击海岸又一次一次地掉头回转，如同生命中的来来往往，留不下任何痕迹。

记忆中的人海茫茫、人世沧桑，就如同一枚小小的贝壳，或许肉体早已消亡，留下的只是带着记忆花纹的外壳。而这些小小的贝壳被随意丢弃，如同人的记忆，多年后也会被抛在风里。

## 三、绿意盎然呀诺达

阳光钟爱呀诺达，雨水钟爱呀诺达，这片热带雨林聚集了阳光与雨水的钟爱，浓密、茂盛。无论是幽香的兰花谷，是高大的热带雨林，还是崎岖的林荫小路，呀诺达都写满了神奇。

一来到呀诺达，就被一种热情欢快的气氛所包围，大家欢快地喊着"呀诺达"。导游说"呀诺达"是你好、祝福的意思，人与人之间的陌生感一瞬间被化解了。

沿着热带雨林的木栈道向前，目之所及一片葱茏。热带植物都是枝叶张扬的，不像北方的树木那样，为了减少蒸发量而变得枝细叶小。热带有的是阳光，有的是雨水，所以树木才长得遮天蔽日。

有一种藤叫绞杀藤，缠在大树上蜿蜒向上。有些树被藤勒出了深深的痕迹，有些还被绞杀致死。这种恩将仇报的罪恶在大自然中有，在人类中也有。谁会知道自己帮助过的那个人，是不是《农夫与蛇》中那条冷酷无情的蛇呢？但是善良的人永远善良，不会因为别人的无情而改变了自己的品性，在别人需要帮助的时候，他们总是会伸出手来。

在热带雨林中，每一棵树都枝叶繁茂。它们任性地生长着，枝挨着枝，叶邻着叶，就连根也在地下缠绕着。这样的环境也适宜名贵兰花的生长。土地上、石缝里，甚至树干间，都有兰花的身影。有的吐露芬芳，有的含苞待放，有的亭亭玉立，还有许多兰花笼罩在似烟似纱的薄雾里，如同仙子一般展示着美妙的身姿，让我们也有漫步云中之感。

想想那些被我养在花盆里的花，吊兰、绿萝、虎皮兰、龟背竹，精致而秀气，远不如在这雨林中活泼自由、郁郁葱葱，每一片叶子都写着被肥沃的泥土滋养后的丰润，每一片叶子都写着被热带雨露灌溉后的碧绿，也许这才是它们原始的样子，不被拘束、不被禁锢的叶子才是最富有生命力的。

这里最多的是橡胶树，人称"流泪的树""千刀万剐的树"。每天凌晨两三点钟，割胶人就上山割胶，一刀下去，橡胶树的汁液缓缓流出，如流下的眼泪。割胶人则要将它们一滴一滴地收集起来。虽然饱受千刀万剐之苦，但是它们也向人类提供了大量的生产原料。人类也是一样，只有经历了痛苦的磨砺才会有丰富的灵魂、深厚的思想、卓越的能力，才能够有一番作为。

在海南的大街小巷都会见到椰子树，热带雨林里也有。传说汉代以前，椰子名叫"越王头"（越人是古代黎族的先民）。一次，越王打了胜仗，在寨子里庆祝，却因为疏于戒备，在晚宴时被奸细暗杀了，并将其头颅悬挂在旗杆上。敌人攻寨时，万箭齐发，射向了城墙的守军，但那些箭却纷纷落在了旗杆上。旗杆渐渐长粗，长高，变成了椰树，箭也变成了椰叶，越王的头颅变成了椰子。敌人看到此景吓破了胆，不战而退，椰树也就成了黎族人民的象征。

见血封喉，又名箭毒木、剪刀树，我最早是从金庸的武侠小说里认识它的。如今在热带雨林里见到如此高大的见血封喉，却只敢远远地观望。它的汁液含有剧毒，一接触人畜的伤口，马上会令血管封闭、血液凝固,窒息而死。小说中的武林高手常常把它涂于剑峰,让敌人一招毙命。

读一棵树似读一个人,有时遇见一棵树就如同遇见一个朋友,那种熟悉的感觉,如同邻家小妹。

行走在呀诺达,会与许许多多常绿树木和灌木邂逅,也像是与许多新朋友见面。我从小在苗圃中长大,见过许多北方的树木,它们和南方的树完全不同。也许真的是一方水土养一方人,一方水土养一方树吧。

# 南京，南京

## 一、清冷细雨中的老门东

清晨，跟着雨滴走进老门东古巷，潮湿的冷风迎面而来。自长干门徒步穿巷而行，古巷空寂，行人稀少，大有"人迹板桥霜"之感。

长长的青石板路，高高的马头墙，古旧的木门与铜栓，让人感慨世事沧桑。巷内那棵高大的丹桂飘着暗香，街角那株枇杷树开着白色的小花，在初冬的古巷孕育着明春的香甜。

或许北方的花儿都喜欢在春天的暖阳里，在蜂蝶的追逐中，在人们惊艳的目光中灿烂开放。因为北方的寒冬枯寂而漫长，当人们初见红得娇艳、黄得耀眼、绿得夺目的春光时，会由衷地赞美，所以花儿开得幸福。而在南国的初冬，那些开着小花的植物却在街角、路旁，不被人关注地静静盛开。这里一年四季都有鲜花点缀，人们早已熟视无睹，只是从它们身边匆匆而过的时候，偶尔回眸瞟上一眼。或许这就是它们的生存模式，虽有冷风缓缓吹过，它们依然笑得自在；或许有细雨霏霏，它们依然坚强面对。

金黄的银杏叶在树下铺了厚厚的一层，虽然没有金黄的阳光，但有金黄的叶。我轻轻坐在黄叶上，背靠一棵大树，仰头望着阴雨蒙蒙的天空。不知道这场雨会下多久，也不去想什么它时候会停。既然雨来了，就轻轻地走在雨里，静静地坐在雨里，慢慢地享受那份细雨带来的清冷。

法国梧桐那大如枫叶的五角叶勾勒出生命的边框，在风中缓缓地飞舞着，如一只黄蝶扑向大地，也有几只点缀在葱绿的灌木上。无论别人是否碧绿，无论别人是否苍黄，我自有我的颜色。人们常说世上没有两片叶子是相同的。是的，在人生的路上，没有哪两个人的路是一样的，只要走出自己的味道就够了。

古巷的房子白墙黑瓦。古旧的木窗，紧闭的大门，绿叶落尽的枯藤缠绕在墙壁之上。整条小巷没有行人，只有我的足音嗒嗒响起。或许在这样的清晨，我已经惊扰了谁的梦？

高大的院门深锁着，只露出几株绿色。或许就在昨日，这条古巷里还走着一个穿着长衫、轻摇锦扇的书生；或许就在昨日，茶坊酒肆里的人们依然往来穿梭；或许云锦店铺会走出许多袅娜的女子。

慢慢走着，路过一处古宅，心想着这里一定有许多人所不知的故事。穿过一条小巷，又到一条小巷，这里必定也曾上演过许多的繁华与喧嚣。

从这里走出的富可敌国的沈万三，曾资助修筑了南京三分之一的城墙，只可惜最后落得发配云南、客死他乡的悲惨结局，后世更是被蓝玉案牵连，几乎满门抄斩，凄惨无比。

拥有"九十九间半"的蒋百万，仗义疏财，救灾赈贫，散衣施药，赢得了极好的口碑，却在1937年日军南京大屠杀之后回归苍凉。

还有美丽多才的傅善祥，机缘巧合成为历史上第一位女状元，只可惜红颜薄命。天京事变，血流成河，尸横遍野，其亦未能幸免。

"青砖小瓦马头墙，回廊挂落花格窗"，悠长而久远的往事再现眼前。那高高隆起的飞檐和精致无比的石雕门楼，无声地述说着豪门望族曾经的繁华与显赫。但在这样的清风冷雨中，一切都随风而逝，只留下青砖黑瓦的宅子和长长的古巷，在寒风中诉说往事的苦与乐，喜与悲。

一个个历史的印记像凝固的时光，让岁月变得沉静而悠长。那无处不在的生活痕迹，让老门东固守着"南京的灵魂"。一副"市井里巷尽染六朝烟水气，布衣将相共写千古大文章"的对联，更是让人的思绪回荡在老门东的每一条古巷。

## 二、飞雪颐和路

初冬飘雪的清晨，我来到了颐和路。一扇扇铁门锁住了民国的风华和历史，一棵棵高大的梧桐树遮掩了民国的风云。

20世纪30年代的南京，各国使馆，民国党政军要员、富豪云集于此。到南京解放为止，这个公馆区内，有花园洋房9265幢，宫殿式官邸25幢，至今保存完好的仍有200多幢。汪精卫、陈诚、陈布雷、于右任、阎锡山、汤恩伯、周佛海以及后来的美国总统特使马歇尔、苏联大使等都曾住在这里，民国的许多重头戏曾经在这里上演。

38号深宅大院，是汪精卫的居所。8号构置精巧，是横行一方的"山西王"阎锡山的寓所。34号地处颐和小区中心，是顾祝同公馆，院广宅大，坐北朝南，气派非凡。5号红瓦黄墙，是汤恩伯公馆。29号是苏联的驻华大使馆。15号是三层小洋楼，菲律宾公使馆……

我一个个走过，虽然每一处都是铁门紧锁，但依然可以感觉到那独特的民国气息。忽见一扇大门虚掩着，于是轻轻推门进入。满园的多肉植物生长着，墙角种着几棵南瓜，藤架上还吊着两三个硕大的南瓜。能够让绿色植物在高墙深院里如此茂盛地生长着，这里一定居住着一个热爱生活的人。

静静地走在颐和路上，遇到一位穿着棉睡衣的当地妇女。在我的询问下，她热情地为我们介绍这里的古迹，说着这里的历史。或许在这样一个飞雪的清晨，我还会遇到一个身穿旗袍，手提小包，打着油纸伞的袅娜女子款款走过，在与她擦肩而过的瞬间，我会有瞬间的恍惚，觉得自己回到了民国的时光里。

高大的法国梧桐半边绿色半边黄，将整条马路包裹着，形成一条拱形的长廊。院墙沿路伸展而去，一幢幢西式洋楼掩映在高墙密林中，美式的、法式的、英式的……风格各异。如今，昔日的繁华已烟消云散，旧时的豪宅大多已成民宅或军队驻地，"旧时王谢堂前燕，飞入寻常百姓家"。

不知名的花在冬季的墙角开放着，这是谁家之庭院，曾经住过何人，又拥有多少故事？诸多的神秘，就让这些花儿去一一探访吧！

还有攀缘在淡黄色院墙上的藤萝枯枝，偶尔探出墙头的蔷薇，棵棵碧绿的桂花树和点点红枫，让人忆起"庭院深深深几许"的诗句，顿有从浮躁的闹世逃离，走进宁静悠远的感觉。片片飞雪并没有为颐和路增添洁白的凄冷，那白墙黑瓦点缀的小巷，慢慢躲在了历史的深处。铅华洗净留一路的本真，留于后人评说吧！

从颐和路缓缓地走出，我长长地舒了一口气。历史的繁华，人生的跌宕，在你转身离开的时候都归于平静。那一拨又一拨风云人物，你方唱罢我方登场的热闹过后，只留下"流水落花春去也"的无奈和"风流总被雨打风吹去"的遗憾。

## 三、愚园之愚

在这个精于算计的社会里，人们喜欢以成败论英雄，以金钱与地位来衡量一个人的价值，在尔虞我诈的厮杀和明争暗斗中一决高下。所以，"愚"就开始与社会格格不入起来，并被人们嗤之以鼻。

愚园宁静地伫立在南京秦淮区老门西，我询问了几位出租车司机，他们居然都不知道这座"金陵狮子林"在何处。

进入愚园才知道，这个藏于南京一隅的愚园在历史上有重要的地位。它俗称"胡家花园"，是清末民初南京著名的私家园林。它的出现，在当时即引起了各界关注，包括清末重臣李鸿章、左宗棠、曾国荃、刘铭传，文化名人陈作霖、冯煦、缪荃孙、陈三立等四百余人，连临时大总统孙中山也亲自光临。

据导游介绍，1865年，胡恩燮有一次赴京接受吏部考察的机会。当时他的母亲患了病，身为孝子的他毫不犹豫地放弃了这次机会，将母亲接到南京奉养。1876年，胡恩燮买下了这片废园，用来赡养老母，园子起名为"愚园"，其用意为"以愚名者，乐山水而自晦于愚也"。

愚园讲究假山池沼的布局。果然，走进回廊之后，映入眼帘的就是一块"六朝石"，又称张乖崖醉石，相传是当年胡恩燮堆假山时意外获得，石上刻有"刘季高父徘徊其旁，绍兴丁丑六月乙未"十六个字。胡恩燮有《六朝石记》记其事，原石后来不知去了何处，此处仅为遗址。石下有洞穴，可容一人侧身通过。石上有六角凉亭，亭内有长凳，可供主人赏乐小憩。假山旁有几株红枫，在冬日里依然通红而娇艳。红枫旁又有几棵桂花树，碧绿依旧，我想，在初秋时节，它们一定会香飘满园。

在红绿交错的植物旁边就是春晖堂，意为"报得三春晖"。胡恩燮曾奉养母亲于此，报答母亲养育之恩。就凭这孝心，愚园都应该占据金陵园林的显赫位置，与号称"金陵第一园"的瞻园相提并论，它的建筑价值也不逊色于"九十九间半"的甘熙故居。

穿过一条长长的回廊，就来到了愚园的主体建筑铭泽堂。铭泽堂正厅为当年主人接待重要宾客的地方，先后接待过李鸿章、温葆深、曾国藩、张之洞等政要大员。当年孙中山辞去临时大总统后，专程来此与南京友人道别，席间畅谈《建国方略》，可见当时愚园的知名度之高。

从明泽堂出来，有几棵百年银杏。金黄灿烂的叶子铺在树下，几棵翠竹从白墙上蓬勃而出，那遮掩不住的绿色，在冬季宣泄着旺盛的生命力。旁边的篱笆墙内长着一排排绿色灌木，在飞雪中静立着。

愚园也讲究池沼的布局。在后花园，有南京私家园林中面积最大的湖——愚湖，这一湖水，让园子有了灵魂。愚湖边树立着"愚园养生池记"的石碑。此碑本来立于园中，胡家花园沦为大杂院后，古碑也失踪了，后来整修时才被发现，只是很可惜已经裂为两块。如今，此碑已修复完成，放在湖边，供游人了解愚园历史。

碑的正面用隶书刻着"愚园养生池"五字，背面刻有胡恩燮嗣子胡光国80岁时所撰《愚园养生池记》的内容，意在告诫后世子孙，池塘所养之鱼，毋得捕取，不得杀生，要以孝行慈，以善行事，关爱生命。

此外，流落在外的两方清代名人碑刻也回归了愚园，其中一方是清代大画家郑板桥的"竹子刻石"，另一方是清代书法家邓石如的"幽兰怀馨"。这两方碑刻，原先嵌于愚园"觅句廊"内，21世纪初曾经在南京吴敬梓故居陈列。

愚湖中有荷，湖边还有一座秋水兼葭馆，得名自《诗经·蒹葭》，愚园主人曾在此赏荷、读书，眺望愚园之景"在水一方"。门口曾有一副"白菡萏香初过雨，碧琉璃水净无风"的对联。在如此诗情画意的园林中，胡家子弟也一个个成了读书人，所以在湖旁有"伴书楼"，伴着一池湖水读书，也读孝、慈、善，更读天下大义。

从愚园出来，雪越来越大，似乎要洗净被名利熏染的世俗之风；风越来越冷，似乎要吹醒那些精致而功利的头脑，让一丝"愚"意沾染全身，也让"愚"有一处宁静的归宿。

## 四、朱自清的浦口火车站

细雨蒙蒙中，寻找朱自清笔下的浦口火车站，那是《背影》中所描写的父亲"戴着黑布小帽，穿着黑布大马褂，深青布棉袍，蹒跚地走到铁道边，慢慢探身下去。"穿过铁道买橘子的车站，是朱自清泪眼蒙眬中一次一次再现的火车站。

今年我再次给学生讲《背影》。我没有过多地分析作者写了几次"背影",写了作者几次流泪、几次叮咛,也没有刻意地讲父亲艰难地攀爬月台为作者买橘子,我只是让学生自己品味其中的感动,并谈谈自己心中父亲的背影。其实,是我自己不敢细细地品味,害怕将没有完全愈合的伤疤再一次揭起。

听到学生讲自己的父亲在雨中穿行的背影,清晨迎着霞光上班的背影,夜幕下疲惫的背影,我知道每个孩子都有自己最柔软的一段记忆。我忽然想去看看浦口火车站那个相送的背影了。

于是,我来到了中山码头。这是一座古旧的码头,又称下关码头,因为当年孙中山先生的灵柩从这里被送上岸,所以改名中山码头。码头外观如一座钟楼,上面有一个大大的时钟,红色的建筑显得庄严古朴,有民国建筑的味道。码头每隔二十分钟就有一班轮渡,搭乘的多数是郊区的打工者,票价两元。轮渡一楼是一个平台,当地人骑着摩托车、电动车可以直接上去。二楼有一排排凳子,人很少,可以站在窗口看长江滚滚,江水苍茫,十几分钟就可以到达对岸。

下了船就到了浦口码头,过去是南京北站,也就是浦口火车站,现在已经废弃。这个车站是电视剧《情深深雨蒙蒙》的取景地,也是朱自清《背影》的发生地。车站建成于1914年,是中国唯一完整保留历史风貌的百年老火车站。

此时细雨蒙蒙,我们沿着火车站的长长的雨廊和月台前行。

整个浦口给人的感觉与江那边是完全不一样的。这边没有繁华,只有悠久的历史和年代感。老旧的"振兴旅行社",斑驳的公用电话亭沧桑地立在繁华的一隅,留下历史的痕迹,更是历史的见证。

阴雨霏霏,心中并没有阴霾。无论离别的关爱还是相见的美好,都是生命的一刻。就让时光列车远去,带着我们彼此的容颜。远行的行囊里装不下太多的关怀,那个曾经深爱过的人,有相聚的欢颜,也有分离的痛苦，谁都不愿回到过去。曾经的喧闹不在，曾经的炽热不在，有的只是平庸生活中的庸常之态。

　　站在浦口火车站那已经废弃的长长月台上，回想人生就是一次次的相见与离别，有些离别就是永远。在离别的瞬间才知道，所有的付出都是心甘情愿，所有的付出都是不求回报，也无以回报。只是望着月台，想起父亲，想起父亲总是会接过我手中的东西，自己提着，害怕东西太重我提不动。此时，我的眼泪迎着雨水缓缓落下。

　　望着长长的铁轨，望着父亲"用两手攀着上面，两脚再向上缩；他肥胖的身子向左微倾，显出努力的样子"，我的眼睛模糊了。在初春的田野里，父亲骑着自行车，我坐在后面，父亲的背影就是我生机勃勃的春天；下雨时，父亲将我背在背上，用雨衣包裹着我，一步一步向前走，父亲的背影就是为我撑起的晴空；黑夜里，父亲走在前面，在高低起伏的山路上，父亲的背影就是脚下延伸的路。

　　其实在雨中很执着地来到这里，就是为了寻找父亲远去的背影。虽然沧桑得近乎破败，但在记忆里，这就是生活的模样。在或破败或不堪的生活里，我们和父亲一起艰难地活着。在人生的风雨中，只有父亲是那个永远为你遮风挡雨的人。

　　朱自清笔下父亲的背影早已远去。在白墙黑瓦的风雨江南，就让我站在落叶之上，望父亲的背影随风而逝。

# 漫步桂林

## 一、邂逅芦笛岩

昨夜雨声伴随,今晨细雨蒙蒙,"雨桂林"的风姿,朦朦胧胧地在我们眼前展开。那些怪石嶙峋的山披上了一层轻纱,绿色迎面而来。

我们决定乘坐公交车,慢慢地感受桂林生活,看一路风景,再到芦笛岩。

到了芦笛岩,预约的票还没有到时间,我们就信步走进了旁边的小村。小村里全是别墅式的建筑,被花儿和绿树环绕着,苍翠的山就在村后。村旁是长满荷花的一池绿水。这样人杰地灵的地方当然培育出了许多人才,著名画家阳太阳的家就在这里。他从小生活在青山绿水间,也从小就学会了泼墨绘画。青山绿水处处如画,天天生活在画中,想不成为画家都难。

看着一栋栋的别墅,却很少发现有人,好不容易才遇见一位老奶奶。我们随意问好,老奶奶马上招呼我们进她家来坐一会儿。她的家是很宽畅的三层楼,但她还说这在村子里算面积小的。老奶奶说:"我们的村子搞旅游,所以将这里开发成了别墅群,但目前来这里居住的人还比较少。年轻人都到外面打工了,村里就剩老人和孩子了。"这在农村是普遍现象。

我们见到了两个小姑娘,她们的爸妈到外地打工,她们跟着奶奶生活。我们问："你们觉得是这里好，还是爸妈生活的城市好？"她们用稚嫩的声音回答："当然是爸妈生活的城市好呀！那里有高楼大厦，有商场，有漂亮的衣服，还有来来往往的汽车。"看来，对现代文明的向往，是每一个孩子心中的梦想，所以有许多人离开了乡村。或许在他们的记忆中，乡村代表着一种落后的生活方式，这与游客所想象的淳朴自然、风景优美是不一样的。所以人们常说，短暂的相处，留给人的印象往往是美好的，而长相厮守，再美好的风景也会让人产生视觉疲劳。当风景优美的山川承载不了年轻人梦想的时候，他们就会选择离开。

汪国真说："到远方去，到远方去，熟悉的地方没有风景。"当你厌倦了一个地方，就去别人厌倦的地方吧。你会感受到一种新奇，这或许就是旅行的魅力。

从村子里出来，还没有到进入芦笛岩的时间，我们继续游逛。或许偶遇也是一种意想不到的美好，所以我们并不觉得等待有多漫长。

碧绿的草丛里，一条小青蛇静静地昂着头，张望着来往的人们。在这里与一条小蛇偶遇也是难得的，而且它好奇的眼睛与我好奇的眼睛对视着，我微笑地着看着它，它傻傻地看着我，我们居然都不惧怕彼此。在汽车的喇叭声中，小青蛇转身消失在草丛里，它或许鄙视我这个身上带有浓浓城市气息的朋友，离开我们到更宁静优雅的地方去，是它唯一的选择。它不屑于与现代文明同行，而是固守自己生活的山林，那里有属于它的自由与美好。

我们随着人群缓缓进入溶洞芦笛岩。这里别有洞天，五彩斑斓的灯光为我们勾勒出一个童话世界。

洞中有一个大"龙宫"，中间那根"定海神针"矗立着，"龟丞相"默默守候在一旁，一条"大鲤鱼"陪伴着它。这也许就是孙悟空大闹天宫的地方，只是不知道此时的孙悟空去何处逍遥自在了。

在灯光的指引下，我们穿过一条长长的过道，来到了"瓜果园"。看！

桃子、李子、苹果、香蕉……栩栩如生。还有"蔬菜园",白菜、竹笋、萝卜、西红柿……鬼斧神工。成堆的"玉米"宣告着丰收的图景,串串"葡萄"点缀着生活的富足,凝固的"飞瀑"渲染着大自然的繁华……每一个转角都有风景,每一处风景都是人们的想象。

芦笛岩以写意的手法雕刻出雕塑珍品,人类又以多彩的灯光增添它的神秘。那些钟乳石姿态万千,每一条纹路都灵动而有趣,形成了一个光怪陆离的奇幻世界。

隐藏了千万年的"地下宫殿",其实每一分、每一秒都发生着变化。千万年的时光对于芦笛岩来说太过短暂,因为每一块钟乳石的形成都是一个漫长的过程;每一个水滴石穿、积沙成丘的奇迹都在印证着时光的力量。我们的生命与之相比太过匆忙,所以定格在我的目光里的便是静止的画面。人间的功名利禄、尔虞我诈、钩心斗角、爱恨情仇,在岁月面前是多么滑稽可笑、不值一提。

人与自然有一场宿缘,哪怕路旁的小草,草丛里的小蛇,小蛇旁的飞花,都以不事雕琢的姿态站在你的生命里。远方不在梦里,习惯了被庸常生活淹没的人是没有梦的。人在颠沛苦旅中,总会与一处山水惺惺相惜,或视为知己。当你从冰冷的岩洞中走出时,外面依然阳光明媚,世界依然宁静温暖,所以我们只需在自己的世界里温柔地活着。善待每一丛相遇的花草,微笑注视每一个或善或恶的生命,然后继续沿着绿色前行,你会遇到另一段美好。

## 二、遇龙河漂流

"桂林山水甲天下,阳朔山水甲桂林。"遇龙河是阳朔的魂。泛舟遇龙河上,感受"人在画中游"。

清风徐徐而来,河水缓缓而淌。两岸青山绿树,奇山怪石,山顶白云环绕。坐在平稳的竹筏上，静静地望两岸的山，它们秀丽了上万年。我们不远万里到来，就是希望与它们相遇在这一时刻。

岸边竹林婆娑的身影倒映在河水里，仿佛以河为镜梳妆打扮的少女。翠竹和河水就像一对恋人，日夜相守，不离不弃。我们从河面慢慢漂过，不敢惊动它们，只是远远地羡慕着它们的生活。

河水如诗一样在天地间铺展，也如歌一样在阳光下跳跃。河心有渔夫带着鸬鹚捕鱼，这种原始的生活方式，现在的人们依然在用。我们好奇地看着鸬鹚如何快速地扎入水中，如何将鱼捕起，渔夫又如何从它们的脖子中将鱼捋出，然后鸬鹚又站在船头，等待着下一次捕鱼的时机。

有渔夫索性在船上烤鱼，卖给游客品尝。在如此雅致的环境中，升起的炊烟只能说明在征服自然的时候，破坏和侵略甚至杀戮都成了合法手段。但自然永远不会臣服于人类。

筏工告诉我们，他们最敬畏的就是河流山川，有了河流才有了他们的职业，有了山川才有了他们欢乐的生活，这一切都是遇龙河给的，所以他们珍视和爱护这里的每一座山，每一条河。

筏工拿着长长的竹竿，两头交替着伸向水中，竹筏就随着他的动作有节奏地缓慢前进，仿佛竹筏、筏工、筏竿已融为一体。每到激流处，筏工便吆喝着，身体柔软地贴在竹筏上，和竹筏舞出一段优美的舞蹈。我们不禁为他的精彩表演喝彩，而筏工却说："我们不是在划船，而是在江面上姿态优美地行走，这也是艺术哦！"我们惊叹一个筏工居然可以说出如此诗意的话。筏工说："一方水土养一方人，天天欣赏如画的桂林山水，我们自然成了半个诗人。"他还说自己每天和游人打交道，帮他们照相，自己也喜欢上了摄影。为了向游人介绍桂林，他看了许多书，闲暇之余也会写写诗，唱唱歌。他还在阳朔西街开了一家民宿，接待过往的游人。果然是不凡的山水孕育不凡的人啊！

到了水流平缓的地方，筏工为我们唱起了船夫小调，悠扬的歌声在水面上飘荡。其他竹筏上的筏工也应和着，一时间歌声飘扬，笑声飞舞。筏工们每天穿行于如画的山水之间，生活让他们唱成了歌，过成了诗。

我想，过去的诗人乘舟江上，任意东西的时候，对山水的感悟会和我们有什么不同呢？那时候出行艰难，人们要么被禁锢在家乡，要么漂泊异乡。对于那些游子来说，对故乡的思念是那么刻骨铭心，所以就有了那么多的乡愁和思乡诗。而现在交通便捷，人们可以快速到达世界的每个角落，想见谁也没有障碍，愁绪随时可以化解。当距离产生不了美的时候，我们的愁绪也就显得清浅和缥缈，自然写不出来那些思乡的文字了。

下了船就到了老根山庄，这里以农家饭著称。没想到老板的孩子竟然是清华学子，还出国留学，娶了一个美国媳妇。看来，山村的落后和闭塞并没有阻挡住他们向往山外的梦想。

村子里到处飘荡着桂花和稻花的香味，鸟儿在自由地鸣叫。我们和村头的老奶奶聊天，她们平静的脸上写满了满足和幸福。在桂花树下，她们卖着自家的桂花，悠闲地摇着扇子，拉着家常。背后的青山，眼前的稻田，还有屋外高大的桂花树，勾勒出老人岁月的痕迹。

和老人聊了几句，我忽然想起了奶奶。奶奶也经常坐在门前的梧桐树下，旁边就是麦田和红薯地。奶奶戴着老花镜，做着针线活，别人都说奶奶年轻的时候，针线活远近闻名，到老了还是看不上两个姑姑给她做的衣服，所以宁肯自己做。这场景多么熟悉而温馨呀！于是我们就坐了下来，在这样的乡村，寻找自己的故乡记忆。

儿子就是一个没有故乡的人。他从小生活在城市，留在他记忆里的永远是钢筋水泥的建筑和车水马龙的快节奏，永远没有我们那麦田油油、绿树葱茏、蝉鸣蛙叫、满天星斗的回忆。

所以总有人说现代人是没有根的一代，因为他们已经没有了与土地的接触。没有泥土，何处生根呀！

## 三、徜徉西街

在阳朔，我们住在西街的一家民宿。这家民宿是北京的一对小夫妻开的，我们住了两三天都没有见到主人，每次进出都是可爱的"喵星人"和我们打着招呼，住宿的诸多事宜都是通过网络联系和解决的。

西街的房屋大多古朴典雅，小青瓦、坡屋面、白粉墙、吊阳台、翘角飞檐、雕梁画栋，有明清时期的建筑风格和浓浓的南国风情。一条条青石板路将一排排错落的房屋连接起来，展示出西街特有的味道。

导游娓娓地为我们讲述：这里曾接待过一百五十多个国家的元首和有关领导人，如美国前总统尼克松、克林顿，还有美国前国务卿基辛格，英国的撒切尔夫人。在这里，他们感受到了中国山水的美丽。甚至西街的每一寸青石板上都印着名人的足迹，就连各式店铺里也留下了名人的微笑和身影。

街两边，小楼、客栈、酒吧、咖啡馆、土特产店林立。导游告诉我们："这里充满了异国情调，一些外国人来阳朔旅游，看到了这片世外桃源，流连忘返，有的做起了生意，有的还娶了中国姑娘，在这里安家立业。"

漫步西街，不同肤色的游人随处可见。走进一家外国人开的巧克力商店，顿觉小屋装饰充满了欧式风情。老板玛丽是英国姑娘，因为酷爱中国文化，几乎走遍了中国，后来到了美丽的漓江和阳朔西街，就停下了脚步，在这里开起了巧克力店，还准备和中国小伙子结婚。她店里的客人来来往往，一个小男孩还用英文和她交流，她微笑着和小男孩侃侃而谈，从他们的对话中可以看出她对中国文化非常熟悉。

西街两旁店铺的吊脚楼上，大都挂着醒目的红灯笼，各色招牌紧挨着，显得繁华而热闹。卖艺术品的，卖特色银饰的，卖各种茶叶的应有尽有，琳琅满目。

到了一家果汁店，环境安静，我们坐了下来。墙壁上贴满了各色即时贴,上面写满了美好的祝愿。有"难忘西街,难忘邂逅""漫步桂林,泛舟遇龙河,有你相伴,幸福一生"。我们也想写点什么,于是儿子写道:"高考时的桂林,金榜题名时的西街,我生命中最美的色彩。"我们知道,儿子在期盼他金榜题名的时刻。我写道:"小学时的桂林在课本上,是儿时的梦,今天的桂林在眼前,终于梦想成真。"我想告诉儿子,只要有期盼就会有未来,只要有梦就会成真。

在霓虹初上的西街漫步,在月光银亮的夜色中游览,完全被浓浓的小资情调所感染。过一座小桥,一个个酒吧连成一片。西街的酒吧颇具异域情调。我们走进一家"西街月色",点了两杯啤酒,靠窗对坐。西街的夜喧哗起来,有人情意绵绵地唱着英文歌,那歌声随着音乐在酒吧里流淌。各种重金属乐器也响了起来,快节奏的鼓点击打着我们忙碌而疲惫的心。热情一点点被唤起,我们随着节奏轻轻摇摆。

四十多岁的酒吧老板为我们深情讲述了自己的爱情故事。他是土生土长的阳朔西街人,十多年前是一名导游。当年,一位漂亮的俄罗斯姑娘来到这里游玩,在他的介绍下,美丽的山水风光吸引了她,姑娘也和他一见钟情。后来,姑娘一毕业就来到这里和他结婚,还开了自己的酒吧。因为有了这样一个动人的爱情故事,他的酒吧常常座无虚席。这样的故事在西街还有很多,所以阳朔西街又被称为浪漫之地,好多人希望在这里遇上心爱的人。

听完了故事,喝完了啤酒,继续向前。看到一个名叫"原始人"的酒吧,儿子说:"名字如此奇怪,感觉一定和别的酒吧不一样。要不我们再进去感受一下?"反正时间还早,于是我们缓步进入酒吧。果然,它的环境优雅而安静,和"西街月色"的喧嚣完全不同。我们四人安静地坐下,静静地听歌手呢喃。这让我想起了洪崖洞游吟歌手动听的歌声,那歌声居然能打动我们,让我们流泪。在歌声里,我们想起了自己美好而浪漫的青春故事,想起了年少轻狂时的无知和刻骨铭心的爱情。

当我们随着节奏轻摇自己的心情时，儿子说想要上去一展歌喉。我很少听儿子唱歌，当听到他那浑厚而独特且具有磁性的声音时，我居然有一种陌生的感觉。他投入地歌唱，让我不知自己身处何处。那种感觉很像年轻时，老公在台上的深情演绎。似乎一切就在昨天，而此时唱歌的人却换成了儿子。

儿子身高1.8米，魁梧而健壮，性格阳光，做事沉稳。作为年轻人，他想要尝试一切的冲劲让我们喜欢。跟年轻人一起玩，也让我找回了年轻的感觉。

这样的夜晚，可以悠闲地度过，可以一边看着灯红酒绿，一边吹着凉风，一边享受着歌声的美妙。轻声吟唱的节奏缓慢的老歌，慢慢地点燃了我们对青春的回忆。那时无论到哪座城市都能听到大马路上的卡拉OK，吃到芳香四溢的各地小吃，听觉和嗅觉被强烈冲击着，让我们流连忘返。现在的酒吧都在室内了，环境优雅，灯光迷离，装饰也富有现代感。

一切都可以交给这样的夜晚，让自己彻底忘记身处何处，也忘记明天的目标和方向。就让自己活在今夜，活在西街的月色里，活在西街的歌声里。

## 四、雨中骑行"十里画廊"

在细雨霏霏中再次来到"十里画廊"。

俗话说"雾重庆，雨桂林，夜上海"，我们看到的"雨桂林"在烟雾弥漫中更增添了朦胧的神秘感，山峰也在雨中变得多姿多彩。树被雨水洗得发亮，绿得耀眼。

北方的干旱让我对雨情有独钟，雨为我们带来的那份清爽，让世间万物更加丰富多彩。

当一棵棵树从我眼前闪过，桂林的山也变换着姿态从我面前滑过。

那些神话传说在我的脑海里回荡。

上一次，我们在阳光明媚的时候游走"十里画廊"。这一次，儿子骑着电动车带着我，风从脸颊缓缓抚过，那份惬意的心情在如画的土地上飞翔。那份自豪，来自儿子已经成年，可以带着妈妈一起旅行，他宽阔的后背可以为我遮风挡雨，让我可以安心享受阳朔的风雨。一座座山峰从我眼前划过，我贪婪地张望着，想记下它们的样子。可是它们披上了一层青纱，那份羞涩和半遮半掩的朦胧，让人浮想联翩。阳朔将自己不同的画面悄悄地展现在我们眼前。

"青山不墨千秋画，流水无弦万古琴。""十里画廊"就是一场视觉的盛宴。远远看去，它犹如一位伟大画家的泼墨写意，只寥寥几笔，就勾勒出一幅苍翠的自然山水，宁静中见悠远，清淡中显繁华。

沿路的风景如诗如画。连绵的山峰不算巍峨，但陡峭峻拔，形状奇特，蜿蜒起伏，峰峦叠嶂，在缥缈的云雾笼罩下若隐若现，神秘而令人神往。

路两旁的农田翻涌着碧绿的稻浪，牛儿低头饮水，安静祥和。途经"四季花海"，鲜花盛开，香飘千里。池塘里荷花静立，偶尔还能看到细鱼游动。细雨让花的色彩更加洁净，人们以花为背景拍照，留住这如花的时光。

骑行不远就到了蝴蝶谷，一位当地老人告诉我，这里与梁祝有关。据说梁山伯与祝英台化作蝴蝶双双飞走后，不经意间来到了蝴蝶谷，发现这里山清水秀，景色优美，便决定隐居在此生儿育女。因为疼爱子女，他俩终老时便化作了两座大山，继续守护着儿女。两山相望，永世不厌，继续着他们不老的爱情传说。是啊，在如此美丽的地方翩翩起舞，是一件多么幸福的事情。

到了工农桥，我们停下来休息，欣赏桥在水中，山在桥下的美景。山水在细雨中飘动起来，错落的光影交替成跌宕的碎波。山依着江，江映着山，所有的画面被重新组合了一次。轻涛拍岸，闭目聆听，犹如天籁。岸边的紫荆花开得通红一片，树下落英缤纷，粉得让人不忍直视。

当地人说，再往前就到了"大榕树"，虽然在桂林到处都有榕树，但这棵榕树却拥有美丽的爱情故事。当年，在一个月光皎洁的夜晚，多情的刘三姐约憨厚的阿牛哥在大榕树下见面，将代表爱情的绣球送给了阿牛哥，两人结成百年之好。如今，他们的子孙后代依然在大榕树边的壮族村庄里居住。

静静地坐在大榕树下，它的枝叶为我们遮风挡雨。在这里生息的千年，或许每一棵树，每一座山都有着美丽动人的传说。这些传说滋养着一方土地，让它的历史变得丰盈而充实。老人们娓娓的讲述，让那份暖暖的情愫从心中升起，平淡的生活因为传说而变得美好。

我们决定从"十里画廊"骑行到银子岩，全程大概有十几公里。在前几天的骑行中，儿子已经熟悉了电动车的性能，那份不服输的劲就显露出来了，每次都要冲到前面，以显示自己的力量。而老公则很沉稳，每次都不慌不忙地跟在后面。但我更喜欢儿子的冲劲和冒险精神，年轻人的生活就应该如此。

在骑行中，我一直在提醒儿子稳一些，慢一些，但儿子有他自己的追求和向往。是啊，每个人都有自己与众不同的风景，我们没有能力去改变什么，只需要静静地等待和欣赏。

在我们享受骑行的快乐时，雨却下大了，而且路也不太好走了。我们想找一个地方避雨，很快便找到了一户人家。几个老人在雨中搭起帐篷悠闲地打着麻将，丝毫没有受到雨的影响。也许对他们来说，这场雨正是他们所渴望的。这里的山和树都需要雨的滋润，没有了雨的陪伴，它们也将失去自己的风姿。

雨越下越大，雨点急急地打在树叶上，发出啪啪的声音，天地一下变得昏暗起来，那痛快淋漓的击打，那铺天盖地的倾洒，那无视一切的狂奔，让我体会到了人生的畅快。

当我们惊异于这场畅快的大雨搏击，感叹自然的多变时，那些打麻将的老人依然平心静气，只关注着自己的输赢。

就在一瞬间，天空突然变亮，乌云也不知飘向了哪里，大雨骤停。我们惊呼阳朔居然对我们如此厚爱，让我们领略了清晨霞光万丈的风采，细雨蒙蒙的多情，大雨滂沱的酣畅淋漓。此时雨过天晴，空气中弥漫着泥土的清香，风中也流淌着一丝清爽。

一路骑行"十里画廊"，前半程风雨相伴，剩下的路却在淡淡的夕阳中，柔柔的和风里。我们继续欣赏美景，一路欢歌向前！

夕阳下，我们拐进了一条小路。这里乡村的气息更浓郁一些，到处是荷花池和成片的稻田，商业气息渐远。我们闻到了植物在傍晚散发出的清香。几头老牛悠闲地卧着，不时晃动着尾巴。点缀在日暮下的古寨，灰黑的墙壁坍塌了一角，露出院内茂盛的草木，那些植物疯长的样子告诉我们，很少有人打扰它们宁静的生活。我们向院内望去，屋门敞开着，一位老奶奶慢慢地剥着蚕豆，豆的清香慢慢飘来，我忽想起鲁迅小时候偷蚕豆的事情。

老奶奶看见我们，起身打招呼，让我们进来坐。于是我们从正门入，和老奶奶聊了起来，她已经八十多岁了，但精神矍铄，由于一直干活，双手显得粗糙而干枯。家里的年轻人都打工去了，就剩她一个人，种地养活自己。

暮色下的乡村宁静而孤寂，这个曾经繁华的寨子和中国的许多乡村一样，变得荒芜空寂，只有几位老人还守着这片宁静的故土。不知明天，这些古寨、古村、古镇、古城，会不会在夜幕中隐没自己曾经的光华。

## 五、安享"世外桃源"之静谧

桂林郊区有一处"世外桃源"。从地图上看，它离我们住的地方有二十多公里，骑行可以到达，于是我们就租了电动车，在一个明媚的清晨，迎着微微的暖风，赏一路山水田园风光，欢快前行。

进入"世外桃源"，首先乘船在燕子湖上游荡。湖岸边青山绕绿水，绿水映青山，远处隐约有几处人家的房屋和绿绿的稻田。金波荡漾的燕子湖镶嵌在燕子山下，宛如少女满是灵气的明眸，颇有"良田美池"的桃源意境。

湖面有荷叶田田，荷花盛开，我想，湖中一定有"鱼戏莲叶中"的欢快。

"美池"旁，有几个女子在洗衣裳，大白鹅和鸭子悠闲地游来游去。来来往往的人们惊扰不了它们宁静的生活，或许在它们眼里，我们也是流动的风景。

真正的玄机就在燕子湖后面。乘坐小船穿过燕子湖，就驶入了狭长的水道，很有一种"初极狭，才通人"的感觉。

穿过迂回曲折的狭长水道，曲径通幽，燕子湖的后面一下开阔起来，真的有"土地平旷，屋舍俨然，有良田美池桑竹之属"的感觉。

下了船就到了桃花岛。行几步，"忽逢桃花林，夹岸数百步，中无杂树，芳草鲜美，落英缤纷"。在花红柳绿间，一片桃花灼灼开放，儿子急呼："这个季节怎么有桃花盛开？"是的，这个季节，我们已经吃上鲜桃。儿子禁不住向前，却一下子陷入了泥沼，想来任何美好的事物都不是能够如履平地一般轻易得到的，看似平整的地方也是有陷阱的。

我们哈哈大笑，将儿子从泥沼中拉出，告诉他："年轻人做任何事都不能莽撞，要认真观察，看清形势后再行动哦！"儿子却说："不迈出脚步怎知前方深浅？我不试怎知前进的道路上有泥泞？"

当地的导游告诉我们,这里地处偏僻,所以人们的生活没有受到外界干扰,倒真有"自云先世避秦时乱,率妻子邑人来此绝境"的感觉,但现在青年男女大多到外面打工,只剩下老人和少量的妇女种稻子、橘子,然后指给我们看哪片是她家的橘园。她告诉我们,今年的金橘和柚子挂果很多,一定会有好的收成。

穿过一片橘园,可以看到青瓦泥墙,竹篱菜畦,地里种着时令的蔬菜瓜果,小油菜、小葱、菠菜、香菜绿意盎然。鸡犬之声清晰可闻。瓜秧搭建成清凉的绿棚,绿棚下有石凳、石桌。我们漫步进去,要了几份红糖茯苓糕,一股清凉沁人心脾。

我们一边吃着冷饮,一边和当地人聊着,最感兴趣的还是问一问这个村子有没有学校。村民说大多数孩子随父母进城了,现在还在村里学校就读的孩子已经不太多了。我不禁感叹,如果从小浸润在这样富有灵气的青山绿水之中,那么孩子一定会像这山水一样富有灵气。但现在,城市的繁华与美好诱惑着人们放弃了几千年来简单而淳朴的乡村生活,这在物质上或许是进步,但我们却总在寻找自己的精神家园。

其实哪里还有"世外桃源",现代文明无处不在。人声鼎沸中,"世外桃源"只是陶公领着我们做的黄粱一梦罢了。而我多想在山间搭一向阳茅舍,头戴斗笠,静立稻田,看天上云卷云舒,听山间风声鸟鸣;或者手捧一卷诗书,席地而坐,伴蛙声蝉鸣,神游天下古往今来,感受人间悲欢离合;或一夜酣眠,任他雄鸡长鸣,任他日升高竿……

如果能到这里来支教,一定会找到一份宁静与恬淡,但我们又如何能逃脱城市的喧嚣呢!这恐怕只能是我们心中的"世外桃源"吧!

说笑间,一阵清脆的歌声飘来,唱些什么听不懂,但是歌声悠扬而嘹亮,那种淳朴和甜美直击心灵,或许只有在这样纯净的土地上,姑娘们才能将古老的歌韵演绎得如此纯净而动人。

走出农家小院,在街的一角,几位老人叼着烟斗,悠闲地坐在竹椅上聊着家常，真有一种"黄发垂髫，并怡然自乐"的感觉。于是我们停下来，静静地聆听几位老人话着桑麻，说着家事。虽然他们说的话我们听得不是太懂，但从他们平静的声音里，我们可以听出幸福和满足。

　　导游告诉我们，这些老人在这里生活了一辈子，他们的孩子都在城里买了房，但是他们宁愿守着脚下这片土地，过着看似清贫，但很安逸的生活。他们会在每一个炊烟袅袅的傍晚，坐在自家的院子里看着鸡鸭成群，看着绿树成荫，心满意足地过着"采菊东篱下，悠然见南山"的生活。

　　我想，这就是他们的家园。不管在外人看来是不是"世外桃源"，但他们一定认为这里是自己永远难以割舍的故土。

　　夕阳下回眸，霞光笼罩着一派田园山水，耳旁一切喧嚣全部消散，只留下一片静谧在桥的那边。

　　看到一副对联："陶公已随风逝去，此地空留桃花源。美池桑竹舒倩影，阡陌交通好耕田。"是的，我们就应该这样悄悄离去，留一片静谧让他们安享。

## 六、夜游两江四湖

　　白天的桂林诗意朦胧，灯光下的桂林则是华光异彩。要欣赏夜桂林，就要夜游两江四湖，这个极具代表性的景点，唯有在夜色里才能显出它的精彩。

　　两江四湖是桂林城区环城水系，由漓江、桃花江、榕湖、杉湖、桂湖、木龙湖组成。此景点形成于北宋年间，当时榕湖、杉湖、桂湖上舟楫纵横，游人如织，兴盛一时。

　　夜色中的桂林，月光清冷，星辰稀疏，而灯光却似画笔，以那些树、桥和塔为背景，绘制出一幅幅精美的图画。无论天空如何黑暗与深邃，灯光总能舞出自己的色彩，无须与星光争辉。

日月双塔披一身闪耀的灯光，站在两江四湖旁，焕发出青春的光彩。金色和银色的塔体与水中的倒影连成一片，紫色的玻璃桥玲珑剔透，浪漫的色彩与优美的造型，在湖水之上展现它的魅力。

湖上的十几座桥形状各异，各有特色。桥墩的弓形面上，别具匠心的涂鸦、诗词名句和名画，营造了浓郁的文化氛围，堪称桥梁的艺术典范。虹桥以灯光打造出一条彩虹般的弧线，白天承担着交通重任，夜晚闪耀在人们的梦里。

周围的榕树、桂树都披着五颜六色的灯光外衣，每到夜晚就会让每一条枝、每一片叶生动起来，倒映在湖水之中，闪动着奇丽的光。

游船来到古城下。五面大鼓镶嵌在城墙上，击打出蓬勃的气势，震撼人心，精彩的表演赢得游客阵阵掌声。

观者在水面，表演者在岸上，灯光下、音乐中，场面恢宏，画面夺目，真是有山、有水、有歌、有舞、有声有色的梦幻世界。

刘三姐的歌声在天空回荡，阿牛哥的舞蹈雄健有力，这些表演将自然与人文巧妙结合，真是一种诗意的享受。游船回程路上，沿岸有女子乐坊演奏、刘三姐对歌台，还有自娱自乐的票友，让两江四湖更具观赏性，也使桂林山水更具魅力和活力。

江面上凉风习习，白天的喧哗和浮躁一扫而光，只有那轮明月永远与江水相伴。我们只是匆匆过客，在一瞬间欣赏到了它们不胜娇羞的面庞。

## 七、骑行阳朔

那个清晨，我们正慢悠悠地享受着阳朔的米粉，一个名叫阿芳的女孩过来问我们今天计划到哪里玩。我们说计划骑车子去"世外桃源"。

她问能否同行，我们爽快地答应了。

我们打算租电动车，可是儿子从来没有骑过。虽然试过两圈以后就熟练了，但让他带着我走，还是有点心虚。阿芳说："那我就带着姐姐吧。"于是我拿着地图，阿芳带着我。我不会骑车，但坐在后面，风吹过脸颊，很舒服。

对于我们这些看惯了北方麦田的孩子来说，一片片的柚子树，一片片的茶园，感觉是很不一样的。

阿芳的旅行是一次说走就走的旅行。她放下了两个孩子和工作，没有什么准备，也没有什么计划，只是随性地出来看看。我很佩服她的勇气。

我们一路骑一路问。儿子的骑车技术已经很熟练了，于是止不住地就想往前冲。我决定坐上儿子的车，随时提醒他稳住。他到底年轻气盛，在山水之中穿行很是自由自在，无所顾忌。

从"世外桃源"出来，过金水桥，沿遇龙河，往阳朔方向骑。有一段路是田间小路，儿子骑得快，我们连人带车从田埂上摔了下来。还好是庄稼地，我们只是受了惊吓而已。现在，我们可以慢一点让自己享受田园风光了，于是一直沿着河走，看到河的对岸有很多房屋，可就是没有过河的桥。

继续前进，看着山不断地变换着身姿，一会儿像老人，一会儿像情侣，还有的像顽童。至于笔架山、馒头山，那就比比皆是了。

山连着山，树挨着树，竹林和桂花树居多，时时可以闻到桂花香，那份清凉伴着花香和蛙鸣，一派宁静的田园画面。

我们骑行了一路，居然很少遇到人，而且路也不好走，我们不禁有点紧张，生怕走错路，可看地图应该没有错，我们感叹阳朔真是"阡陌交通"。

已经骑了五十多公里了，只能硬着头皮往前走，可是路没有了，只有庄稼地，这可怎么办？而且阿芳的车子一直在报警电量不足。难道真要困在这里吗?

　　正在我们一筹莫展的时候,儿子往河边走了几步,看见了河对岸的朝阳码头,几个船夫也正悠闲地看着我们。我们马上呼喊他们,他们则不慌不忙地问明白是几个人、几辆车,然后报了 150 元的渡船价。还好不是太多,我们一番讨价还价后就同意了。他们很轻松地将两个竹筏系在一起,将我们三辆车和五个人送过了岸。

　　过了朝阳码头,道路一下开阔起来,很多游人骑着车子来来往往,我们这才松了一口气。一边小憩,一边喝着冷饮,那段艰难的路程在谈笑中灰飞烟灭。

　　人生总有一些目的地等待你去到达,一路上看到什么样的风景,也完全在于自己的心情。

# 闲步阆中古城

阆中是位于嘉陵江畔的历史文化名城,山环水绕,风光迤逦。东靠巴中、仪陇,南连南部,西邻剑阁,北接苍溪,自战国中期作为巴国国都以来,至今已有2300余年的建城史。

阆中古城与山西平遥古城、安徽徽州古城、云南丽江古城并称为我国现存最完好的四大古城。中华民族传统的春节文化发源于此,蜀汉五虎上将之一的张飞曾镇守于此,汉代天文历算学家落下闳曾于此研究风水。

## 一

放缓脚步和家人漫步在古朴的街道。手拉着手微笑着,仰着头在阳光下缓行,平凡又不平淡。每到一个路口,我们都会随意选择一个方向前行,每条街道都有与众不同的色彩。街角,或有一抹灿烂的红梅,或有一棵高大的榕树,或有一盏火红的灯笼,昭示着春的到来。

雨落别院劲打梅枝,每一个待放的花苞下都有一点凝露。几日来一直游走在古巷,每次都会发现点滴不同。一树兰花,一枝红梅,一扇古窗,几间古屋,无声地诉说着人事变迁。

古巷中,人间烟火味道浓郁,飘过的每一丝饭香,都氤氲着人世的温馨。在一处私家小厨门口,一位七旬老人细心地择着嫩绿的蔬菜。他平静的脸上写着岁月的沧桑,时光就这样精致而款款地从他的指尖滑过。我忍不住幸福地微笑着,因为我的身旁也有一个人,有一双温暖的手,会牵着我走过每一个清冷的街口。

在古巷,每个清晨和夜晚,或饮茶或小坐,只为听世俗里的细碎声。有时在最精致的地方停留,或者在人群中穿梭,让别人的人生与自己的擦肩而过。其实来阆中不为旅行,不为风景,只为在纵横交错的古巷中,寻找千百年来人们生活的身影。

喜欢在这种有着各色小吃的街上行走,每一个小店都飘溢着馨香。在年味浓郁的阆中,每条古巷都有着熟悉的味道,似乎我已在这里驻足了千年,就像这条街角的小草,仰望着屋檐的沧桑,嗅着千百年不变的味道。这里盛产保宁醋,各种特色的醋浓缩成城市的芳香。

墙壁斑驳,青藤蔓蔓。一条古巷,阅尽众生无数,每一个行人都是匆匆过客。嘉陵江碧波荡漾,环绕古城,千百年来滋润着古城的土地和生灵。人生如水,一路向前款款而来。春天的记忆,在阆中的每一条街道缓缓绽放。

一片花瓣温暖冬的寒凉,一株红梅在古城灿烂开放。一串串红灯笼依次悬挂,记忆深处是浓浓的年味儿。

一家人肩并肩,安静地穿过一条条小巷,时间在我们的穿梭中静静流逝。

## 二

在阆中,民宿都是木结构的小楼,四合院中种着盛开的红梅和茶花。在院中的躺椅上晒着太阳,品着清茶,闻着淡淡的花香,耳畔还有几声鸡啼,时光就这样静谧安然。

民宿的老板说着绵软的"川普",为我们介绍着古城的景点、路线等。每到午餐时分，冒菜的香味就飘满小院。四川人将辣椒之辣与花椒之麻有机融合，将这种滋味之美发挥得淋漓尽致，刺激着我们的味蕾，让我们在这潮湿之地，酣畅淋漓地出一身热汗，将湿气排出体外。那种火辣的清爽，四川人爱之入骨，他们的生活中离不了火锅和冒菜。

  几年前，老板以十几万的价格买下了这座四合院。他是阆中本地人，他相信阆中保存完好的传统建筑和传统文化，一定会吸引八方游客的到来。果然，这几年阆中旅游逐渐升温，而且因为阆中是春节文化的发祥地，所以每到过年，街上就人群拥挤，他开的民宿也是天天爆满，原先十几万购下的四合院，现在身价已过百万。老板说，即使在淡季，他也会守着这个宁静的小城，因为这里的蓝天绿水、房屋街道，是别的地方找不到的。城里人总会在奔忙中丢失自己的初心，而在这里能够寻找片刻的停歇，使心灵得到短暂的慰藉。

  嘉陵江畔的茶座坐满了人，人们一边望着江水缓缓东流，一边在阳光下慢品茶的清香。除了享受悠闲，其他的事情都不闻不问，只有这样，才可以陪着家人尽享这样的美好时光。

# 古都长安

## 一、清晨的环城公园

清晨,有布谷鸟的轻啼,有石榴花的怒放,围绕西安城墙的护城河宁静而安详。河上静静地停泊着乌篷船。护城河与城墙之间有一条宽宽长长的绿化道,有老人在锻炼身体。

这座历史厚重的古城,就像这些表情平静的老人一样,无论岁月沧桑与时光流逝,都会在每一天的朝阳里散发光芒。

有老人不疾不徐地行走在绿树与鲜花之间,眉眼间满足而自在。也有伴着陕北民歌轻舞的老人,手中的手帕与摇扇随着腰身的旋转自由翻飞。他们沉醉在自己的歌舞世界里,将夕阳无限好的暮年,将自己对生命的热爱,变成了一支支热情的舞蹈。

昨晚这里灯火灿烂,有许多唱民谣的年轻人,弹起吉他,敲起架子鼓,在夜色里放歌。夜晚是属于年轻人的灯红酒绿,唯有清晨的时光属于老人。

河边有几位观鱼的老人,一边吃着馒头,一边丢一些在河里,大大小小的花鲢、锦鲤争相觅食。

自乐班是由民间的音乐和戏曲爱好者自由组合而成的群众群体,其中尤以秦腔自乐班的围观者最多。自乐班已经成为西安市民必不可少的一种文化生活方式,同时肩负着保护和传承民间传统文化的历史使命。

唱着秦腔的花旦轻舞水袖，目光传神，在悠扬的唱腔中传送着来自历史长河的声音。长相俊秀的小生一袭长衫，手握书卷，目光注视远方，展示出书生的儒雅风度。旁边拉着二胡，吹着竹笛，打着小鼓，抚着琴弦的老者，或侧身，或凝神，或轻闭双眼，独自沉浸在悠远的戏曲时空。围观者中，抱小孩的妇女静静伫立，坐在长凳上的男子面露微笑，孩童忘记了手中的玩具，静静聆听，被秦腔的韵味深深吸引。

城墙边的石榴花在枝头怒放着娇艳。也唯有在五月，才可以看到这一朵朵火红。想象着秋日里，累累果实挂在枝头，又是一番喜人的场景。在古老的城墙下，在千百年的历史长河里，这一棵棵驻守在城墙下的石榴，在灰黑色的城墙衬托下，更显生命的活力。

从永宁门沿城墙一直走到朱雀门，再从朱雀门到小南门。城墙外绿树成荫，鲜花盛开，一片宁静。红的枫树，绿的丁香，紫的稠李，黄的枇杷。各种植物的颜色，缓缓地汇集成河。

由小南门进入城内，居然到了人间烟火气息浓郁的早市，来来往往的人们提着大大小小的袋子，装着白鹿原的羊角蜜、桑葚，杨凌的樱桃、草莓，还有各种新鲜的时令蔬菜。讨价还价的声音、叫卖的声音此起彼伏。

也许，宁静安然和熙熙攘攘，都是古城的生活吧。

## 二、又见大雁塔

我来大雁塔已经无数次了，但每次走在石板路上，仿佛都能听到历史的足音。

从大雁塔北广场进入，融进里三层外三层的人群，静静等待中午12时盛大的音乐喷泉表演。

当第一股水喷涌而出时，水珠相碰，激起水雾点点，然后水柱不断升高，接着广场中心六十米高的喷水柱直冲云霄，气势壮观。一股股喷涌向上的水柱在天空散开,像海鸥振翅戏水,在天空飞舞着,又如海边的浪花相互追逐拍打,发出轰鸣声。随风飘落的粒粒水珠晶莹剔透,洁白如玉。有风吹过,水珠扑面而来,清凉而调皮地落在脸上,挂在头发上。一回头,一道彩虹斜挂在水雾之中,为喷涌而起的水柱增添了许多色彩。

当音乐越来越强劲的时候,喷泉也变得更有力量。压抑的水珠奋勇向上,一轮一轮,一波一波,水珠凝成水柱,在音乐的伴奏下跳跃、飞溅,时而激情四射,时而缓缓抒情。

游人的尖叫声、惊呼声,水珠落地的敲击声,悦耳动听的音乐声交织在一起,构成了一曲震撼人心的交响乐。也许唯有人类,才可以将无限的力量赋予柔弱之水,让它们谱写出一曲柔美与力量共生的乐章。

我痴痴地凝望,静静地观赏,似乎我就是充满了力量的水,在历史的长河中,一次次跌入低谷,又一次次绝地反击,在起起伏伏中,迎接来自四面八方的目光。无论是站在水柱的顶端,还是跌入水池的深处,我独自陶醉在自我的跳跃、纷飞、舞动中,和千万个水滴一样,在各自的世界里,晶莹剔透地美丽着。

喷泉表演结束后,我沿着广场东侧的石板步道前行。两旁树木青翠欲滴,草坪环绕。路上有不同的雕塑,再现着大唐盛世安定繁荣的市井生活。

步道的两侧,有盛唐时期的诗人雕塑。在漫漫黑夜与朗朗晴空,石头雕刻的李白、杜甫、韩愈、柳宗元、王维、孟浩然们,不知是否会像从前一样写出一首首旷世奇诗,悬挂在历史的天空。或许他们用石头写成的诗我们无法读懂,但是穿越历史,我们也许会和他们在某一时空相遇。

大雁塔为楼阁式砖塔,塔身呈方形锥体,具有中国传统建筑的艺术风格。塔高64米,共七层,内有楼梯盘旋而上。每层四面各有一个拱券门洞。塔的底层四面皆有石门，门楣上有精美的线刻佛像，相传出自唐代大画家阎立本之手。凭栏远眺，长安风景尽收眼底。

据说，大雁塔是唐高宗李治为太子时，为报答生母文德皇后的慈恩，奏请太宗敕建的佛寺，赐名"慈恩寺"。建成之初，曾迎请高僧玄奘担任上座法师，玄奘于此创立了大乘佛教慈恩宗，此寺就成了中国大乘佛教的圣地。由于高僧玄奘主持该寺，故此寺地位、名气大大提高。加之寺内多植名贵花草，因此常有不少王公贵族前来进香、赏花，甚是热闹。唐末战乱时，寺院损毁。今天的大慈恩寺是当时寺院的西园，为明末清初重建。

多年前到大雁塔的时候，曾经穿过成片的麦田，绿意盎然的麦苗围绕在大雁塔旁，静静地舒展自己的颜色。现在麦田和杂草都不复存在，被开辟成了绿茵覆盖、石板铺就的长长步道。春季桃红柳绿、鲜花盛开，夏季绿叶繁茂，秋季凉风轻拂、枫叶火红。每个季节，大自然都用不同的植物诉说，唯有大雁塔宁静矗立。

当时每次科举考试后，新科进士除"春风得意马蹄疾，一日看尽长安花"外，还要登临大雁塔，留诗题名，象征由此步步高升，平步青云，这就是"雁过留名"的来历。唐代诗人白居易考中进士后，登上大雁塔，写下了"慈恩塔下题名处，十七人中最少年"的诗句，表达他少年得志的喜悦。直到现在，大雁塔的门楣和石框上还有前人的部分题诗留存。

我们的名字或许永远无法刻上石头，在历史的天空中也不会留下什么痕迹，但繁华与落寞，唯有自己知晓；欣喜与悲情，都会刻入生命；前路与未知，写满诱惑；人生有许多的美好，等待着你的到来。

我静坐在大雁塔广场，或许是唐朝吹来的风，缓缓吹起了我的黑发。玄奘雕塑周围不时有风筝飞起，如同玄奘放飞的梦想。望着来来往往的人群，他们或许是从某一个时空穿越而来。我们于此处相遇，然后擦肩而过，各自上路，继续自己的旅程。

## 三、大唐不夜城的璀璨星光

大唐不夜城傍曲江池，依大雁塔，临芙蓉园，一个个景观群雕构成了大唐盛世的华章。西安音乐厅、美术馆、电影院，以古色古香的姿态静立在中轴景观大道两侧。玄奘广场、贞观文化广场、开元庆典广场三个主题广场将不夜城连接。

华灯初上，点亮了几个世纪的璀璨，在寂寞的夜空下熠熠生辉。盛世帝王、历史人物、英雄故事、经典艺术作品等主题群雕，立体地展现了唐朝在宗教、文学、艺术、科技等领域的至尊地位，彰显出大国气象。此时唯有不夜城才可以与星空争辉，点点灯光将夜色点燃，如同人类的智慧在历史长河中闪耀。

"贞观纪念碑"是不夜城的地标性雕塑，由李世民骑马像及周围的附属雕塑组成。中间的李世民威武端跨高头大马之上，手持缰绳欲策马前行，意气风发。这位创造了时代辉煌的帝王，从唐朝的历史中缓缓走来。看他胯下的高头大马，健硕的肢体足以显出唐朝的繁荣与昌盛。四周是由号手、旗手组成的二十四人仪仗队。这支逆风而行、旗帜招展的队伍没有任何迟疑，仿佛可以听见那嗒嗒的马蹄声从远方而来。那份威严、庄重与肃穆，是一个国家权力的象征。

"万国来朝"的雕塑则是大唐王朝四海臣服的盛世景象。经过贞观之治、开元盛世，大唐王朝成为当时世界上最为强盛的国家，也成为世界各国普遍向往的东方乐土，都城长安更是众望所归的圣地，云集着数量惊人的西域人。唐朝文化远播东西，中华文明如一颗明星照亮世界。

"武后行"的雕塑群中间，是中国历史上唯一的女皇——武则天。该组雕塑以唐代仕女画家张萱的《唐后行从图》为蓝本，连接着贞观广场和开元广场，意为上承贞观之兴，下启开元之盛，完整地展现大唐盛世气象。

景观大道上，精美的群雕人物栩栩如生。李白"斗酒诗百篇"的恣肆飞扬，"不肯摧眉折腰事权贵"的狂放不羁，"举杯邀明月，对影成三人"的洒脱，闪耀在诗歌的长河里。

杜甫沉郁顿挫的诗风，从他清瘦的脸上可以看到。他挺直腰身，目光深邃，在隔着时空与他对视的瞬间，我被他忧国忧民的灵魂所震撼，大唐的土地上也曾经有过"国破山河在，城春草木深"的沧桑。

那桃红柳绿，那高山流水，那明月清泉，那宫阙华殿，无不在不夜城中挥洒成诗，如铮铮鼓声振聋发聩，铿锵有力地奔涌而来。田园山水的长安肆意铺展繁荣昌盛，跳跃着大唐盛世的繁华骊歌。

唐朝的江山，唐朝的风雨，唐朝的柔情，令人心驰神往，让我一次次梦回大唐。在执着的回望和依依不舍中，我的心灵被震撼。

行走在大唐不夜城，我的心已经超越了时空。历史的洪流滚滚向前，不会为一个时代的繁荣而停步，也不会为一个民不聊生的时代而跃步。

梦幻的灯光在夜晚闪烁着，跳跃着，勾勒出了现实的丰满。一个个黑色的雕塑，在深邃的夜空下显得厚重而有力。人的生命虽然柔弱如草，但将每一份柔弱汇聚成河，就会奔涌向前，势不可当。

辉煌的时代成就了无数英雄，无数英雄又将那个时代推向了巅峰。古都长安啊，将成为历史河流中的永恒！

## 四、沧桑的西安古城墙

在傍晚的悠闲里，我们一行人登上了古老的西安城墙。如同赴一场千年的约会，冥冥中的某种召唤让我们在一片霞光中与挺立在历史深处的城墙相遇。那刻满风雨沧桑的厚重城墙，在我们的脚下伸展。

夕阳正在这座城市的上空投下片片璀璨的霞光。蔚蓝中红霞点点，为灰黑色的城墙涂上了一层淡淡的金色。夕阳下，人们或步行，或骑着单车缓行，脸上写满了平和与幸福。

西安驰骋在历史的轨道上，沉淀出世事的沧桑，西安人也从厚重的历史中走向了现代文明。在历史与现实中，一个充满神奇和活力的城池在光与影中互相碰撞，也在碰撞中飞速发展。

站在城墙上，眺望城外高楼林立，绿树成荫，宽阔的马路上车水马龙，一派繁华的景象。宽阔深邃的护城河环绕着城墙，盈盈的河水漾起阵阵涟漪。可以想象，冷兵器时代，单是这深深的护城河便是难以跨越的天堑，高大厚重的城墙可以阻挡所有的刀剑，隐秘的瓮城暗藏着死亡的陷阱。高高的城楼上，雄姿英发的大将军居高临下，指挥着千军万马，九马并行的宽阔，可以让守城者纵横驰骋。

我仿佛听到了战鼓的雷鸣之声。城外的厮杀，一次次的进攻，换来的都是无功而返。在冷兵器时代，想要用云梯和将士们的血肉打开这样牢固的城门是多么不易。但是朝代的更替足以说明"城非不高也，池非不深也，兵革非不坚利也，米粟非不多也，委而去之，是地利不如人和也"。最坚固的堡垒往往最容易从内部攻破。放弃抵抗的，不是城墙，而是守城的人。所以，城池是否坚不可摧，也并不在于城墙，而在于人心所向。

"落日照大旗，马鸣风萧萧"。战旗猎猎，刀光剑影，士兵们在城墙上凝神警备。我从他们身边缓缓走过，不敢惊扰。许多年轻的生命，曾以这种守卫的身姿眺望远方，并永远定格在历史的画卷中。他们血洒城墙，以青春和生命报效这片生养他们的大地。

现在的城墙早已不是旧时的城墙了。在一场场轰轰烈烈的战争中，那些闻名世界的华丽宫阙被烧成了断壁残垣。绵延百里的秦阿房宫毁灭在西楚霸王的一把大火中，"宫阙万间都做了土"。李世民开创了大唐盛世，但雄伟的潼关也没有阻挡住安史之乱的铁骑，只留下"国破山河在，城春草木深"的荒芜。所以，西安城墙不光写着一个个朝代的辉煌历史，更写着人民的血泪与艰辛。

回望城内，建筑物都不高，古色古香的建筑群平静而安详。城墙下住着人家，青黑色的屋檐高高翘起，灰黑色的砖瓦写满了中国建筑的元素。屋顶的瓦片上积聚的黄土和青苔泛出明亮的色泽，在夕阳的映衬下更沧桑了几许。

隐隐约约听到了秦腔和着埙的幽幽之音，在夕阳中诉说着长安人的喜怒哀乐，映射着长安千年的风风雨雨。

站立在西安的城墙上，抚摸着那一块块浸润了历史风雨的墙砖，每一块青砖都刻着它们的出处。四方的泥土被烧制成砖，汇聚在这里，守卫着一方太平。

从永宁门缓步走到朱雀门，再到小南门，最后一直走到含光门，由东向西的城墙，从这里开始由南向北绵延。

此时月光已经朦胧，天空有点点星光，城内城外的灯光次第亮起，朱雀大道和南大街的两边早已是灯火辉煌。

每个人的生命都是特别的，或坚硬如城墙的青砖，或轻盈如城上的一缕清风，或晶莹如护城河的一滴水，或盛开如城墙下那株火红的石榴花。但无论怎样，都会在历史时空里生辉！

# 行舟三峡

如今,高峡出平湖了,三峡之水不再有郦道元《水经注》中的诗意,不再有"至于夏水襄陵,沿溯阻绝。或王命急宣,有时朝发白帝,暮到江陵,其间千二百里,虽乘奔御风,不以疾也"的快意,倒是"素湍绿潭,回清倒影。绝巘多生怪柏,悬泉瀑布,飞漱其间。清荣峻茂,良多趣味"成为三峡的常景。

神女状的石柱屹立在山顶,是巫峡的标志。想起舒婷的诗句:"与其在悬崖上展览千年,不如在爱人肩头痛哭一晚。"凝望山头的"神女",心中有无限敬佩和羡慕:她可以日日夜夜以三峡的风雨为伴,可以日日夜夜在三峡的日出日落中沉醉,可以为了心爱的人儿等待千年,凝固成爱的诗篇,幻化成爱的永恒。以前是舒婷的诗打动了我,今天是那一眼的凝望,将我的心留在了三峡美丽的传说里。

美丽的巫峡如油画一般,慢慢地在我眼前铺展,每一种色彩都点缀得恰如其分。无数的诗人和画家被它吸引,久久不愿离去,三峡因为他们的诗句和画作熠熠生辉,他们也因为三峡而万古流芳。

想起李白长衫飘飘地站在船头,仰望三峡的美景,对酒当歌,阔论人世沧桑,感慨万分之时,才有了"长风破浪会有时,直挂云帆济沧海"的激昂文字,才有了"朝辞白帝彩云间,千里江陵一日还"的轻快与愉悦,也才有了"举杯邀明月,对影成三人"的浪漫。可是那般急流狭窄、惊涛拍岸、险滩重重、惊险浪漫的景象,永远不会再现了。

杜甫曾在三峡居住三年，文人骚客们的吟诗唱和之声在江畔回荡。这里留下了他"即从巴峡穿巫峡，便下襄阳向洛阳"的喜悦和快意，那种舟行如梭、顺流急驶的真实场景，在短短的诗句中一览无余。这里也留下了他"无边落木萧萧下，不尽长江滚滚来"的悲壮沉郁，以及"江间波浪兼天涌，塞上风云接地阴。丛菊两开他日泪，孤州一系故园心"的忧国之情。杜甫的诗歌是生长的，越来越重、越来越深、越来越宽阔。"巨积水中央""神功接混茫"，他的诗歌进入了不灭的自然之道。

刘禹锡也在游览三峡后发出了人生的感慨"沉舟侧畔千帆过，病树前头万木春"。新事物终究会取代旧事物，滚滚的江水也不会放慢自己的脚步，时间的车轮也不会为谁停下。

水中野鸭翻飞，白鹤展翅，鱼儿也在自由游动，和岸边的花儿、绿树一起构成了一幅和谐美丽的风景画。

我们站在船头，在想起那些诗句的同时感叹时光的流逝。诗人早已逝去，而江河依旧。我们渺小如水滴，融入江河之中再也看不到自己的身影，岁月的苍茫、江河的辽阔让人窒息。我们的乐与悲如同一缕青烟，瞬间就会消失，我们所在意的东西是那么不值一提。所以，你在自然面前，有的只是臣服与敬畏罢了。

想起那些为三峡的壮丽与雄伟谱写的诗篇，唯有沉默可以表达我的敬佩。

# 彩云之南

## 一、大理古城

"云南十八怪,火车没有汽车快,不通国内通国外。"的确如此。我们从昆明出发,坐了一夜的火车,终于到了大理。一下火车就有导游来接,穿着白族的衣服,带着风花雪月的包头。

上关风,下关花,苍山雪,洱海月,是大理风花雪月的所在。大理的风花雪月也反映在女子的头饰上。这种头饰非常讲究,是半圆形的,象征着一弯明月;一圈白色的帽檐,喻为洁白无瑕的雪;白色的帽徽上绣满鲜红的茶花,顺着左耳垂下一条白色的穗子,穗子迎风而动,喻为风,长长的穗子是未婚者,短到肩上是已婚者。另外,大理白族人居多,他们把女孩称之为"金花",男孩称之为"阿鹏"。

清晨阳光下的大理古城,宁静得如含苞待放的花蕾,又如含笑的少女,静静地打量着来来往往的人们。

大理城门古朴雄伟,斑驳厚重的城墙上长着几许青苔,承载着历史的记忆。因为电视剧《西游记》女儿国的故事曾在这里拍摄,所以到处可以看到孙悟空、猪八戒的形象。在云南,女人的地位很高,要种地、养家、挣钱,男人只需要喝茶、赏花、打麻将、看孩子,占主导地位的是女人。

游走在大理古城的大街小巷,看旧日的屋檐在阳光下翻晒着古老的记忆，听风拂过青苔绿瓦。在温暖和煦的阳光里，在湛蓝如洗的晴空里慢慢地沉淀自己，这便是生命最好的享受。

漫步古城，沿街全是店铺，大多出售民族工艺品及珠宝美玉，也有土产、小吃、小玩意儿，云南小粒咖啡店更是随处可见。还有"洋人街"，街上酒吧、咖啡馆最多，很多招牌都是外文书写，倒是有一种异域风情了。

## 二、畅游洱海

下午我们乘船畅游洱海，它的形状像人的耳朵。

我不久前从日本乘船回来，在大海上漂过三天两夜，见过海上日出和星空。在苍茫的大海上，刚开始因为觉得新奇而激动，后来就开始恐惧了。人在大海上显得那么渺小，连沧海一粟都算不上，无论多大吨位的船都颠簸得很厉害，而且越是蔚蓝的地方，海水越深不可测。在海上漂呀漂地摇晃着，心中没有一点踏实的感觉，在大海上，谁也掌控不了自己的命运，直到看到陆地，我们的心里才稍微踏实了一些。

但我还是最喜欢海。站在甲板上看海，那份蔚蓝可以融化一切，让内心宁静起来。大海可以接纳你的一切，在大海面前，你的心胸也一下子开阔起来。大海的歌声似从远古传来，缓缓地冲击着你的耳膜，涤荡着你的心灵。

阳光下，海鸥随着船不知疲倦地飞着，因为人们用面包诱惑着它们。它们在这种诱惑中欢快地叫着，飞着，舞着，成为人们寂寞旅途中欢快的因子。其实我们何尝不像这些海鸥呢？追逐着各种名利与诱惑，不知疲倦地奔波着。

在洱海的游船上，我们还很有兴趣地欣赏了白族"三道茶"的歌舞表演，别有情趣。表演者边歌边舞，边给游客奉上三道茶品尝，那"一苦二甜三回味"的感受，令人久久难以忘怀。

头道茶，以大理特产的散沱茶为原料，以浓酽为佳，香苦宜人，代表人生的青年时期。

二道茶，以大理名食乳扇、核桃仁片、红糖为佐料，冲入用大理名茶"感通茶"煎制的茶水，味香甜而不腻，代表人生的中年时期。

三道茶，以蜂蜜加少许椒、姜、桂皮，冲入以"苍山雪绿"煎制的茶水，达到回味无穷的效果。椒、姜、桂皮性味麻辣，代表人生的老年时期。

"三道茶"，喻义人生就像这茶一样，要历经生活的艰辛，方能品得生命的甘甜，先苦后甜才是人生的最美境界。而我们更喜欢第二道茶，喜欢生活处处充满甜味。我们无法品味那第三道茶，那份辣的感觉让我无法入口。

游览洱海，沿途可以看见苍茫的苍山。虽说是冬季，但苍山依然苍翠挺立。行船时停靠了两个小岛，名字我已经记不起来了，但我觉得那两个小岛是富人的度假村，别墅、花园、绿树、野花，无不述说着美好与宁静。这些小岛远离城市的喧嚣与繁华，却依然弥漫着现代气息。据说杨丽萍的别墅就在这个岛上。但我们还没有来得及细细欣赏，就被告知开船的时间到了。我们匆匆上船，心里十分羡慕那些住在这里的人，他们正在享受大自然的馈赠，享受着生活的悠闲自在，品味着人生的幸福美好。

## 三、初遇丽江

从黑龙潭出来，沿着青石板的马路绕了几绕，就看见两架庞大的水车咿咿呀呀地转着。这让我有了一种亲切感，因为兰州到处可以看见水车。阳光也格外珍爱我们，一路上灿烂着。

丽江的街面一律由五花条石铺成，经历了千百年人来车往的打磨，已是平坦如砥。走在石板路上，仿佛走进了历史的沧桑，穿越到了千年前的那个茶马古道上的重镇。南来北往的客商聚集在这里，谈论着买卖，议论着行情，讲述着一路的故事。

两边的店铺多是雕梁画栋、飞檐翘角，古色古香。大街小巷灯笼高挂，珠宝、金银、茶叶、牦牛肉等商品琳琅满目，让人目不暇接。

丽江处处可以见到河流，顺流而下就可以进城，逆流而上就可以出城，只要沿着河流的方向就不会迷路。那些交错沟通的小河宛若一张硕大的网，遍布古城的大街小巷，仿佛古城的血脉，滋润着居住在这里的纳西人。古城内几乎家家流水，户户垂柳，宛若东方的威尼斯。

夜色降临，古城的月儿慢慢升起，红灯笼也一盏接着一盏地亮起来了。酒吧的霓虹灯光影闪烁，吉他声、手鼓声、歌唱声在夜色里回荡。有人说，来到丽江，不进古城"泡吧"，就很难说真正领略了丽江的风情。于是我们也随着游人走向酒吧，走进了纳西古乐中……

规模比较大的酒吧有"一米阳光""千里走单骑"等，它们还有很多风格各异的分店。我们避开了那些有着激扬的摇滚，气氛狂热的酒吧，而选择了环境幽静、灯光迷离的"一米阳光"分店，倚窗而坐，可以看见静静的流水，可以欣赏过往的美女，还可以感受风的清凉。我不会品茶，于是便以西北人的豪爽劲儿要了啤酒，其实我们几个都不会喝酒，只是为了感受这种氛围。

弹吉他的男孩用嘶哑的歌喉低唱着"有没有人曾告诉你，我很爱你"。此时听这些情歌，感觉很是不同，一下子激起了我对某人的思念，于是便发微信给他。没有暧昧的话语，只是开玩笑地告诉他，我们在酒吧等待"艳遇"。他说："这可不太容易，需要等到半夜，你可要坚持哦。"然后哈哈大笑，没有一点婉约和含蓄。爱就是那么直接，那么坦荡，这可能就是多年夫妻的默契吧。

在丽江听着音乐，想着心事，悠悠的思念随着流水慢慢漂荡。有时心动就是一种感觉，让我在这样沙哑的歌声里流泪，外界的各种纷扰，都已抛在了脑后，只是静静地想他的模样，想他的点点滴滴，想着和他在一起的日子。

吉他随意的弹奏撩拨着我们的情绪，让我们沉醉在丽江的夜色里难以离去。

## 四、丽江漫步

丽江真是户户门前有小溪，家家门前有垂柳。漫步在青石板的小路上，阳光洒在古老的房屋上，碧绿的爬墙虎在阳光下闪着光。

随便推开一座小院的门，不同的布置，不同的格局，独具匠心的设计令人心动。那些小院散发着优雅、宁静、诗意的味道，令人不忍离去。特别是在这样的冬日阳光下，坐在摇椅里，听着歌，看着自己心爱的书，旁边坐着心爱的人，执子之手的温暖，让人感受不到时光的流逝，就这样静静地坐着，聆听花开的声音。

望着古色古香的房屋，我们仿佛回到了庭院深深的年代，身着有着淡雅碎花的旗袍，袅娜的身姿在花丛中穿梭着。就为这一刻的感觉，我深深地爱上了丽江。我打算静静地走过每一条街，沉醉在每一个拐角的风景里。

但我只是匆匆过客，只能匆匆地张望几眼就要离去了。我真羡慕那个坐在小院里的女孩，她表情恬淡带笑，静静地发呆。四周的绿萝也在阳光下舒展着，那些盛开的花儿为她铺开了诗意的背景。女孩不知在想什么，她的微笑是那么迷人。

丽江的每一个拐角都有不同的风景，这边是满墙的绿色藤蔓，写着诗意和青春，那边就是古朴斑驳的墙壁，布满历史的沧桑。再换一个地方，又是琳琅满目的各色商品，充满了现代气息。在某个街角，你可以看到摩梭人用古老的织机，将一根根彩线慢慢悠悠地织出一条条美丽的围巾。无论是满脸皱纹的老婆婆，还是年轻貌美的女子，都不慌不忙，有条不紊。她们不急于完成作品，而是自在地享受着时光从丝线间滑过的悠然。

当然也有机械织成的围巾，色彩华丽，价格也便宜，但我们还是喜欢站在老阿婆的身后，看她将青春时光一点点地织进美丽的花纹里，就如同将自己的青春织进丽江里一般。她们可能一生都没有离开过这里，但她们的脸上写着满足与平静。她们将一生的美好都交给了丽江，丽江因她们而美丽，她们也是丽江不可或缺的一道风景。

阳光慷慨地洒在丽江的大街小巷，我们也将自己交给阳光，悠然地漫步在每一个街角。那一个个艺术气息十足的男孩、女孩，伴着纳西古乐的曲调，拍打出韵味十足的节奏，拍打出纳西人丰收时的喜悦。那节奏让我们回到了神秘的纳西部落，那些善良淳朴的纳西人为我们描绘出不同于世俗的生活。这些简单而灵动的节奏击打着我们忙碌而苍白的心灵，演奏的女孩清澈的眼眸望着远处，似乎远方有她向往的一切，似乎她已将自己交给了古朴而神秘的生活。

我不断地驻足聆听，想静静地坐在她的身旁，让鼓声穿透心灵，让自己也静下来，慢下来，感受没有尘嚣的生活。也许，只有不被世俗打扰的人才可以演奏出如此空灵的音乐。

## 五、客栈的诗意栖息

来到丽江就有一种不想离去的感觉，于是客栈就成了我们短暂的栖息之地。我对每一家客栈都充满了好奇，特别是那些掩映在垂柳之下或深藏在小巷深处的客栈，宁静得让人不忍打扰，也让我情有独钟。每推开一扇门都有别样的风景，或是鲜花盛开，或是曲径通幽，或是雅致清新。那些带着主人风格的客栈为我们诠释了古镇的神秘。

半月湾是一个诗意的名字，让我仿佛看到在宁静的夏夜，半轮皎洁的月儿挂在树梢，向院中洒下一地清辉。坐在古朴的房间，透过落地的玻璃窗可以看见青石板上月的影子。每一个房间都被精心装点，与众不同。我喜欢这种创意。

还有一家叫丁香花园的客栈，绿藤半遮半掩地垂在招牌上，温馨的小院中有几棵高大的丁香。我想，丁香盛开的春季，这里一定是满园蜂蝶。而此时，那几棵丁香树在阳光下静立着，几个柔情的女孩在树下捧着书看，她们是多么会享受的孩子呀。院中木制的大茶几上摆放着各种水果，我不禁在一张藤椅上坐下来。生活在这里的人们是幸福的，他们不必担心时光流逝，因为活得如此美丽，又有什么遗憾的呢？

走进李家大院，穿过花木扶疏的天井，沿着绿藤遍布的陡峭石级可以直达楼顶。视野一下子开阔了，这里可以俯瞰古城的全貌。只见房屋鳞次栉比，远山将丽江轻轻环绕，如同一个安逸的小摇篮，将人们拥在怀中，几千年来不曾受到外界的干扰，过着日出而作，日落而息的农耕生活。

无数的客栈，我们走进去欣赏，主人们或在院中晒着太阳，或是几人小声聊天，还有的在看书，生活得不紧不慢。我明白了为什么很多人要留下来，因为这里就是世外桃源，这里就是人间净土，这里就是我们精神的家园。何必要东奔西跑？何必要苦苦追求什么？这样的生活就是一种幸福。

我要到丽江来，找一个安逸的客栈住下，每天晒晒太阳，听听音乐，看看书，然后买点小菜，做做饭，过家庭主妇的生活，和爱人手挽手，从日出到日落。

一个个诗意的店名，一段段曲折的石径，一条条清澈的小溪，一幢幢古朴的房屋，留下人们短暂歇息的心，留不住人们匆忙的脚步。无论如何驻足，我们都是行色匆匆的旅人。我们不是归人，只是过客。

## 六、茶马古道

看到"茶马古道"这几个字，就会想到骡马颈下的铃铛声，想到男人们自由又艰苦的征程，想到马帮老大在山间的嘹亮歌声。

一直以来，茶马古道都会给我许多诗意的联想。这条通往雪域高原的古道，将内地的茶叶和丝绸用马匹运到高原，又将西藏的马匹、药材运往内地。它兴于唐宋，盛于明清，尤以二战中后期最为兴盛，主要有滇藏线和川藏线，是云南、四川与西藏之间的古代贸易通道。专家们认为，茶马古道的商路网络比丝绸之路更为繁密，而丽江在历史上就是滇西北政治经济文化中心，是茶马古道的重镇。

在彩云之南，有茶为伴，乃人生旅途之幸事。在丽江的大街小巷，在束河古镇的小楼亭榭，不管是年迈者还是风流的后生，举目可见饮者。他们手捧茶杯，端详茶具，或品茗，或论道，或欣赏，或探讨。

我不懂茶，但我知道有许多爱茶的朋友，以品茶为乐事、幸事。他们对茶津津乐道，其中的感悟，是我体会不出来的。还有些朋友经常在朋友圈里晒自己收藏的茶与茶具，以此来展示生活如茶一般醇香、淡雅。

午后，赶马的男子会在光洁的石板路上遇见一两个背着大竹筐的、淳朴的纳西少女，还有扎着彩色腰带的白族姑娘，也会偶尔遇见三三两两长裙曳地的摩梭女子，或许他们会在众人的欢笑声里开始一段浪漫的爱情故事。

这条崎岖艰难的古道上写满了美丽动人的爱情故事，古道也因为有了这些故事而富有生命力和吸引力。

记得在东巴大峡谷，我们见到了所谓的"历史上最后一个马帮头人"，他独自一人在山洞里燃起篝火，等待着游人的光顾。他看起来也应该有八十多岁了吧，身体依然魁梧硬朗，花白的胡须飘在胸前。他可能是一个演员，装扮着马帮头人的角色。但是山洞里确实挂着几只野鸡和一些腊肉，还有一些生活用具，很简朴的样子。

　　正是一代代马帮艰辛的付出，才有了丽江古城今天的繁华，他们用自己的血肉之躯谱写了那段辉煌的历史。

# 行走鄂湘

## 一、烈日下的黄鹤楼

到黄鹤楼时正是中午时分，武汉的太阳以灿烂的笑容热情地欢迎我们，大地也热烈地应和。我连下车的勇气都没有，每个毛孔里都是蒸腾而出的汗水。

我是为了一睹"昔人已乘黄鹤去，此地空余黄鹤楼"而来的，但是在烈日下，望着写满前人光芒的黄鹤楼，却没有了在大汗淋漓中体会"日暮乡关何处是，烟波江上使人愁"的情致了。

我想，那些文人一定是在凉爽的秋季，一个枫叶遮天、层林尽染的傍晚，登上黄鹤楼极目远眺的。烟波浩渺的远方，那个风雨中的故乡，那个老屋门前的老娘，也在张望远方的孩儿。千百年的黄鹤楼，记载着多少相思与惆怅，承载着多少梦幻与向往。

或许我就是某个时代一位身着青衫的读书人，每日在书香中徘徊，在窗前的风中吟诵唐诗宋词，在墨香中抒写自己的心绪，过着无忧无虑的清贫生活。所以，我宁愿让自己沉浸在文字里，感受文字带给我的那份温暖与感动。我不愿过那种纷纷扰扰的日子，只想活得简单，读书写字，不受外界的干扰，这样也是一种幸福。我是一个内心单一而宁静的人。

历史从来不因文人的感叹和悲愤而改变，也不因文人的激昂与愤恨而抹去伤痕，但正是因为有了文人的记录，让世世代代的人们都记住了历史。

踏过历史的尘土,走过时空的迷雾,回望那一个个长须飘飘的读书人。他们清贫而苦涩,艰难而沉重。然而,我依然愿做一个读书人。

此刻,我披着烈日,迎着热风而来,而绿荫下的黄鹤楼闭着眼,静静地酣睡着。我不忍伸手轻叩那扇古门,怕惊醒了崔颢、李白们的美梦。我就这样望了望,擦一把目光中的汗水,匆匆找一处阴凉,呼吸花香去了。

## 二、绿荫下的岳麓书院

傍晚时分,我们来到了岳麓书院。长沙的热情一点都不输给武汉,虽说夕阳移到了天边,将长江染得"半江瑟瑟半江红",但晚风轻轻吹来,依然是热浪阵阵。

知了声声叫着,满山的枫树静静地绿着。没有风的陪伴,树也失去了许多诗意。以前的读书人,在青山绿水中谈诗论画,很有一番情调。我想,我就是那个穿青衫的读书人,我的屋外一定有一片竹林,青色的竹竿挺拔向上。有风的夜晚,沙沙的竹叶声如同天籁,而我手捧一本心爱的书,边读边沉醉。清晨起来,竹林笼罩在淡淡的雾中。渐渐地,清凉的雾从眼前散去,我会看见竹林深处的小路上长满了草。抚摸清凉的竹竿,那旺盛的生命力顺着手掌传入我的生命里,我就像一棵挺拔直立的竹,伸展四肢,摇曳在绿色的竹林里。

即使在炎热的夏季,我的心里也有一片浓浓的绿荫,那是我门前池塘边的垂柳,那长长的柳丝最能感受风的到来,它会以无声的摇摆带来风的清凉。池塘中是一定要有荷的,荷叶田田,碧绿惹人,荷花淡淡的清香悠悠飘来,伴着蝉的叫声,为我的夏夜增添了一份诗情画意。

就是这样一个不关心世事的读书人,为自己建造了一个世外桃源,在这里读书到永远。

## 三、韶山的那塘荷

门前有两片荷塘，碧绿的荷叶上滚动着露珠，层层叠叠的荷叶在清晨的霞光中静立着，绿色铺满了整个池塘。荷花粉红，点缀在碧绿之中。微风吹过，吹皱了满池碧波，荷叶也轻轻地舒展着。花儿们微笑着轻轻地摇曳，池中的鱼儿自由自在地嬉戏。池塘前的大山披着翠色，山脚下那座宁静的小院里，几间房子写满了历史的沧桑。这是一块背靠着山，面临着水的福地，一百多年前，一位伟人就诞生在这里。我久久地站在池塘前，那个拜石头为干娘的"石三伢子"毛泽东，就是从这里走向世界的。

韶山的山水养育了这位伟人，红色的革命火苗从这里燃烧。我们走在山路上，想象着那时的泥泞和崎岖。但就是这样一路走来，才让中国人民走进了光明。

绕着伟人曾经劳作过的稻田和池塘走着，感受这里的灵性和神奇。我和荷花一起呼吸清新而自由的空气。作为平凡的人，我们只有敬畏与仰望。

来到毛主席纪念广场，这里的天空格外蓝，青松也格外苍翠。远山耸立，毛主席的塑像高大巍峨。他的目光注视着远方，令人肃然起敬。我们敬献了花篮，表达敬意。

韶山山路漫长，想想那篇"看橘子洲头，层林尽染"的豪迈与雄浑，也许只有伟人的胸怀才会孕育出这样大气磅礴的诗篇。

## 四、凤凰古城的明月

离开长沙就来到了凤凰古城。不说一路的奔波，一路的跋涉，就是那一路的山山水水，一路的树木就让我们言说不尽。一路上看着风景想着心事，心绪可以随着风景的变化而变化。

我喜欢人在旅途的感觉，那种新鲜，那种好奇，那种变化，让我觉得生命是新的，每一天都是新的。

静坐在凤凰古城外的江边，有微风吹过。凤凰古城的那轮明月，皎洁地照着山山水水，宁静地注视着繁华的人间。千百年来，无论历史如何轮回，那轮明月，永远是那轮明月。

我坐在沱江岸边，望着江水东流，那些倒映在江面的灯红酒绿，那些来来往往的人们的身影匆匆而过。凝望着河岸边的大红灯笼与错综的建筑，早已不是从前吊脚楼的样子。

导游是当地人，多次说自己小时候如何光着脚丫在山间穿行，如何在泥泞中埋怨父母将他生在这样一座闭塞的大山里，如何以野菜充饥，如何背着妹妹上学。而现在，正由于闭塞，才留下了原始的苗寨模样，才吸引着那些看厌了钢筋水泥的城里人不远千里来到这里，寻找宁静与淳朴，重新拾起那份遗失的儿时记忆。现在野菜成了特产，草根成了美味，一切过去被人们所不屑的东西，经过华丽的包装，身价倍增，成为馈赠亲友的佳品。苗家的女子也将各种银饰穿戴起来，在装扮自己的同时也在招揽顾客，推销自家的姜糖、茶叶、印染、银饰和各种小工艺品。来自各地的人们将宁静的古城变成了处处充满商机的闹市。

我们穿行于这座夜色朦胧的古城，看着千百年前的那轮圆月。我知道今天正是农历十五，是过去阿哥阿妹对歌的日子。现在古城处处都是酒吧、歌厅与咖啡厅，处处充满了歌声与笑声，可那已经不是充满了羞涩与温情的情歌，而是赤裸裸的金钱与爱情的交易。我不敢靠近，只想静坐在明月下的河边，欣赏古朴的吊脚楼，听古老的爱情故事，想象小伙子如何顺着吊脚楼爬向姑娘的窗前，那份朦胧美，那份神秘与向往，都写在月光下的石板小路上。

古城的那轮明月，那条江，那片吊脚楼，那些徘徊在古城街道上的人们，那个带我来古城的沈从文，此时都淹没在夜色里，随风而去了。来到沈从文的故居，我才发现他骗了我。我因他笔下的边城而沉醉，他在我头脑中勾勒出了那么纯、那么美、那么诗情画意的边城，吸引我一定要来看看这片圣土，但我来了才发现，他和这里没有一点关系，他从来没有在这里居住过，这里早已不是他笔下的边城了。我深深地失望，原来梦与现实相差甚远。

就像那年我因为"春风不度玉门关"的千古诗句非要去看玉门关，于是我们不远千里，跋涉荒漠、戈壁，在一个傍晚，风尘仆仆地来到了诗里的玉门关，却只看到一堆坍塌的黄土，还有土堆旁刻着"玉门关"的石碑。失落让我觉得王维撒了一个弥天大谎，那座在我心中雄伟壮观、荡气回肠、可以挡住春风的玉门关，一定是绵延千里，巍峨地屹立在茫茫黄沙中，如一个巨人在历史的长河中诉说着北方边塞的不朽雄魂与幽幽悲歌。可眼前的这堆黄土啊，就是玉门关。夕阳的霞光铺满了天空，也为玉门关披上了金灿灿的外衣，在广阔的天际下显得苍茫与宁静。它就这样在漫漫的历史长河中，在风沙的飞舞中，在文人的笔墨中，孤苦寂寞地站立着。

此时我静坐在现实的风中，遥望梦的方向，既遥不可及又似乎近在咫尺。

当老公拉着我和儿子的手走过江面，已是月上中天，那轮月也显得格外亮、格外大了。无论如何，那月就这样一直挂在凤凰古城的天空，挂在我记忆的天空。

## 五、古朴的湘西古寨

车在山里穿行了数小时，来到了据说是歌唱家宋祖英外婆家的寨子。这里的村民都姓龙，是苗族人。山寨的建筑是一座座吊脚楼，进寨前要先打鼓，后喝米酒，然后才能进入。山寨建在山谷中间，两边是山，山脚下有一条清澈的河流，河流的一边是古老的房屋。这里的孩子整天对着大山唱歌，歌声就变得悠扬动听，像房前的河水一样清澈透亮。

那位据说是宋祖英启蒙老师的老婆婆七十多岁，精神矍铄，歌词随口就来，满是苗族的祝福和美好的心愿。

苗族的姑娘们穿着华丽的民族服饰，说着流利的普通话，讲述着本民族的历史和文化，风俗和特产。

山寨边的小河很吸引我。河水静静地流淌着，可以看见鱼儿游来游去，时不时还有鸭群游过。它们在水中嬉戏，一会儿扇动翅膀，一会儿梳理羽毛。有的静静地停留在水面上，伸长了脖子，注视着水面，好像在照镜子梳妆。还有几只滑行着，激起水面阵阵涟漪。鸭群游向了远方，留下水面上青山的倒影。孩子们光着屁股在河里游泳，他们自在的童年才是美好的。

坐在河边的大石头上，静静地感受风温柔地从眼前吹过。河水波光粼粼地在阳光下跳跃，不远处有漂亮的苗家女孩在洗衣服，那种情景让我想起沈从文笔下美丽的翠翠，她就生活在这样一个远离闹市的宁静山村，大山是她生活的背景，小河是她赖以生存的舞台。不远处，苗家妹子们尽情地歌唱。

## 六、夕阳下的金鞭溪

来到张家界的金鞭溪已是傍晚时分。此时白天的炎热已经退去，微风吹来丝丝凉意，我们抬头看到的就是以奇山怪石著称的金鞭溪。

一路上，导游给我们介绍哪块石头像猪八戒，哪块像孙猴子，哪块像唐僧，每一块石头都有一个故事。我们漫步在石板路上，不为故事，就是为了享受这份宁静和诗意。

夕阳的余晖斜射入浓密的森林，银色的树梢披上了一层红纱，如害羞的姑娘静立古道旁。一层薄薄的雾慢慢升起，为我们淡抹出一幅写意的水墨画。

我们悠闲地漫步在石头小路上。此时大批游人已经散去，偶尔会看到几个如我们一样沉醉在山水之中的人。他们脸上带着惬意的微笑，时而倾听，时而驻足。

有几声鸟叫从远处悠悠传来，在山谷中回荡，让我忽然想起了"蝉噪林愈静，鸟鸣山更幽"的意境。山脚潺潺的流水声将我们吸引了过去。溪水清澈，不时激起几朵浪花。浪花在水波上跳跃着，欢笑着，叮咚之声不绝于耳。鱼儿无忧无虑地游来游去，水草也披散着长发，摆动着柔软的身姿。

两边的山静默着。白天它们伟岸、雄壮，此时却如闭了眼的汉子一样，在夜幕中勾勒出一片模糊的轮廓。山们睡着了，那些线条也变得柔和起来了。

一轮圆月慢慢升起，起初有些朦胧，一会儿就变得无比皎洁，清清朗朗地照着山林和小溪。小溪此时更美了，如同有无数珍珠在月色下跳动着。

我们坐在溪边，望山，望水，望月，望古道向远方延伸。在夜的凉风中，我们嗅着花香，听着虫鸣蛙声，如同一幅"明月松间照，清泉石上流"的画面。我们还着急什么呢？我们无须往前去了，只想静坐如这山林的一棵小草，永远在这样的夜晚沉醉。

## 七、奇异的黄石寨

俗话说"不上黄石寨，枉到张家界"。相传汉朝的张良看破红尘，辞官隐居，云游这里时，被官兵围困，因得师父黄石公帮助才脱险，所以把这里叫作黄石寨。

乘缆车前往黄石寨的顶峰。从缆车上朝下看,有一种前所未有的惊险和刺激。正所谓"无限风光在险峰",目之所及,一片片树林层层叠叠,给山穿上了深浅不一的绿衣,山风吹来,泛起朵朵浪花,群山也被笼罩在这绿海之中。

下了缆车,站在黄石寨的顶峰眺望群山,有一种让人窒息的感觉,目光不知该停留何处,语言也变得贫乏起来,只有不断赞叹大自然的鬼斧神工。巍峨的高山连绵起伏,每一座山都有一个故事或是传说,讲也讲不完,看也看不尽,每一处都想让人久久停留。

顺着一棵棵迎客松的指引,我们沿着石板小路不断向前。山是最奇妙、最吸引人的,它们是黄石寨的灵魂和精髓。一座座石峰如竹笋般拔地而起,高耸入云,每走一步都会看到它们不同的姿态。

山上长满了苍松古藤,它们迎着阳光,吮吸着雨露,享受着微风,迎接雷电和烈日,生命的奇迹得到充分演绎。它们的身影使山峰更显阳刚的力度,它们四季的变化使山峰演绎出不同的色彩。

顺着阶梯向前走,导游饶有兴致地介绍《西游记》里的花果山就是在这里拍摄的。站在山腰往上望,那"定海神针"好似南天门的一根柱子,而我和它是如此接近,仿佛拨开云雾便触手可得。峰顶灌木覆盖如翠玉,峰壁灰白色,在阳光下熠熠生辉。其西南百米外有一峰似猴头,缩颈握拳窥视,似孙悟空欲取此"定海神针"。循山涧向右远眺,矗立着一座上尖下钝、高逾百米的圆锥形石峰,朝晖夕暮,常在云烟雾霭中隐现沉浮,这就是电影《阿凡达》的取景地。

这里有"五指峰",五座石峰一字排开,高矮不齐,间隔有致,极像伸开的五根手指。还有"天女散花峰"。我们走着、看着、聊着。在这奇山险峰中,人类的语言显得苍白无力,那就让山峰说话吧!在大自然的神奇面前,人类的智慧显得简单而幼稚,那些山才是画家、诗人。

下山时，几只机灵的小猴子出现在我们的视线里。它们披一身黄棕色茸毛，有的骨碌着小眼睛瞅着游客，有的旁若无人地在树枝间打斗，还有的母猴背着小猴在树间打秋千。它们轻巧如飞，冷不丁从某处跳下来，拿走你衣兜里的干粮、瓜果，又飞快地跃上树杈。它们是张家界的"土著"，是黄石寨的一道迷人风景。

## 八、漫步"十里画廊"

快速奔跑的时候，别忘了停下来，等一等自己的灵魂。

这几年我们不停地奔跑，没有丝毫喘息，更没有漫步的休闲，每天都是急急忙忙地计算自己挣钱的速度，以至于赚了钱却没有时间去消费，真不知道挣钱是为了什么。于是让自己慢下来，在夜晚时分享受夜风的清凉。

其实这么多年，老公东奔西跑，真正沉醉在山水之中的机会并不多，每天都是和客人们在灯红酒绿的喧闹声中谈论世俗和生存，为了利益而忙碌着。这次能一家三口出门远行，只为风景而漫步，实为难得。

傍晚，我们漫步在十里画廊的木板小路上，细雨带着清凉与花香。老公一会儿说这山似"老人采药"更似"美人梳妆"，那山似"石猴望月"也似"望夫归来"，另一座山似"食指峰"也似"群仙聚会"。他总能在被人看不到的地方别具想象，那是一种完全的放松与沉醉。我们都顺着他手指的方向不住地点头称赞："对，对，真像哦！"这样的漫步，别说"十里画廊"，就是二三十里，我们都能够这样说笑着，幸福地携手走下去。

忽一回头，那些山峰又变了姿态。我愿意这样坐下来，望着山，听着水，迎着风，静静地坐下来，感受着时光雕刻之后，带给我们永恒的宁静。

那十里画廊，一两个小时就可以走完，但在阳光下，在细雨中，它给我们的感受却总有不同。人生更是如此。在阳光下、顺境中，人生可以一眼望去，一语说透。而在阴雨天、逆境中则会产生许多感慨，许多思考，许多感悟，欲说还休。

这样想来，那些清闲的日子更富有诗意和情调。这才知道，那么多日子的奔忙，那么多日子的劳累，就是为换来这瞬间的宁静。

## 九、鬼斧神工黄龙洞

张家界绿色的世界里还隐藏着一个神秘的地下宫殿，那就是黄龙洞。黄龙洞的钟乳石形成需要上千万年的时间，一块石头的历史可能比人类的历史还要长。它们谱写的是永恒，我们在它们面前只有敬畏和折服。

来到洞口，一阵凉气扑面而来，一扫洞外的炎热。进入洞中，路径曲曲折折，一眼望去，全是大大小小的钟乳石和石笋，形状各异。顺着台阶向里走，地势一会儿高，一会儿低。

黄龙洞真可谓地下的宝藏和童话世界，里面藏着无数的故事和传说。看"孔雀开屏"，即使在这样的世界，孔雀也不忘展示自己的美丽，在五彩射灯的作用下，它的羽毛和翅膀熠熠生辉。那"定海神针"是又细又高的石笋，直立在洞中，还真像孙悟空的金箍棒。神针顶端距离洞顶只有六米，据专家考证，再过六万年，它就能与洞顶连在一起了。还有"龙王的梯田""大玉米和大桃子""金鸡报晓""老鹰捕食"等等。

那些钟乳石变化着姿态，让你尽情想象。我和儿子一边走一边欣赏着，真有"一千个读者眼中有一千个哈姆雷特"的感觉，其乐无穷。

洞外是一片碧绿的世界，洞内是一片乳白的世界，而且不见阳光的世界更是蕴含着无限的神秘与奇特。

## 十、欢声笑语娄江漂流

娄江漂流地位于张家界市慈利县江垭镇，距武陵源区约 20 公里，距张家界市城区约 70 公里，是一段移动的风景。

这是我们最快乐的一段旅程了，真是笑声不断，叫声不断。初到景点，导游就让我们穿上雨衣，还特别强调要买水枪，拿水桶，我们自以为是大人，不会去打水仗，所以就买了一把小水枪。可是一到江里就发现不是那么回事，其他的皮艇上，人们都备着各式水枪，而且是用竹筒自制的水枪，射程比我们买的塑料水枪远多了。有几条小船一边用水枪攻击我们一边向我们划来，我们只好投降。船老板马上说可以三十块钱买一把水枪，于是我们每人买了一把，开始反击。石头的技术最好，瞄得准，打得远，让前后的皮艇都无法靠近。就在我们得意之时，前后的两条皮艇吆喝着达成协议，要两头夹击我们，我们只有低头的份了。浑身上下没有一处是干的，雨衣根本不起作用，但我们还是大笑着、大喊着和后面的皮艇商量着停火协议。在短暂的休息之后，"好战分子"们又开始了激战。

一路的欢声笑语，让我们将多日的旅途劳顿全部抛之脑后，而且由于不停地打水仗，我们没有感到特别热。两岸的花草树木似流动的风景，伴随着我们前行。

顺流而下，两岸风光变化无穷，时而古树、小桥、村庄，时而石壁、峡谷、激流，水回峰转，令人迷醉。

## 天祝——离天空很近的地方

在我的心里，河西就是荒凉的土山和黄沙，一眼望去，绿色只是点缀，蓝天下的黄土睁着渴望的双眼，期盼雨滴的滋润。黄土地上的农民在扬起的尘土里劳作着，忙碌着，一年到头换来的是满脸的皱纹和双手的老茧。所以，天祝虽然有一个上天祝福的名字，可是我从来没有真正走近它。我向往绿树成荫、鲜花盛开、小桥流水、潮湿滋润的地方，喜欢绿色以不同的姿态呈现在眼前，让我可以静静地沉醉在绿色里，忘记时间的存在。

可是一个偶然的机会，让我从钢筋水泥的城市里慢慢走出来，发现了野外的绿色风景。庄稼疯狂地生长着，路边的白杨树伸出手臂。车在路上飞奔，时间在车轮下流淌，河西走廊广阔的背景一点点铺展开来。

我们看到了雪山，洁白的雪覆盖在山顶，仿佛给山穿上了一件洁白的披风。山腰还是被太阳晒得黝黑的皮肤，山下就是一望无垠的碧绿的草原了。这就是天祝的抓喜秀龙草原，在藏语里是"美丽辽阔"的意思。朋友告诉我们，昨天下了一场大雪，所以我们才可以在六月看见美丽的雪山，看来我们还是很幸运的。

下了车，一阵清凉的风送来了泥土伴着野草的清香味，还有草原上特有的白牦牛的牛粪味。深深地呼吸，将肺里的污浊之气排出，将草原的清香吸入。抬头仰望，天空蓝得逼你的眼，空气亮得让你无法睁大眼睛。近处的藏包里传来了爽朗的笑声和嘹亮的歌声，豪放的藏族兄弟用美酒招待远方来的客人。草原上，人们的胸怀就像蓝天一样辽阔，所以他们的笑声才可以传遍草原。天空的洁净让他们更接近太阳，所以他们的皮肤是黝黑的，那是高原的颜色，也是草原赋予他们的颜色。

草原上的格桑花向远处铺展，白牦牛悠闲地吃着草，从它们健壮的身形就可以看出这里土地肥沃、水草丰美。白牦牛是这里的特产，别处是生长不了神圣的白牦牛的。这里也有价如黄金的冬虫夏草，有金矿和煤矿。牧民家家都有上千头牛羊，骑着摩托或开着车放牧，家家户户都在县城买了房子，到了冬天，他们会到县城里有暖气的楼房居住，日子过得悠闲自在。

在藏包里，我们喝酥油奶茶，纯正的酥油味扑鼻而来。朋友们喝得津津有味，嘴里不停地说："这酥油茶是牧民自己酿的，味道很纯正。"听得我们心里痒痒，仿佛不喝就错过了无限的美味一般，于是鼓起勇气品了一小口，那种油腻和我们常喝的茶完全不同，我不禁皱了一下眉头。朋友笑着说："你要轻轻地把酥油吹开，然后再喝茶。"看来喝茶也有技巧。

朋友在喝剩的一点酥油茶中加入了一些炒面（炒面是由青稞面和各种豆面和在一起炒成的），然后就用手在面里搅拌，动作熟练而优美，一会儿炒面就成了一团一团的，拿在手中开始吃了，还热情地让我们吃，说这是草原上的美味——糌粑。我们纷纷学着他的样子做糌粑，酥油的清香和青稞的面香混在一起，味道还是很独特的。

吃完糌粑，朋友就开始敬酒、献哈达了。唱着歌，品美酒，还要吃草原上的羊肉。这里的羊肉不仅鲜嫩，味道还很独特，做法也很简单，只加了几片姜和一些盐而已。

在阳光下，雪山旁，草地上，唱歌、喝酒、吃肉，这种美好的生活让久被钢筋水泥禁锢的我们羡慕不已。望蔚蓝的天空，碧绿的大地，这里可真是上天祝福的地方，离天堂很近的地方。

我们下一个目的地就是"天堂"。我不解为何去天堂。朋友大笑说:"那里有一个天堂寺,那个镇子叫天堂镇,学校叫天堂学校。因为有天堂寺、祝恭寺,所以人们才把这个地方叫天祝。"原来如此,我们也哈哈大笑起来。

去天堂就要经过天祝小三峡。

我才从长江三峡回来,满脑子还是"两岸连山,略无阙处"的景观,还有"潮平两岸阔,风正一帆悬"的诗意,还记得我们在江面航行的平稳,在船上观看三峡的奇观。我在想,黄河三峡又会是怎样的景象呢?

一路坐车游览黄河三峡,也是有山有水,只是山显得陡峭挺拔,山上长满了青松绿树,水流不大,如同小溪一般常伴车的左右。上天如果偏爱哪里,就会在哪里留下美景。我们原想的河西的荒凉,在这里一点都看不到,看到的就是青山绿水的画面。而且山还变换着不同的形状,演绎着不同的故事。山的险峻,树的碧绿,花的盛开,天的蔚蓝,河水的潺潺流淌,在我们眼前铺展。

紫色的小杜鹃开得漫山遍野,仿佛为山穿上了紫色的裙子,在风中摇曳着,淡淡的花香在稍显冰凉的空气里弥漫。溪水慢慢地清澈起来,鱼儿依稀可见。

来到天堂已是晚上。这里是一个四面环山的盆地,就像一个聚宝盆,也像一个小摇篮,将天堂的人们拥在怀中,使他们过着安逸幸福的生活。阳光下的山静立着,山上长满了松柏,使天堂显得格外宁静,如同世外桃源一般。天堂寺里居住着活佛,活佛选择的地方,一定是福地吧。

看来优美的风景往往在人迹罕至的地方,但正是这样的"养在深闺人未识",让它们最大程度地保持了自然风貌。所以"不足为外人道也"也是一种保护,更是可持续发展的美好。

# 陈美霞篇

我想，旅游就是用心灵去触摸一片土地，她的欢乐和忧伤，甚至贫瘠和愚昧，都是我的行囊里的宝贝。我怎么能拒绝这一方水土的钟灵。

# 再到武汉

我又到武汉来了。

在飞机上眯了一小会儿,广播里甜甜的女声说:"各位旅客,本次航班的目的地——武汉马上到了,请系好安全带,扣好桌板,飞机马上下降了。"睁开眼睛向窗外看去,云海开始变薄,碧蓝的天从远处透出来,蓝玻璃一样通透。白云像长长的水袖轻盈。晴天丽日,好天气啊。

舍不得此刻一掠而过,我仔细盯住窗外。云彩像弹得薄薄的棉絮,均匀地铺开,最后虚化成一张撒开的渔网,被飞机拖着走,拖着拖着,终于什么也没有了。飞机的影子擦过群山、湖泊、房屋、田园……哦,江城武汉,湿润如一块初开的玛瑙。

那些绿色或浅褐色究竟是湖泊还是森林或者是某一种庄稼,不得而知。渐渐地,湖泊蜿蜒着蓝边,从山间拖了出来,颜色浓烈,像打翻的颜料,意犹未尽地继续向前,向前,直到遇见直笔挥洒的长江,才止住了婉约。哦!美人归入将军的怀抱也不过如此。许多桥梁横在江上,像五线谱的分界线,我似乎听见波浪忠实地一节又一节地唱着咏叹调。高架桥和立交桥耐不住寂寞,直接大笔一挥,划出高音谱号的艺术体,车流闪着金光,开始弹奏城市的乐章。呵呵,这江城,如一张巨大的古琴,弦上欢悦,不得不发。

羊毛衫开始在后背烦躁不安,十万个毛孔与其针锋相对。窗外的艳阳,像家乡的九月初。儿子说:"没见下过几次雨。这两个月,看来是'武旱'了。"想想上次我们燥热难解的样子,是"捂汗"了。热,让武汉别于北国，也别于江南。

地面的标识越来越清晰，城际公交车流线型的样子好美，像流星镶嵌在道路上。树木把自己的桂冠都做了大地的调色盘。水域渐渐清晰，有万千碎金跳动。我仔细看那些湿漉漉的地方，真的都如笼了轻纱一般。我知道这些"绿纱"下面总有一个点，有我的亲人，我可爱的儿子，我亲爱的学生，于是忍不住激动起来，微笑起来。

坐地铁，有一段路在地面上，因为需要过长江、穿树林。毕竟是秋天，过于灿烂到底有些传奇。我不死心地去看这些树木：樟树的绿老而皮实，似乎渗透了阳光和雨声；栾树叶如挑染的发丝一样渐渐黄红起来，带着一点顽皮，在枝头招摇，有些像煽风点火的小妖精；银杏、梓树庄严地交出一生积累的黄金，对秋风宣读诏书，准备坦然离别。那些围在行道树脚下的小灌木，都是在外围有一圈红黄的叶片，整个小矮树丛笼罩在一层红光里，像探知了秘密的小矮人。

地铁是一个密封的空间，季节也被封存了！穿什么衣服的人都有，蕾丝裙和长风衣，衬衣和T恤，甚至长版卫衣罩住热裤，只露出一双长长的腿。春秋变化，美丽永远遵从内心，季节败在女人身上。

上次来的时候，我把武汉聚集在华科来看，因为我的孩子要在这儿度过他的大学时光了。我喜欢上了这个校园。我们尽情地在校园里徜徉，看雕塑，看楼群，认路径，辨别道旁树，看荷花池和森林。图书馆前面的喷泉洒了我们一身水，列队而过的新生和我们都哈哈大笑。临走的时候，我们看见儿子穿着蓝色迷彩服走进拉了防护网的绿茵场，便再也认不出是哪一个，但我想，他一定在盯着我们看，眼泪就簌簌地流下来了。十八年来，我从没有和他分离过。去拉萨的那一次，他六岁，还离不开我，临走的时候，他祈求我带上他，但我和旅行社已经签过合同，而且我怕他受不了西藏的气候，只好一步一回头地走了。他在家哇哇大哭，闹着不肯睡。现在，别离只是一件小事情，而且是好事情。为了这次别离，我和他无数次商量，把中国的城市和学校像自己的肋骨一样拨来拨去地数，最终选定了这所城市的这所学校。录取的屏幕上跳出学校名字时，我和他欣喜若狂啊！我们实在没有理由伤感，可是擦掉的泪又来了。我记住这炎热的武汉了。

  这次进校园的时候已经是晚上七点钟。夜色降临，又下过一场小雨，路面上浅浅摊开的水像一面面小圆镜子反射着霓虹灯的光。梧桐树叶落在地上，像蛰伏的大蝴蝶，踩一脚，柔柔地俯下，抬起脚，又立起来，调皮地翻动着。我们走的是老路，毛主席塑像更加雄伟壮观，在夜幕下招手，很亲切。路过的报栏里有照片，儿子说，那些都是中科院院士，我顿时感觉脚下的土地变得神圣起来。图书馆里灯火通明，那种寂静一眼看穿。儿子边走边叹息，说读书是一件多么需要技巧的事情，要努力，还要有习惯……荷花池黑乎乎的，好像看一眼，连目光都会被没收。上次来，是下雨天的下午，无数荷叶支起帐篷，荷花探出脑袋好奇地张望，热热闹闹地摇摆。我一步一顿地踩着荷叶形的踏步，像去舞台一样登上池心的小亭子。靠栏杆是六边形的蜡黄的木头椅子，有两个男生围着一个女生，热烈地聊天，那认真聆听的黑脑袋像两只可爱的小鸭子。女生说的是大一、大二的学习要点，社团的取舍，大三、大四的职业规划，考研和保研的程序。我恨不得自己是一块海绵，吸收小姑娘想法的点点滴滴。我假装对荷花无比感兴趣，一步一个镜头地拍，直到雨大起来才撑开伞走了。其实我脑子里努力记住的那些读书经验最终也没有派上用处，儿子自有他的主张。现在儿子说，荷叶枯萎了，连荷花梗都出来了，好像抱歉我看不到亭亭玉立的荷花了。我知道不久就只有一池清寂了，其实若是有雪，那样的一池废荷，还是可以让人莫名心动的。向荷塘四周一望，马上感觉朱自清笔下荷塘的气势来了，只是今夜，我们从这塑胶路上走过，这样的清静我们独有。我的心安静下来了。这两个月，我得到了人生的奖赏：满足、安宁、平和。

我们要去吃饭,食堂早已关闭。我们之前在那里吃过几次,不但干净,而且价格低廉。我一遍一遍地夸赞菜的味道比我做的好多了,但是儿子还是说想吃家里的面,吃我做的炝锅鱼火锅,还有满大街的牛肉面……唉,乡愁原来是潜伏在味蕾上的!

我们去美食街吃饭,从一个又一个窗口走过,阅读小吃。学生洋上次请我吃过的美食,我一一说给儿子听。洋比我儿子大十岁,已经在武汉工作、定居了。上次来,她早就做好了迎接我的一切准备,住所和伙食,游玩和社交,都安排好了。我也特别感动于她对我当初仅仅因为尽职尽责的工作而产生的超出寻常的感激。

我们最终选定了麻辣包菜,干净卫生。那是一个商业综合体,美食、服装、电玩都在同一座建筑里。刚一动筷子,忽然听到哗哗的水声,原来美食广场有喷泉。此时灯红酒绿,路过服装店的时候,那些之前经常买的武汉版的衣服,在它的发源地以无比丰富的面目触动着我的神经。但我真的顾不上看,我忽然记起某位伟人的话:"世界上原来有这么多我不需要的东西!"真的,我们努力培养精神的追求,却在无比强大的物质面前被某种精神折服,进而鞭策自己,像我们千里迢迢地来。物质也是精神的精神啊!不是吗?我给儿子说上次我去看了汉口里,真好像徜徉在某部电影里面,好像是谍战片,似乎转弯就能碰见某个大人物。顺路还看了一个雕塑店,头像可谓生动啊,名人塑像真不少,雕塑家的简介里,名头很是吓人。武汉很伟大,或许在这样的地方,某个角落里会走出某个名人……真的,荆楚大地,从《离骚》开始,有读不尽的名人故事,所以从礼拜二开始到周末,武汉博物馆总是人潮涌动,越王勾践剑和宏大的编钟骄傲地立在场地中央,在昏暗的光色里闪着历史的深远韵味。佶屈聱牙的骚体诗里,个人私情也庄严肃穆。所以,在武汉,一个大城市,放大了某种精神,也让自己像一粒尘埃,跟着风走,悄悄蛰伏起来。在兰州,我们可以指手画脚地比较不同面馆的牛肉面的味道;

在武汉，千篇一律的热干面，你没有权利说好不好。武汉庞大得像长江水，咕咚咕咚地流到我心里。我这样想着，和儿子说，却不得不为外面的水舞表演喝彩。武汉，请你一定教会我的孩子，学习强大的内心，来盛放所有繁华，物质就是精神。武汉是一部厚重的百科全书，而我们只能看看目录。

再次回桌吃饭的时候，我们说起清江、潜江、孝感、黄石、神农架，也说宜昌。湖北是许多名人的故乡，是许多传说和美德的源头。武汉像一部山水画册，翻开任何一页，都可以让我留恋不舍。我和儿子开始阅读武汉的楼群，在黑夜里，它们和所有城市的楼群一样，有不眠的眼睛。光谷广场外形如花瓣的综合体，转动的巨型地球仪，欧洲风情街的光带，都告诉我们什么是距离，什么是科技。我们可以乘坐传送带到达楼顶，生活中也能一步登天多好。

回公寓的路上，许多小年轻带着刚下班的疲惫，和我们一起挤进电梯。我阅读他们的脸色，除了匆匆，没有故乡。撑起一座城市的伟岸，要有多少背井离乡！但愿高楼上住的人都是幸福的，但愿所有付出都有收获。儿子啊，努力！

我们买了水果。南方的水果，大快朵颐是让人笑话的。我们硕大的西瓜被称为"石头瓜"，武汉人是切成小块来卖的。我们习惯吃新打开的瓜，吃不了的当然扔了。我们吃山竹、葡萄，看街边有卖菱角的，那么鲜艳的红色居然变成炭黑，成熟果然是一种失血的蜕变。儿子已经换了初到时的诚惶诚恐，说起老师们的讲课，师哥们的优秀，一脸敬畏。我一直在平衡他的认知。千山万水，我们是为着收获而来的，但绝对不能卑微。

夜风扑打窗帘。从高楼上望去，万家灯火，车流像银河。香樟树成为道路两边的黑色印子，温婉着钢筋水泥的城市。公寓里的几盆植物碧绿可爱。这城市的每一个角落都亲热而温暖，恣意生长的相逢的喜悦一点一点制服陌生。是的，每一次，就这样坚强，从陌生到习惯。

## 夜游武汉光谷广场

第二次到武汉。下午,从光谷综合体的灯火闪耀处走过,被不断变换的色彩迷了眼。但我已经不稀奇了。上次来武汉,我们就在这儿拍了许多照片。光谷综合体的地下部分还没有修好,但地上部分的巨大花朵造型成了武汉的地理徽标。夜晚,这个位于民族大道和珞瑜路交叉口的巨大建筑就开始流光溢彩了。白天,它静默得如同一朵梨花,金属色的莹白一闪一闪地晶莹透亮,也像武汉的眼睛。据说,以后这儿会是地铁和火车站的交汇处,所以叫综合体。

夜晚来了,武汉的不夜城闪亮登场。我很怀疑这些高大的建筑都是蛰伏的猛兽,白天的车水马龙一定是烦了它的视听,到了夜晚则心灵清亮。色彩之间的渐变过程真的很奇幻,像彩虹拆解开来,也像京剧变脸那样不可言说。我只想象它是一朵花,在人间等我们。

光谷世界城入口是一个巨大的地球仪造型的旋转灯,各国地图在蓝色水域的映衬下缓缓转过,给人以"坐地日行八万里"的变迁之感。世界就在眼前,日新月异。

为了解决晚饭,我们登上了世界城。像所有带餐厅的商厦一样,烧烤、香锅、米线、奶茶、水果……川菜的,粤菜的,当然也有拉面——那个不管在哪里都让我眼睛温暖的兰州招牌。各种味道诱惑着我们。海鲜是最寻常的了,红艳艳的螃蟹、大虾,让香辣味的烧烤瞬间"高大上"起来。我们选择了纸包香锅配米饭,倒也十分可口。摸摸包菜的白色油面纸，很不错的质量，在锅仔的铁板熨烫下，乖乖地把温度传给菜品。儿子说："妈，这纸好啊！你以后在家做火锅的时候就可以少洗锅了。"我笑着说："你不在家，火锅没有用武之地。我减肥，你爸给一碗面片就打发了。"我俩都笑了。火锅最大的作用不是果腹，而是凝聚一家人在一起的气氛。我请了假，从兰州赶到武汉的理由，也不过是在光谷吃吃火锅、谈谈话。

我们上来的时候，地上嵌成U形的灯群并没有引起我的注意，这时候忽然听到一首老情歌，就见刚才的地灯已经变成了音乐喷泉，随着声音的高低，各种水柱极尽变化之能事。在商业街，有这样的音乐喷泉的确很养眼，色彩、灯光，依次喷涌的水柱，绽放的花朵一样的水浪，都有着美不胜收的璀璨。

下楼向东南穿行，才到了真正的步行街。这时候早已经是灯火璀璨的盛景了。还不到九点啊，武汉天黑得真早。

一转弯，街区一下子开阔起来，四周灯火辉煌。第一个广场叫西班牙广场，周围欧式风格的建筑，在黑蓝色的天空背景里突然耸立在眼前。白玉栏杆被霓虹灯不断变幻的色彩拍打着，反射着迷人的光芒。一刹那间，我好像到了异国他乡，但是所有的标牌都是中文。有人在唱英文歌曲，大提琴盒子旁边是放大的二维码，演出服装整洁，唱腔专业，有一种青春无言的美，或许明天他就可以在中央电视台演出了。接着出现的是黑铁的斗牛士雕塑，一头雄壮的大牛，正用尽全身力气向斗牛士冲击，斗牛士身子后倾，微微躲开，正竭力演绎什么叫力量和激情，连甩在身后的红布也鼓起了一棱一棱的褶皱。再往前走，是意大利风情街，依然是欧式尖顶或者拱顶建筑，都用串灯勾勒出边际，加上窗口透出的彩灯，有梦幻般的气氛。临街教堂的门开着，有牧师正在主持一个婚礼，我从拱形的门看进去，教堂后面也是一条拱形的走廊。抬起头，我发现自己走在一个拱形通道里面，头顶上一层一层拱形的灯条勾画出一道又一道门框，有岁月的层进感。据说，这儿是武汉青年结婚的首选之地。结婚不就是经历各种门槛的旅行吗？一时间百感交集。

第二天，我又走过这个地方，人来人往的商业街上，昨晚灯光下灰暗了的树木展现出来，像楼群衣襟上的绣花，还有几处小喷泉在喧闹，卡通形式的观光车缓缓开过。我忍不住看昨晚见过的雕塑，没有灯光，像卸了妆的女人一样。

夜晚很快来临，灯光亮起。原来，梦幻和浪漫是藏在心里的风景，流连忘返的此时此刻，多少昨日重现。

# 浮光掠影去杭州

十年前，我去过一次杭州。旅行社潦草地应付，让我的美丽景色一晃而过。除了西湖苏堤上短暂的散步，以及城市街景的走马观花，我的断桥残雪、雷峰夕照等等都不曾看到。十年一觉扬州梦，我的杭州记忆，也是梦中清浅的印象。

杭州，还好吗？这一次去，我一定要把这个问候带到。

在萧山机场上空，我看见了碧绿的"玉石"，看见"轻纱"慢慢跟着飞机走，那是一块块齐整的农田，是建筑物的影子。哦，杭州，那个包裹在绿色中的城市，慢慢向我开启。我像一个赌玉者，内心忐忑。

车子行进在傍晚的微风里，树叶的湿润和花香的微甜，带着南国的温和入侵我的心。建筑不能代表一个城市，那么，杭州用什么留住G20峰会的目光呢？

拐过许多弯曲的、有高大树木夹行的街道，穿过一些被绿萝半遮掩的涵洞，我们来到了浙大。浙大管理学院的雕塑"世纪之光"，是一个立体的阿拉伯数字"100"，像飞翔的翅膀。草坪和湿地，红叶似花的树，含雨的云朵。许多人和我们一样匆匆赶去饭厅，熟悉又陌生。为着对新时代的深刻认知，我们又当了一回学生。

教授的PPT是关于国情和经济，以及国防和军事理论的，以置换我们头脑里因为生活的琐碎而产生的更加琐碎的想法。忽然想把思路整理一下。我们正站在时代的前列，保住这份繁华，我们责无旁贷。

在西湖龙井茶的微香里,听杭州的过去和未来,我们还要看看杭州博物馆、城市规划馆。杭州像雨里的树叶,色彩油亮。

杭州是唐诗的,是神话传说和小说的,也是丝绸的、樟树的、西湖的。杭州是纸质的、丝质的、木质的、水质的,也是土质的。能代表杭州的,是西湖,是运河……

钱江新区的夜色在波光里璀璨夺目。在沙之舟,沿江几十幢大楼在蓝黑的天幕下勾出轮廓。最负盛名的是洲际大酒店,它辉煌的外观有太阳的炽烈和形状,是金灿灿的球形。楼层内墙光洁的石材上面辉煌的油画,一看就是大手笔,既有中国风,又有欧洲味。这个"地球"原来是空心的,"地壳"是装饰精美的客房,"地幔"和"地心"是大厅。走廊是环形的,好像进入了地球的内层,向下看便是一楼大厅,向上是万千星辰。我注意到墙壁上有巨大的紫荆花和橄榄枝造型的花纹,象征着全世界的和平和沟通。

"地球"的内核有许多人在会谈,我们出来时,正赶上八点的"城市阳台灯光秀",这个温婉的城市变成了电影屏幕,展现着杭州的前世今生:有桐庐的街景,徽派建筑的白墙黛瓦,西湖盛景的春夏秋冬,运河人家的桨声灯影,钱塘江潮的雪浪山头,书法名家的墨宝,动画新锐作品,有物产和水陆两生的植物,市树市花,有丝绸之路,水云航程,京剧脸谱,也有卡通形象,有讴歌杭州过去的赞美词,也有此时杭州发展的标语。在这样的光影变化中,似乎有一只无形的大手,紧紧握住光的笔,一段段深情地描绘。天色蓝黑,钱塘江闪亮,人间和天上都是透亮的,我们像在童话的世界,在水晶宫里……高科技让天人合一,展现美好。

杭州的美好是说不完的,那就去看一场集中的演出。

我们视觉的盛宴是从晚上八点开始的。西湖广阔水面的一部分被山包围,被水上的观众席包围,便成了舞台。树木在暮色笼罩下越来越黑,像连绵的山丘。月亮慢慢升起来，像晶亮的盘子。西湖的水面一下子铺开了碎影子，等待美轮美奂的演出盛况。这就是张艺谋倾情打造的《印象西湖》。

有舞台滑行而来。那是一曲童音的天籁，《我和我的祖国》正被一个六七岁的小女孩深情演绎。接着是《最忆是杭州》《梁祝》《春江花月夜》《欢乐颂》四个片段。在无比宽大的水幕舞台上，几百人在变幻的灯光下歌舞，那是怎样的惊心动魄啊。利用多媒体技术，我们面前展现的有时是天地通透的中秋之夜，有时是花纹变幻的折扇，有婀娜的舞者从折扇背后迈着轻盈的步伐走过来，一转身，变成两个，四个，八个，十六个，直到把西湖占据。黄色的月亮出来了，在中天挂起，无数诗句顷刻飞扬。月光下，大朵的花开无声，梳妆的女子和相思的郎君相会倾诉……有时是水墨画、剪纸、工笔画，美得不似在人间。也有卡通的、立体的几何图形出现，意寓着现代的力量。光与影，声与色，动与静，阔大和狭小，一时间交织在一起，变幻出无穷的诗意，我沉醉了。最使我难忘的是梁山伯与祝英台。在西湖的水面上，那种凄婉真有与天地共永恒的美丽。

从西湖出来，我在苏小小墓前徘徊良久。西湖是婉约的，那些灯光正把这感觉一笔一笔勾勒到岁月深处。走过的人都在说G20峰会，我分明看到杭州像明珠一样镶嵌在江南。

在杭州，被光影俘虏。

## 马兰，寂静的马兰

看到群友说要去青海门科沟看马兰花时，我隐约记起了一个关于马兰花的故事。大约是机关算尽的姐姐看上了一个男人，而这个男人却爱上了她的妹妹。姐姐又恨又妒，杀死了妹妹，然后所有的鸟儿、树木，甚至凳子、门槛，都开始报复姐姐，姐姐最终被杀死，妹妹复活。

这是一个解恨的故事，符合所有人的希望。妹妹结婚的时候，嫁衣和头上装饰着马兰花，这样的美丽让我心动。

哦，马兰，马兰！我头脑里的"百度"开始发动。

我是从旱山走出来的。小时候砍柴，能遇到有水的石窠臼是多么神奇。有飞鸟要喝水，红的尖嘴，长的尾巴，怯怯的眼神。偏偏有一枝马兰花伸过来，茵茵的蓝色让人心醉，一座山，亮了。因此我爱上了那种明艳而沉静的色彩。齐王好紫衣，国中无异色。紫色是色彩里的贵族，连带"紫"字都有了高贵的意思，如"紫气东来""金印紫绶"等等。独爱这样色彩的衣服，它多么唯美。老家人管紫色叫作马兰色。小时候觉得，马兰色的裙子是那么美，无关高贵。

后来大姐卖韭菜，用马兰绳子捆，我便陪她去沟边割马兰。美丽的马兰花来不及开放，就吃紧了生活的力度。马兰的叶葱茏而柔韧，像外柔内刚的女人。一束束嫩绿的韭菜，把同样嫩绿的马兰叶子从青葱折磨到枯黄，还在用，就像姐姐。

牛羊是不吃马兰的，因为它太坚韧，所以马兰花可以狂妄成一个风景区，叫门科沟，在青海互助，一个遥远的地方。

白杨树把我们围起来，是那种长势蓬勃的白杨。潮湿的空气让树干生苔，有的已经朽了，黑白相间，像素描，质地厚实。白杨树下有一种蔷薇科的黄花，有刺，细碎的花缀成串，像蜜蜡做的。蜜蜂飞过，应该是采蜜的好季节。

逆流而上，小溪的源头是不是有戴马兰花的姑娘？

田埂地头上的马兰花逐渐多起来了，看样子已经开了一阵子，有些微微的疲惫。狭长的花瓣，外层的开始发黄、发白，里面的三瓣正是醉人的紫色，脉络清晰得像用绿笔画的，直直挺立，或者微微张开。越往里走，马兰越多。大块的白石头，羊群一样被赶下来，又被马兰花截住，那些苔藓就是栽绒靠垫。

马兰花一簇簇暖暖地开着，花朵如翘起的手指一样轻巧。抬眼望去，两旁山上的树早已经变成了红桦林，阳光透过它们婆娑起舞的枝叶，红红暖暖的。马兰花轻轻摇摆，一波波的，花叶细碎的浪蓝茵茵的。

有蜜蜂从嫩黄色的花蕊里钻出来，嗡嗡响，古灵精怪的。也有的停在细长的紫色花瓣上，静静地亲吻。我静静地坐在石头上，忘记了所有的繁华或者孤独。折一枝花朵，下面是嫩黄变作白色的秆，多汁，水嫩。有朋友说："那个能吃。"我不想焚琴煮鹤，将它插在花环上拍照，记住这美好的时光。

从神话里走出来的花如此娴静，从纷扰中走出来的我也如此安静。孤独吗？我问自己。是的，孤独。除了喧嚣的溪水欢腾以外，头顶蓝天，地长杂草，群山寂静。远处的雪峰凝固了，似乎时间也冻结了。今夕何夕？

我想到了新疆的马兰基地，那样荒凉、寂寞、封闭！张爱萍将军以"马兰"为基地命名，也为儿子命名。他是诗人，但是马兰基地上也涌现出了许多专家，扛起了中国核试验的重任，是国防建设的主战场。有多少人默默无闻地投身罗布泊，远离繁华，饮尽孤独。纪录片《马兰谣》

里的林俊德和同事们正像这马兰一样，在寂寞的，甚至当初地图上找不到的地方成就了自己，也献出了自己。

但是马兰适合这样的寂寞，我适合这样的静思，这样握住马兰的精神。

牛群过来了，它们谛视马兰花。美成一沟的马兰与牛羊相伴相忘于落泪一样的石块中。

选择寂静的一定适合寂静。寂静让生命如花，让生命丰厚到享尽天年。寂静而不寂寞！马兰基地的人是，马兰也是！我——是吗？

马兰，马兰！

# 又见蜀葵

我的目光抚慰着一株又一簇雨里的馒头花。那些红色的花朵，肥硕的圆轮只有一层，花瓣拉着花瓣，像跳圆圈舞的小姑娘，黄色的蕊有些坚硬地突出。一朵花，硬生生站在一米多高的花枝上，稳稳地，牢牢地。

在老家，这种花很多，只要略浇一点水，院子边上都是。我怀疑那些都不是种的，自生自灭罢了。可是的确红艳啊，花期又很长，怎么看怎么都像一个开朗的女人，甚至泼辣、皮实，狂野而顽强。后来我查了字典，才知道有些地方叫它擀杖花，意思是它的枝干粗得像擀面杖，直而坚硬。

它是单瓣，花瓣上有浅黑的经络，让人越发觉得卑贱而且没有内涵，于是对它轻慢起来。可是今天，我看见到处是这种花朵的时候，忍不住有些深情。我细数起来，路边无人过问的泥地上、崖畔上、石墙边、小卖部旁、人家的大门前都可以看见它绯红的笑容。我的眼睛渐渐湿润了。

二十年前，我还很年轻，从一个学校调到另一个学校。我没有处理好初恋，感觉自己已经由一捆可以熊熊燃烧的柴变成了灰。我的眼睛里没有了眼泪，也没有了星星。

到新学校的第一天，我一个人都不认识，许多人在背后窥探我，打问我。晚上，我住下来，很快就有了伙伴。我们说一些关于书本和学生的话题，吃一些饱含着淀粉的伙食，日子开始了另一种不咸不淡。

我去河沟和渠坝上走走，看见了馒头花——那些开在湿润土地里的花。我摘下它们，像摘除我已经腐烂的爱情。我的眼泪簌簌地流了下来。

可是更大的馒头花还是开了，甚至开在学校的小花园里，那里有高大的果树，比如冬果梨和苹果。比之白杨树的修长而挺直，果树实在是过于矮小、肥胖了，像怀孕的女人。视野因此短路。园子旁边的馒头花还是和原来一样肥硕，一样红艳，而我夜里流下的许多泪，也一样不知羞耻。馒头花一次也没有入得梦来，我以为我把它忘记了。于是在许多黑夜里，我只拥有孤独的灯火。

那时候很年轻，如果没有事情，我是不愿意回家的。有一个暑假，因为要建成标准化学校，我忙着加班。雨下起来了，晚上雷声滚滚，我看见闪电像要把天空撕裂一样，电视里天天播报洪水逼近警戒线的消息。第二天，没有家乡的消息，没有父母的消息，没有家的消息。我骑车回去的路上，看见洪水从山深处挟裹而出的巨石被遗忘在烂泥里。我忽然觉得那些夜晚，自己是怎样孤独而自私。

父母安然，我看见了他们的笑脸，如同馒头花。

既然岁月不让我喘气，就让岁月看见我的长啸。那些该愈合或者不该愈合的伤口，我忽然觉得都必须一股脑地包扎、自愈。在世间谋食，有些东西比梦更重要。

那个夏天的雨后，我再次气喘吁吁地回到学校。我的生活里除了雨还有晴天，于是我一笔一笔书写自己。

我走过了雨季。馒头花开的秋天，有了一些果实的香甜。在那些树下，我学会了收获。红彤彤的苹果留给冬天，软甜的巴梨马上食用，至于被虫子咬过的冬果梨，我们还得及早切晒，变成干货。

在忙碌中，我忘记了自己曾经是多么喜欢花，喜欢把花的颜色留下来——拿指甲花来包手，把红而透亮的指甲展示出来，想象自己是古代的小姐。甚至把山上的野花、田间杂草里的花蕾编成花环，也每每惋惜地看羊啃食了花朵。

可是，我忘了曾经给过我抚慰的馒头花。结婚，生子，看他长大。在每一节课里磨损光阴，纷纷落下的岂止是粉笔灰。

我以为说走就走是理想的决然。飞机、动车、高铁、轮船、汽车甚至自驾出行。我以为所有的相遇就是饭局而已——不管一同落座的人是谁，总有一种熟悉的味道打开胃口和话题。可是，后来我还是发现，在外地，我们走过的山水越多越是心慌，见过的人越多也越陌生。我把青山绿水仔仔细细地打量，发现找到的东西居然越来越少。这与我旅游的初衷相背。

那些曾经爱过的东西已经不爱了吗？我问自己。爱，我喜欢碧波荡漾的水面，"荡舟心许，虽有妖童媛女……"我不爱高山了吗？爱，山高我为峰。那些飘带一样的路，梭子一样的车，那些欢愉的人群……可是我为什么不能狂欢呢？

许多年前，我还是忍不住去看那个人，那个梦中让我流泪的人。我们都努力完成了自己放不下的心事，好像一个交接了工作任务的人，落实一下后来者的工作成效，然后安心。"好，一切都好，你放心。"我们都知道对方在想什么，都知道所有的"好"其实没有意义，连眼泪都不能冲刷掉这层膜。

感情啊，原来种在时间之上。

我游走在时间之上。多少年过去了，我们再也不用担心风雨之夜的父母和摇摇欲坠的土房子，也不用惋惜那些被吞噬的花朵，不用去痛心失去的机会。一点一点走过，一天一天劳作，居然可以慢慢地、从容地去看看世界。

又见馒头花，好红，好艳，抚慰着我的孤独。我觉得自己已经沧桑，已经成为风雨之后的它了。那么壮实，诚挚而开朗，我笑出了初夏的露珠。

我去百度，第一次认认真真地查阅一株花的前世今生。原来，它叫蜀葵。哦，我喜欢这个名字。比起向日葵拿果实当花蕊的虚假，蜀葵的花蕊真的是一株黄金棒啊!这样坦诚的绽放,有多少辛苦在后面?

又见蜀葵,在他乡。

# 伏羲庙里的古柏

微雨欲下未下，天色暧昧不清，空气湿润，阳光敛去。我可以认为，今天伏羲庙在等我，这是一场美好的缘分。

四月，从扬风搅雪与沙尘满天的拉锯战的北方来，我赏春的心灵正贪婪地张开。当然伏羲庙给我的不只是一个春天，而是华夏的前世今生，龙马精神的代代相承。这些都太辽远、太阔大了，还是说说古柏吧！

伏羲庙是四进的院子。过了检票口，苍翠欲滴的侧柏丛中间立起一棵高大粗壮的树，似乎没有树皮，一人抱不了，笔直地冲向天空，似乎是立起的独木桥。我吃了一惊。抬头望，树冠有五六人高，蓝天纯洁的底色上绿叶葱茏，来自天空的光芒都须经过细细筛选。

百思不得其解的是，这样粗壮的干，底部为什么要用竹片围起来呢？等进入第二重院时，茅塞顿开了！

这是伏羲庙正殿，院子里香火正盛。二十几棵古柏像撑起宇宙的柱子一样挺立。树干上有与前院一样的竹片，竹片上是颜色深深浅浅的红纸片，仔细看，是剪纸的小人儿，不同的部位被艾灸烫成洞，粘在树上。

明白了！因为伏羲辨识百草，发明了针灸，所以人们把祈求健康、医治病痛的愿望寄托在了这些小人儿身上。

千百年来，古柏承载了多少希望。从亭亭如盖到现在直插云霄，从不盈一握到合抱之木。有两棵已经承受不了岁月的重负，倾斜了，树冠已经垂到伏羲庙正殿的房顶上。人们给它砌了砖石的支柱，它便在房顶上开枝散叶，像朝拜者，也像庇护神。

一院子的古木都在八百岁以上，有两棵已经有一千岁了。那些柏木不像其他的树，一辈子都被树皮紧紧包住，哪怕树皮皴裂成一块一块的，但总是有一种保护，使得年轮神秘，岁月苍老。但是柏木，本色的枝干接受了千年的阳光和风雨，于是变成千沟万壑的深深裂隙，有一种痛直通树梢，但是树梢的叶子依然青翠欲滴。忍不住想流泪。我抚摸粗壮的树干，还有一个个被香火烫伤的疤。我想，树一定在含笑看芸芸众生熙熙攘攘，苦难而辉煌，幸福却平常，清醒而热烈。伏羲睿智的眼睛一定在高处的绿叶里怜悯这些祈福的人。哪一片叶子是过往云烟？哪一片云烟曾看见往日的绿？不得而知，但在古木前，我似乎看见了遥远的过去，看见了先祖的智慧。古木是有生命的碑，木纹深处不是有年轮吗？年轮的最深处，一定也是这样的春天。在水边，在黄土岸，有一个民族的文化开始生长……

有导游站在门槛边，指着伏羲庙屋脊上的一枝柏树枝讲给大家听："看，它的样子就像一条飞翔的龙，头向西，尾朝西。"仔细看，真的像一条龙，从树枝间飞起。回头看匾额上写的"龙神"两个字，忽然觉得似乎有一种叫作"命运"的东西存在。

后面两个院子里也有古柏，也有花树和花卉。美丽的荷包牡丹正打着花蕾，瓷实而圆润，像铃铛。

初春的四月适合朝拜伏羲，一院子的古柏树静静地站在那里，像是在自家院子里定定站着的庄稼人，正在看天、看云、看雨。我们这些站在树下的人，定定地抱住一地秀丽的影子。有些人默默地赶过来，我们也默默地点燃香烛，用这种最古老的方式来表示敬意。我去过许多庙，那些泥塑的佛像终归有些虚无。今天，我带了一个孩子，向这个孩子介绍了一个人，就是伏羲。我的思绪逆流而上，一个在人类的神话中孤独付出的人，总会打动我最切肤的尊敬，所以我上香，像对待我家族的先行者。我带着孩子去了展览馆，讲解一幅一幅的图画，这也是心灵一步步走近他的过程。无法想象，在那样一个缺少物质、缺少秩序的年代，他是怎样带着一群人赶退洪水，结网记事，发明历法，尝药草，制定婚姻的礼节。他带着一个民族的文明到来，让我们接过。所有古柏庄严肃穆，如同我朝拜的心情。

我们脚下的土地铺了砖，古柏树就从这样的地里出来了。粗可环抱的树干，颜色灰突突的，人可以走过去，仔细看看木头上的缝隙，看那些红纸剪成的小人。空气里有莫名的喜庆，古柏树变得温情而通灵。

为着这样的感动，我仔细看伏羲庙里的碑文。它们大都是在纪念伏羲的往事，也有名人题的字，一勾一划，有自豪的意味在里面。大殿上有古色古香、质朴无华的木雕，那种古拙朴素而繁华。两边的对联写着"立极同天，德合乾坤，万世文祖；开物成务，道传今古，百王仪则。"自豪和崇敬一泻而下。

我嘱咐自己，跨过伏羲大殿的门槛时一定要深深鞠躬，面前的塑像就是我心中的模样。

## 新舟与水舞

不知为什么,我喜欢新舟中学的名字。"舟曲"在藏语中的意思是白龙江流过的地方,大爱之舟,大河之曲。大灾之后,移民来到了兰州新区,把舟曲这个名字也带来了——新区舟曲中学,于是,由八百里秦王川华丽变身的兰州新区也有了水波荡漾的轻灵之感。我因此爱上了从舟曲中学到人工湖的那一段路,那一段风景。

这里曾经是村庄、山峦、沙地,是植被稀疏的千山万壑,车行艰难的土路沟渠。弯曲的道路沙尘漫天,颠簸的车辆沉重地喘息。谁能想到几年之后,一座崭新的城市会在这里神奇崛起?日新月异的兰州新区,总能让人看到希望变成现实的惊喜。一幢幢大楼拔地而起,钢筋水泥天天生长;一条条道路不断加长,绿化带的草树竞相展枝;一个个单位搬迁、开业,开张挂牌的鞭炮声经常响起……夜晚,霓虹灯亮起,飞机划过长空,四周点点灯火……

新舟中学在兰州新区东边。坚固的教学楼,绿色的操场,有小树和嫩花的园子,镌刻了校名的巨石……真像一条摆渡文明的航船。风大起来,远处脚手架的各种声响就是建设的进行曲。在一座老城里懵懵懂懂地行走,哪里比得上和新城一起且走且喜。

行道树已经亭亭如盖了,精心种植的侧柏和红叶树的图案线条圆润,绿、黄、紫红的叶,色彩不浓,长势却喜人。街心花园里泥土松软,带着可爱的湿润。花树相依,黄色、淡红色的小月季,还是小苗的刺玫,还有夹杂进去的山杏，当然还可以碰见龙爪槐，它们正努力长成我们想要的样子。一棵树就如一杆绿色的旗，虽然还不能遮风蔽日，却抚慰了干旱许久的眼睛，抚慰了有些空旷的道路……

有大厦取名"绿地"，被一片高岗上的树林悄悄掩住了根基，远远望去，雨色空蒙里烟云缭绕，有一种被簇拥的装饰美。倏忽雨停，夕阳斜照，旁边金色建筑物反射的光芒照亮了眼睛。急忙钻过树林去看，人工湖蓝色的水面涟漪微波，忍不住问：那是新区顾盼生辉的眼睛吧？

真的，仅仅四五年，新区的人工湖就变得如此柔情。芦苇摇曳，各种花草颜色明艳，是那种人走过之后牵牵绊绊的美丽。有像谷穗一样的花束，也有小喇叭，还有软趴在地上的小杂花。湖边四面山坡都是树林，小路从中间悄悄穿过，像人工湖的目光。人来湖边，只听见说笑声，看不见人影。本色的木屋、木桌椅如童话一样出现了，我疑心可以遇见七个小矮人。靠水的栏杆把一圈花围上来，粉红的，淡紫的，像少女项间柔美的真丝围巾。在这样蜿蜒曲折的湖边小路上行走，就是时光里的享受……

看过音乐喷泉吗？西安人叫"水舞表演"，我觉得更准确。当科技与自然联袂取胜，当水色与光电决意翻新，我们就把惊奇的呼喊从肺里放出来，那是开心的烟火。

音乐起，慢歌，那些一如荷花短梗的喷泉口便苏醒了。慢慢地奔突，像水开了，像吐出一声问候："你好！"然后音乐声增大，远处的一排喷泉便如万船竞发一样，加大油门向前奔。于是，身后是烟雾，前方排成菱形的喷泉阵开始了浩大的水的舞蹈。灯光开始变换，背景变成粉紫，童话故事上演了，有粉色的风车旋转，好像王子要来了；又有紫色的水的烟火突然一蹿上天，在空中炸开，然后落下，伴着哗哗的水声。换一支曲子，慢起，似乎仙女的水袖甩起，袅袅婷婷，深情款款，组成绽放的莲花，那么柔美，是拜月的莺莺来了吗？果然，月亮就在头顶，就在水花之上，是最醒目、最庄重的点缀。有水花的龙向月亮追去，月亮许是害羞，躲在云彩里。乐曲变得铿锵有力了，是进行曲，大片的水柱成了欢乐的海洋，像无数舞女红的衣装，红的头饰，红手帕急速抖动。啊，好日子，红火的日子！激光光柱变成金色的一片，像璀璨夺目的珍宝，也是慢慢褪去青涩、慢慢变得璀璨的金色年华。背景一波一波地变换，蓝色、绿色的水箭不断追击，不断升起，观众的惊呼一声接着一声。突然，音乐停止，万籁俱寂。雨丝悄悄飘过。远处的飞机呼啸而过，像一枚胸针，又远远地隐去了。

从新舟到水舞，这样的雨天让新区轻灵。远处依然是一幢幢生长的钢筋森林，不久就会有玻璃外墙的大厦崛起，亘古苍凉的土地上那巨大花园开始流光溢彩。此刻，人工湖的水舞就是最美丽的花朵。雨丝沾湿发丝，洁净的柏油路面有了水波一样明艳的柔情。花灯耀眼，楼宇的倒影华美。回去，是不是映过身姿的地方都可以摸到心灵的温度，不管是归人还是过客？再见，新舟。再见，人工湖的水舞。

# 高原印象

## 一

17日早上一睁眼，看到的就是可可西里了。不知怎么，心里有一些激动。这个地名让我感受到的不仅是遥远和荒凉，还有恐惧和无序。

往事如风，可总有一些东西沉淀在记忆里，生命因此而丰美。如同这次的西藏之行，我知道自己不仅仅是去阅读那些风景的。

目之所及是高寒荒漠，远处是低垂的彩云。朝霞的可爱让我忍不住去拍，虽然知道逆光不能表现最美。近处的草皮显出可爱的绿色，生命的脆弱和顽强露出本来的面目。白霜牢固地粘在一棵棵草茎上，石砾如头顶白霜的生灵在茫茫草原上排列而来，我似乎感觉到它们在呼啸。这种无边的博大、原始，大自然正在述说。看了一下海拔表，4500米，快到唐古拉山了，心里升起一种期待。

云是那么低，天空是那么近，看不够，也拍不完。有经验的同行者说，远处在下雪。这才想起刚刚看过的雪山，或者如棉絮裹头，或者如白绒簇拥，美极了。大大小小的湖泊飞驰而过，映在水色里那碧蓝的天光，正在上演一幕一幕纯美的童话。扑面而来的潮湿的风，告诉我们那些绝美风景永恒的原因——有水。因为有水，生命便不会绝望，那些绿色、水洼、云气、流霜都是水的儿女，即使严寒肆虐，即使无数牛羊啮食，我们依然能看见生命的气息。

一行电线杆始终与铁路并列而行,似乎没有尽头。车里响起《天路》,是谁在铁路建成之前,沿着文成公主的足迹将电线修通?又是谁伴着铁路,在戈壁上用青色的小石板垒成一格格的小房子?

车厢里在添加氧气,但头还是有一些晕,忍不住给儿子发短信,告诉他什么是高原,但儿子还在埋怨我没有带他。该怎样评价这片高原呢?格尔木虽然有大片裸露的土地诉说自然的绝望,但是呼啸而来的湿润的风,还有那些游牧民族追逐的脚步,那些顽强的苔藓,那些等待牛羊的草场,那些山脉正像张开的手臂,欢迎这列气势雄壮的列车。荒原是仙女的绿色的裙裾,而列车和铁路像极了拉链和拉锁,给原始的美丽添上时尚的点缀,又怎能说不美呢?

流云渐渐地浸没山头。一边看雪山时而厚绒时而浅絮地上演风姿,一边没出息地想念我的家人。思念从一出门便开始,心儿却要放逐原野。我祈祷唐古拉山带来别样的感受。

## 二

进藏的火车上一直有热水,洗手很方便,耳朵里是各种各样的藏歌,感觉很温馨。

窗外与铁路平行的还有一条河流,这就是沱沱河了,许多年前在教科书上见过,如发辫一般,时而分散时而纠结,我总是不理解,今天终于看见它作为河流最自由、最奔放的形态了。它是河流,是湖泊,也是沼泽,是小溪。它静默着,没有河岸的约束,也没有固定的沙洲与小岛。河流与陆地自由转换,没有岸,所以它时而披散头发,时而形成一个个晶亮的湖泊。每一个小湖泊都在沉淀着一些东西,倒映着一角蓝天。微风吹来,水波粼粼,天的灰蓝与雪亮、蔚蓝与浅红不断变幻着,是梦,是歌,是画,却有光与影的旋律。我想,这是大地不可言传的舞蹈。

远处的雪山万仞雪亮，在阳光下上演着一幕幕热烈的神话。太白太白的色彩，太厚太厚的积累，让所有的色彩都失去了亮丽。太远的距离，任谁都会想象那里有神仙，有传说，有神秘的自然力，而且神鹰一定无法飞越。在神奇庄严的大自然面前，我只能沉默，无语赞美。

云雾起了，很近的山看不见头顶，一层薄棉絮似的云遮挡着我的视线。那神秘的云雾究竟掩埋了什么？许多故事，无尽情仇，还是历史纷争？

## 三

唐古拉山在期盼中终于到来。骄阳似火，草色淡淡，有一种辽远的安然。线条柔美的唐古拉山主峰亮得如同巨大的白炽灯，或者银子的山，镶嵌在天地之间，感觉那么神秘，有一种脱俗的风姿，切近而遥远。车站在眼前急速飞过，在海拔5000米以上，只有铁路才能表现出人类的痕迹。偶尔有一只金雕落在电线杆上，却也那样渺小。列车员说以前这儿也会停车，可是旅客总不能按时上车，都要拍照留念，所以现在我们只能和唐古拉山遥遥相望，却不能呼吸和感受雪风。忍不住有一些遗憾。是的，高海拔和冻土层让国道变成土路，铁路要依靠暖气管道来维持。可是，毕竟今天我们可以用自己的眼睛来朝拜这座神山了。

车停在一个叫作扎西藏布的地方。没有人下来，因为这里是无人区。云彩舒来卷去，尽情演绎天空的传说。云影投到大地山川，恣意抚摸这神奇的土地。

被冰冻和温暖过的白色石头山放纵地展示着自己的创伤——风化的石头汹涌而下，连流下的雪水也变成乳白色。这条狂乱而奔放的河流陪我们到了拉萨。它写意地划过高原，回转奔走，绕过形形色色的山峰。

美丽的拉萨终于映入眼帘，典型的两山夹一河的山城模式。举世闻名的布达拉宫，藏胞神秘的生活方式和各种神奇的传说，使这座城非同凡响。

我看见了白色的墙、黑色的窗和红色的顶，听到了远古的传说和战争的故事，看到了金子铸成的佛像和虔诚的膜拜。

我等待着，在辉煌的宫殿前面，在高高的世界屋脊之上，在无数传说的光环笼罩里，看见一个容光焕发的民族和他们高昂的头颅。

# 冶力关的红桦树

原以为"冶力关"是藏语，到了甘肃康乐和临潭交界处的原始森林，才知道"冶力关"就是"野林关"的谐音。关锁青山，林藏绿水。青山大而遥远，攀山的路上似乎触摸到了山的心脏，而我尽可能地藏身森林，听懂青枝绿叶的语言，吐纳丰富的氧气，或者沐浴一身葱茏，让心情和空气一样潮湿而柔软。

冶力关的林海阐释着大自然的柔情、博大、深沉、包容。水泥小路和不多的亭子是路标罢了，无碍林区的自然。

这是怎样一本木质的大书啊！杉类高大挺拔，直刺青天，威风凛凛；矮一点的是乔木，桦树最多；七月的灌木上挂着一些浆果；蔷薇、忍冬团团簇簇；莎草等贴地而生；蕨类和菌类潜伏在树根旁，苔藓再补上所有空白。一座山的绿色，像翡翠里飘荡的温情秘密。

我不是主人，只看看紫果云杉细腻的质感，摘几颗透黄的蔷薇果，野石榴像红唇一样诱惑，点燃内心火一样的热情。生活美好，我接受来自大自然的问候。我是过客，像拉锁一样，森林在我身后依旧天衣无缝。

再次阅读冶力关，让我深深震撼的，是红桦林。

血液一样的树干下面藏了活命的水，猎人用刀割以后，树皮像旗帜一样在风中飘舞。太阳光穿过层层封锁，透视一样地映照出树干的红色，热烈得近乎悲壮，好像大地的血液立体地悬挂，情绪激昂。一瞬间，人类社会里诸如革命、爱情之类的东西涌上来——每一个生命都历经了艰辛。

冶力关的山泉成溪成河，逐水而生的是柳树，在山脚下，枝叶肥硕青碧；在山顶和缓坡上攻城略地的是云杉，王者风范，霸气豪迈。只有红桦树，牢牢地把住陡坡，树梢、树根接力棒一样传递绿色，完整了一座山绿色的梦幻。

血液一样的树干，点破一山的苍翠，像碧玉里赤色的纹路，清晰地勾画，生命的走势一目了然。它没有冷杉狂放的长势，清瘦单薄，也没有杨柳繁茂的装饰，平常质朴。它顽强地占领山坡，以向上冲的姿势崛起，红得像火，绿得如云，悲壮得如战士。即使泥土承受不了这样强大的生命，有一些滑落，导致桦树倒挂，但它依然红枝绿叶地生长。哪怕最高处永远不能到达，哪怕此时就是永恒，桦树依然在松涛里发出喝彩，那是来自灵魂的自信。我喜欢这样的风骨。

一路的桦树在风里拍红了手掌，那不是送别，而是扬起的猎猎战旗。就像无数平凡的面孔挂了美丽的笑窝，就像步伐匆匆是灵魂永恒的姿势。

我陶醉于冶力关的红桦林。

# 烈日当空登莲峰

日历上触目惊心的 30 号总提醒我不能虚度这美好的暑假时光，于是驱车去莲花山。

景区门口的售票员在造型古朴的窗口，一个人守住一川烟草，像一个出世的隐者。

为着这样一份淡然，我想当然地以为这是一个小景点而漫不经心。登上莲花宝殿的台阶，看过雕梁画栋、飞檐翘角的建筑时，才知道这儿的清净曾经吸引过广成子，接纳过静思悟生的孔子，佛教和道教共享这美丽和深远。

树木掩映中拾级而上莲花山，苍松翠柏不曾空寂。阳光静了下来，虫吟碰撞在树干的苔藓上，湿湿地回荡。空气似乎是绿的。在这样的小道上行走，忘了红尘，我是一个参佛的僧，一步一步，好像在打捞被尘俗渐染的心。云雾无踪，碧玉的莲绽放在苍穹；路人无影，生命的步伐赶上心灵的原初。

两旁的树是小叶杨、旱地柳、栎树、小槐树，还有不少红桦树和白桦树。树下的泥土是油油的黑色。纤柔的小草开着浅紫、黄、白、粉的花。

头道天门是小山的关口，也是路的结。之后陆续出现的天门其实都是山嘴，也是安抚人心的路标。坡度几乎是 75 度，海拔迅速升高。日光从树缝里透下来，斑斑点点地打在身上，没有热。浓郁的湿气像要扑透衣服，夏日的酷热消散。树林阻断了视线，看不到远方，等到登上天门的二层，才看见离地面远了，梯田如画，流畅的线条完美演示了山的圆融。河流从远方旖旎而来，水袖一样飘舞。而莲花山大大小小的峰顶被浓翠包裹，圆润而别致，只看见主峰上的玉皇顶，精巧地点缀在最高处。蓝天白云丽日晴空，明艳得如美女头顶的发饰，只一眼，就感觉心旌飘摇。忍不住给自己打气，抹掉头上的汗水，向前走。

脚下的泥土渐变，有大块的石头探出身子，阻碍前进的步伐，也有山石突兀地出现，形成关锁。乔木让出疆场，灌木一簇簇地占领山体，和白沙岩形成斑驳的"花"。绝壁和悬崖掩在绿色之下，陡峭的只有路，山自是温情脉脉。白云在山顶上热烈地变幻姿势，劳累让双腿打战，欲望让眼睛不舍。道路越加艰险，石凿的、石垒的，或者就着山势转弯的。大树装饰了看不到底的沟崖，我不知道害怕，只知道有无尽的台阶和漫漫长路。不能回头，远方就挂在天上，没有捷路。等到了夫子庙，终于感觉苦尽甘来。

我们休息了一下，看香火还盛，也看见藏文的学生用书被摆放在香案上，有一种让人积极的感动。恭敬地上香磕头，为着一种内心的赞美，我的神是我自己。

地势开阔了一些。看高高低低的山，圆融的山头被树木装饰得更加含蓄。大地炸开一朵绿的莲花，一瓣一瓣，像美丽的笑容。抬眼望去，山顶在云里，清清楚楚，一曲《天路》，深情的赞颂此时此刻熨帖了我的疲劳。

面前是环形路。喝茶的景区工作人员劝我们不要去，说路险，钉了铁链子。无端地觉得好像抛出的套索套住了峰顶，或许牵着白云，或许由此可以找到天空的密码。

路突然就陡了起来，山石突兀，巉岩高耸。许多地方的路就是挂在石头上的台阶，像天梯。白色的巨石甩掉了柔软的泥土，闪着白光，在通往山顶的路上横空出世。突兀的巨石像一个个无畏的孤胆英雄盘踞在那里，见缝插针的灌木和小草悄悄地烘托着这些巨石，像英雄的花环。

心惊胆战地攀上一块块巨石，侧身挤过石缝，再拉紧铁链垂直爬过石头峡，玉皇顶就在眼前。蓝天白云之下，整个莲花山就在我的手心了。远处的梯田只是一个美丽的花托，我把它插在记忆里。

下山的路是之字形的台阶，许多地方是穿林而下的捷径，我们走得很快。天色开始暗淡，有松鼠和飞鸟在高大的云杉桦树间跳来跳去，人来不惊。夕阳被树枝滤成光斑，在我们身上晃过去。看一眼表，上山六小时，下山一小时。

我是穿山而出的隐者，云生知处，不问红尘。夕阳下，泉水淙淙，松涛开始澎湃。

## 为官滩去，从太平来

我喜欢这样的旅游：景色够美，文化够厚，人员够"和"。景色的美是千奇百怪的，山石花草，水流桥路，入了眼的便是美的。若是能在当地人家生活几天，感受一下人杰地灵更好。乃至同行者，有说有笑，若有共同的认识和爱好，更是乐不可支了。

穿越太平沟至官滩沟之行，就让我尽兴地玩了一次。

清晨，我们出发了，车子一路颠簸，终于甩掉了黄土的包袱。路旁田地里各种长势正旺的庄稼，苞谷、洋芋或者蔬菜，有花香和了泥土的清新。穿城而过的河流长着泥色的脸，像土地的血液一样。已至大暑，需要用阴凉来安慰眼睛和心灵。

太平山下的村庄安然静默，村口的各色标语、各家对联里的质朴内容安宁祥和，榆树、柳树掩映下的白墙木窗自然安闲。沿山沟攀爬，前人的脚印就叫山路，藏在柔软的杂草之下。山势渐渐加高，回头望，对面的梯田整齐地梳理了远山，像俊俏女子的发式。晴天白云，让人不免心生向往：山那边是什么？

山势和草的长势忽然变了，大簇的柴几乎要遮住身子了，我们的队伍变成了各色珠子穿成的链，弯弯曲曲地垂挂在山上，前呼后应的声音打破了寂静，甚至忽略了那一声声鸟鸣。及至牛群和马铃声突兀出现的时候，才感觉高处更有看头。海拔达到3300米，我们相当于爬了四百层楼。脚下的路泥泞起来，有山泉渗出，不知源头，能见所终，好像是大山终于忍不住回眸一顾，清亮亮地挂在山上。石头插在山上，我们小心地踩在上面，两旁丛生的小树做了临时的拐杖。

回头望望，山披了厚重的毯子，像盛装出席的女神，自然有一种华贵。山脚轻柔的草蔓是纱边，山顶茂密的树丛是繁复的花结，一种雍容大气之感扑面而来。夏天唱响了绿色的旋律，清凉和幽静正是神韵。艳阳被树丛过滤了焦灼，只留下明媚。山顶亦是豁岘，有青石垒成的路标。清风无色，有几分力度，跋山涉水的热汗顷刻消散了。对面的马衔山雷达站白云缭绕，神秘莫测，那是陇原最高处。

俗话说"上山容易下山难"。词里说"曲径通幽处"。诗里说"高高此山顶，四望唯烟云，下有一条路，通达楚与秦"，都一一应验。

官滩沟的树木如烟云，蓊蓊郁郁，只一眼，心便柔软。从山顶叶子肥厚的高山杜鹃开始，一本植物的谱序渐次打开。先是灌木牵衣：沙棘、野樱桃、花楸树、榛子，脚下是苔藓、野草莓、蕨菜，当然也有穿裙戴帽的蘑菇，接着便有了桦树、山杨和栎树，忍冬、山梅花、小菊花、枸杞夹杂其中，鲜红的浆果小灯笼一样挂着，摘一颗，酸酸甜甜的。快到山脚的时候却出现了高大的云杉，树王一样伟岸的身材，整齐对生的侧枝和针叶，凛然不可侵犯，枝干上贴着"登山终点"的字条。

山是大地开放的花朵，树是山青春勃发的神采，而小路是了解山的密码。树冠虬枝遮天蔽日，清凉的气息沁人心脾。踩石涉溪的左旋右绕，水响泛声，树卧成桥，鸟鸣如歌。泥地的马蹄如官印，林间松针似厚絮，空中山岚如轻纱。小心翼翼地把每一步放端正，踩实走稳，躲过拦路打劫的横枝，拨开殷勤挽留的刺条，再辨清假意温存的苔藓，凝视专门等人倾倒的水浸的石块，慢慢前行。同伴们互相攀扶，折干枝做手杖，拉紧树干当支点，一步一挪地下山。忽然间，我觉得自己是森林女神，从远古而来，去窥视人世繁华。我们身上是水气，鞋上沾泥色，心里无尘埃。采一束花朵，编一个草圈，夏日的美好让人忘记生活的烦恼，一切不幸烟消云散。

等到和同伴们拍照的时候,才知道这样的时刻是很让人眷恋的,那是美,是快乐,是来自大自然的抚慰。心很明朗,景色便格外美丽。

这里是明代肃王府的官马场,青青牧草喂养了千里神驹。今天,我把心灵放牧山野,目光如炬,穿越千山万水,思想的铁骑跨过往昔历史,我把自己摊放,我就是官滩沟的一棵小草。

迎面的马队盛装而来,猎装的女子威风凛凛。湖面上小船的漂移,农舍里烧烤味的流窜,路边叫卖声的随处可闻,交织出夏日景点的繁华。哦,太平盛世,人流如织。从宁静的山顶出发,我喜欢这样繁华的出口,就像从贫穷的过去而来,我贪恋美好的今天。

归去的高速路笔直而通畅,像我明朗的心情。为游官滩沟而去,最终穿越太平沟而来。美在我心。

# 坐听梨花风起时

告诉自己春天不可以深情，花红柳绿不过是轮回的风景。只是这一年的梨花之约，漂白了红尘滚滚里逐渐染色的心情。月光一样白的，棉花一样白的，水色一样白的，是淡泊。淡泊不是淡漠，如同梨花依然可以被称为俏丽。

愿意在此时和你对坐、对饮、对诗，然后听风从枝头擦过，一袭梨花白飘过心海。我没有醉，迷离恍惚了的，自是昨夜的灯红酒绿。我不贪恋远方，家园尚在，且听这一川梨叶沙沙，看花瓣翩翩起舞。

## 一

如果在四月，你来什川，仅仅十天，占你一年时间的三十六分之一，你可以约会梨花。

上万亩的梨花啊，闭眼的时候叫花海，一定是炸裂的白云，一定是串起的碎玉，也一定是配饰的琼花。一定是缠缠绵绵到天涯，也一定是一川白色云烟滚滚，像你激动的心情。天格外晴，光色格外亮。但是，等你山一程水一程地到了这个地方，等你在许多转弯里极目远望，等你移步梨园，你会发现不是这样。连片的梨树不是海洋，只是一个一个被分割的梨园，甚至只是被建筑或者道路分割的棵棵梨树。更多的树，在路旁，在墙角，甚至藏在房背后，或者被各式房子围起来。她不是远远的海，也不是淹没你的浪，还好，她就在你身边。

　　许是上天豪情的写意，一杆大笔的涂抹，让清纯的白漂退了黄土的浑浊，也中和了树干的灰褐，眼睛和心情同时被点亮。看吧，半山腰的梨白幻化成一条纱，是半透明的配饰，朦胧成一种诱惑。近处的白，就是新娘雪白的礼服。一树一树，夹杂在高高低低的房子之间，半露身子的或者撑出整个树冠的，就是缀上去的画，就是半遮面的美人。美是美矣，绝不浩大到惊心动魄。所以怀念过去万亩一园梨树白的浩浩荡荡了。

　　梨树不是杨树，很低调，也很沉重，越老的越是这样。虬枝强劲的走势就是凝固了的舞姿，像草原汉子停顿在一个鼓点上，青筋暴突，力量随时要爆发。其实我觉得树干更有看头，像过往的岁月，而梨花，不过是其唇边的一朵微笑，向春天报告："我来了，我还在。"几百年的风雨雷电，今夕何夕？坐听这样的梨花，生命的呐喊从地层深处呼啸而来，甚至携带了河堤下的涛声和透亮的水色。这样的微风里，一个长者在娓娓道来，故事虽不精彩，但绝不乏味，情节和年轮一样起伏，笑容如树皮般苍老古朴。梨树一定没有落寞，一定会用这纯如玉色的花收集阳光，然后把自己红色的表情表达到果实上才沉沉睡去，在来年被东风唤醒。

　　走进这曲曲折折的巷子，你会在矮墙、石阶、走廊，甚至屋檐旁边找到梨树的枝丫，它们甚至会从院外茅房探头张望。我想，潘金莲的惊艳不过如此。屋檐下洒下落花，清洁静美地玲珑，零零碎碎地美好，在太阳下反着白色的光。这样的梨树绝对不张扬，色素形拙，但绝对不瘦，绝对没有被修饰的挺拔。就好像一个随处可遇的庄稼汉，俊朗的脸上有质朴的笑容，也有鼓起的铁一样的肌肉，汗珠在阳光下熠熠生辉。这样的梨树让人亲近。春华秋实是最朴素的故事。

　　这世界，有多少东西越来越离开自然和亲切了。造物主给我们的许多东西，正被一双双刁钻的眼睛审视和改造，也正以越来越快的速度离开原初。比如美丽的脸上整容的痕迹；比如肥沃的土地上被种植的钢筋水泥飞快地长成高楼大厦。万家灯火的夜，绽放不出一个灿烂而亲切的笑容。

多少事件都在上演，需要化妆和排练。多少语言被舌头和牙齿精巧地安排后花样百出地吐露，比梨花绽放来得从容和复杂，也更有色彩。

梨花来了，东风的嗓音依然婉转，耳语一般的天籁，挽住这一袭洁白。悄悄地来了，像我调皮的姊妹，缠缠绵绵地粘在枝头，或者飘落屋檐下，散散漫漫。或许就是一首轻盈的小令，婉约的调，细腻的情，缠绕在身边。

## 二

在这样的晚上，世界沉寂。在这样院子里，梨花幽静。这就是什川。

暮色笼罩了大地，高山和河流都掩藏起来，人们把自己盛放在屋子里，关上门，再把梦放在睡眠里，如此安然。

只有梨树把自己放在风里。春风还在，清寒尚有，一些花瓣如泪痕一样，让大地斑驳成伤。

我不知道喧嚣从哪里出发，又向哪里前进，风中的落叶被裹挟着匆匆奔走。我一世的心思和理想在千山万水的距离间相顾无言，心思像浪潮一样，从当年拍到现在。或许我们从来就没有离开过故乡，但是心思经常背离原来的方向，所以疼痛，甚至悲凉。

这样的时候需要宁静。

这个有梨花飘落的夜晚，这个包裹了果儿的梦的夜晚，这个花香驱赶尘俗的夜晚，梨花无声地把所有的风都悬挂枝头，有些小小的、细碎的声音。鸟儿在最高的树上做窝，有技巧的花式睡眠啊！微动的树枝啊，被绵软的梨花打扮得有些憨笨，好像清风明月都被打捞到花蕊里面，是甜的粉，饱含生命的粉，在无人知晓的晚上，耳语一样地传递爱情。

这样的幽静是万亩梨花共有的。梨花没有松涛的悲愤，也没有白杨的倾诉，更不像杨柳的邀宠，只是静静地绽放那些月光的白，河水的亮。

把心收回吧！向生命问好，给灵魂减负。素面朝天的白也是春天灿烂的颜色，梨花一样的安静也是生命的状态。从春天开始的步子，无论走多远都会走到秋天，也都会被冬天亲吻和收藏。

有鸟儿飞过，有无声的雪落下来，那是梨花白。收藏这个夜的宁静，梨花的宁静和自己的宁静。

## 三

因为文字，我认识了老魏；因为老魏，我问候了梨花；因为梨花，我触摸到古梨园的疼和伤。

有鸟飞过，有雪浪打湿船头，有阳光热烈的目光，有香茗和了你的话走进我的心里，让我聆听天籁，听那些心底的呐喊，听那些流不出来的泪水如何疼痛，还让我把这白色的疼痛数一数，直到它变成和血液一样的苦和咸。

上万亩的梨花啊，400年以上的老梨树就有9000多棵！树冠是华盖，是遮挡目光的屏障，是春天白色的幕帷。秋天，它们可以挂起灯笼一样的，闪着亮光的果实，又在冬天辞谢树叶，像告别华服的侠客亮出宝剑。呼啸而过的北风染了霜花，苍老了容颜，却也坚固了铁杆铜戟。

这样的时刻，我在谛听。老魏的语言不疾不徐，每一个动词都在寻找那个准备支配的宾语，好像什川的农民，抬着戗杆准备套上早就看好的横木。眼睛在黝黑的脸庞上方射出更黑的光，捕捉我脸上更多的疑问，好像叙述他的家事一样熟悉地叙述这一切。果树、药材、土地、河流、祖先、民俗，再加上文字，所以我知道了他的足迹，甚至知道了他当年纯洁的少年初心……往昔美好，推开窗，梨花依旧像当年明月一样洁白，而他的心灵，沿着花朵的芬芳，走向根系的深处。

在香茗的雾气里，我终于剥离开醉人的芬芳，提神的，是那些苦味；悲凉的，是那些事实：万亩梨园的三分之一被别墅占去，还有不知多少人，为着一己私利，给活了四百年的梨树处以极刑。那么多的梨树被隔离，直到香雪海变成了一个一个小小的梨花的池塘，直到河边是一排排红色别墅俗气的倒影，直到流水忘记那片白，浑浊的眼泪，压抑的涛声，好像心伤难愈……

不是说树王、树后被膜拜吗？不是说十字街的大槐树护佑一方吗？不是老树成仙幻化成画家笔下的美丽少年吗？不是每一棵老梨树都和祖先一起长大吗？不是合抱的粗干上刻了名字吗？怎可以斧钺相向，刀锯横割呢？我相信，每一幢别墅下面都有梨树的精灵在深夜里叹息，像祖先无眠的呻吟。河边的梨花柔曼成轻纱；河里的倒影飘荡成相片；花瓣飘零，像远方，也像诗。此情此景，怎堪追忆。

让我在风起的时候听这些悲凉吧！以免有一天，我只能给后代一些图片来认识这样一个叫作什川地方。疼痛在我心，好在脚步还在，我还可以微笑着前行。

在阳光下，我依然听见风起的声音。梨花似雪的美，怎能抵过眼睛里的欲望？苍老梨树的生态价值，怎能熄灭眼睛里这些咄咄逼人的威势？谁理解多年后那些从远方来朝拜的眼睛里的惊喜？谁总结先祖朴素的智慧里的精巧？又有谁知道我们匆忙追逐的不过是虚妄的繁华一现，不经意割去是梨树的命、智慧和财富。安慰内心的或许只有目光，倾听声音的是我和梨花。好在梨树的代言人是老魏，好在我还可以和许多人握手，珍惜地看着这些梨园里永恒的土著。虽然我们不可以承诺什么。

且听梨花，且听美，且听灵魂深处的呐喊，且听多年以后真心的欣慰。

## 四

夕阳留恋地最后眺望了一眼山山水水，就把目光躲到了卧佛山的背后。阳光逐渐坠入灰色里，天空慢慢地黯淡下来。飞鸟急急地找窝，水声早被拦在大坝里，世界安静下来了。

暗香侵袭，那是牡丹、槐花和少数迟开的梨花。我的茶水已经喝尽苦味，就着杏脯的甜，坐听梨花风吹起，还有什川的前世今生。

这样一个梨园，从哪里来？是谁插下第一枝梨树根？是谁第一次嫁接，第一次收获？是谁第一次把硬如石头的十二月冻梨化开，送到口里，感受那一勺蜜一样的水？

历史的烽火随白云消散，传说的神秘还在心头盘旋。是不是，一个关于传统和习俗，文化和景色的什川正向你走来。

黄昏适合谛听，暮色四合的此刻可以狂热地触摸梨树的根系，然后沿着它走向黎明，走向一个文化的清明时刻。

是谁接待了那些官员路过的辉煌，让接官亭的地名在土窝里闪光？又是谁打断了鲁班造桥的美梦，让多少渴望的眼神变成汪洋？明长城犹在河边高耸起心中的敬仰，兵家必争之地的四面环山、三面环水又是怎样的固若金汤？屯兵的地方，谁用十字标出了心中的坐标？血与火的演绎，力量和心机的较量，正义与邪恶对峙；冰冷的箭镞，晨起的钟声，猎猎的旗帜来过，去也！胡虏血肉、匈奴马蹄、西蕃刀刃，怎可黯淡美丽女子的笑容？让那些无所事事的鄙陋之人离开吧！让那些团扇佳人和无聊清客们自我放逐吧！让那些躺在树下把香烟抽成云烟，把果子当成馅饼的懒汉自受穷苦吧！天把式把鄙视的目光丢给面朝黄土的庸碌者，也把一个英雄式的微笑丢给那些蝇营狗苟、自诩为替百姓担当而且自认为满腹委屈的势利小人吧。清者自清，梨花自白，大浪淘尽英雄，云烟消散恩怨。美好的传说还得叙述，不老的心事永远明艳，就让我继续听你诉说。尽管烟草继续迷离，我的心却美好地触摸过往，然后再流传一段佳话。

暮色归鸦般飞翔，驮两翅乡愁的是远方的游子；向晚的骊歌在红绿的灯光里缱绻缠绵；对着风声，让萤火虫细数那些历史的馈赠，让心浸润，然后美好地拥抱一帘幽梦。让我在你的声音里沉思。

轻柔的梨花担负不起沉重的过去，漫漶的文字在石碑上不忍诉说悲伤的过往。碑也，悲也！匍匐成一座桥的姿势，背负了多少脚印。跨出或者停留，好像背负着历史的使命，把一些迷茫的心灵安抚。是也？非也？这一个姓氏源远流长，魏氏子孙的名字早被编上密码，好像不曾谋面的先辈遥远的凝望。对吗？错吗？槐花朵朵，长廊的空寂等待落叶的归队，这一川树木萧萧都是远人的足音。我必须谛听，血脉清晰地流向心脏的回响。

那么，这样的春风必须沉醉，这样的墨色笼罩里，我听见繁花似锦。我听见煮锅峡的热忱，猛虎啸天的悲壮，情人吻别的凄切，我也听见元宵夜花灯初上的喧嚣，听见梨花开了，蜂蝶讲述爱情的秘密，也听见树叶浓荫里鸟儿的婉转，鱼儿跃出水面，用尾巴拍打一河的月亮。

一卷天书已经打开。鲁班老去，谁在这片大地上书写？悬笔勾心，垂露如泪。你和我将要展现怎样的内容？文化、习俗和民间烟火，接受又传出的时候要加上怎样的分量？鼓子的韵脚是否沉重，那些别样的旋律是不是一定要用苍老的喉咙来表达？梨花朵朵，枝头炫耀。天把式手里的活，难道是农民最后的表演？是也？非也？

那一年春天到了之后，锣鼓喧天里飞扬的情绪和精美的戏曲场面不是为了表演，摸过粗糙树皮的大手正在奏响时代强劲的旋律。我没有忘记，我没有忘记，我肩头背负的是文化的行囊，我双脚踩过的地面不长苍苔长足迹。乡村衰败，乡愁更重，迈过苦难的脚步不是为了回归的时候找不到凭吊的哭墙。面对一川亲人般的梨树、梨花，我们怎样才能表达赤子的衷肠？痛过，思过，才是来过，爱过。

　　让我听吧，梨花落去后的雨声。风早起，那些眼泪汩汩，像造势的瀑布，给你和我一个沉重的叮咛：爱着，守着。这是你的家园，这是梨花的家园，这是子孙的家园。而风已经很大，雪浪卷上船头，还酹山月，我和梨花一起开放。

# 草原小记

仔细一算，已经去过许多名山大川了。时间一久，若不是写成文字，认真捋一捋，怕回忆的时候就只剩下奇闻轶事了。倒是一些人文景观还能清晰记得，比如大观楼的长联、昆明湖的石舫、扬州的评弹、陶然亭的亭园、西安碑林、泰山金石峪等等。我记得余秋雨说过，西湖的典故太多，从某处跳下去，游到另一处上来，仔细想想，就是某两位名人的故居或者坟墓。余秋雨觉得名人们稀释了景色里的纯美，而我觉得没有足迹的景多少有些空旷，即使想再深入，也找不到路径，像面对无字的碑，尽管浮想翩然，却也终归是茫然了。

这次去草原，纯然进入了我所不喜欢的空旷之处。一本厚实的无字书，每一页都天高云飞，草色萋然，而我除了用心灵触摸那些山头和云朵，连脚印都不会留下。我渴望在某处，与一个长者不期而遇、侃侃而谈，阅读他的一生。除了寺院，没有这样的地方接待我逆流而上的目光。但寺院绝不是草原的主宰，一岁一枯荣地贴着大地的草才是。生命起于草归于草，静静地强大，强大到链接尊严、信念和万古的赞叹。

一路向南，桑科草原又到了脚下。上一次去是七八年前，因为交通事故，到达的时候已是暮色四合，伸手不见五指了。没过脚踝的草上的露珠冷得难受，锅庄舞会和篝火虽然商业味浓，但藏族小伙子灵巧而劲健的舞姿，严谨而奔放的舞步还是博得了我们的掌声。今天又来，那样的舞会，那样的歌声，那样本色的表演还有没有？唉，我和草原没有约会，刻意寻访草原的美，是我目光的艳遇。

马匹很多，没有奔腾，只有悠闲。五彩经幡，被串在绳子上围成大的圆丘，装饰一家家牧民小院，让草原艳了许多。桑科并不开阔，两山夹一川，中间是浅浅的大夏河，沿街是藏式的店铺和牧家乐。

草原在牧人的马鞭声下安静而闲适。太阳火烈，凉风扑面，随处都能安营扎寨，哪里都是牧场和家乡。白色的藏包分散到各处，随遇而安，逐草而居。除了草地、草坡、草山的黄绿就是羊群的白色。没有建筑，视野开阔起来，远处不见山，目光无遮拦。山川一色地黄绿，有软绵绵的温暖。向上是蓝天白云，似乎从天而垂的一张大毯子，接住了散乱的羊、无主的马以及悠闲的牧人。我的目光读过这一页。马蹄无声，炊烟飘起，晚霞在山头橙红一抹，而山间草色苍茫，雾霭迷醉我的眼。

再向南，一样的草原，地名文雅得让我惊呼："奥去乎！"这哪里是藏语，简直是文言！在几个"去乎"的地名之后，在"阿木去乎"的道口，我选择去碌曲。路左右弯曲、上下起伏，随沟而至、随山而转。草色渐渐浓翠，好像从没有承受过羊蹄践踏、羊嘴掠啃，芳草萋萋，晴川历历。

早上的日出是草原盛大的分娩。近山苍翠，远山青黛，云色渐白，白到雪亮，亮到金红，强烈地一跳，一闪眼，太阳已经挂在山顶了，衬了一片橙红的霞光。牧人急急地赶了大群黑牦牛入川、上山，它们从容不迫地爬上坡，直而齐的黑色长毛摆动，像姑娘的超短裙，眼神镇定地看着大小车辆。羊有向两旁恣意生长的角，直的，像两把匕首插在头上。四肢修长，尾巴是小圆柱，卷毛紧贴皮上，看上去精干矫健，眼神里有灵气。真想牵一只最高大的回去，当我的坐骑。

山洼里的积水被晒起水雾，各个帐篷上空都有了轻烟，一时间烟霞流岚，草原被浸没了，而草上的水珠又在折射太阳的光彩，晶亮夺目。草原的清晨美如水钻做的画，草山平缓，轮廓曲线圆润，山川一体，同被一张大毯子覆盖，绝对没有一处破损或裸露的地方。小河从山沟流下，曲曲折折地穿过草场，墨画的线掩在草下。

这个地方叫碌曲，我认为是最美的草原。翠如云烟的草原，润如碧玉的草山，远山娟娟如黛眉，近山苍翠如田地。而牧人，在白底蓝花的毡房里喝茶吃饭。他们的牛羊就在眼前，只只可数，此时的人生当如神仙。

我爱这晴空下的山色，这山色胜过水光的媚，是质朴的初源，也是土地的语言，一泻千里，滔滔不绝。格桑花一棵棵地吐出娇艳的黄色，其实就是草原上的柴，扎入深土的根上裹了黑朽的皮，枝如枸杞，也有针刺，花却娇如迎春，只是小许多。山花烂漫，格桑簇簇健壮。蜂被成箱地带来，养蜂人的蜜，贮藏了格桑的娇美。雄鹰飞过，影子掠过，远古和未来来不及想。用心触摸山头，温婉的感觉溢满心怀。

许是山看久了就会思念水，水却从来不会离山独行。海子驻足，点破草原的寂寞。青蓝的天、洁白的云倒映在水里，与鱼和水草轰轰烈烈地依偎。似乎空间交错，上下空灵成一块水晶，船在云头驶过。我一只手在白云里取暖，一只手正握住水草的枝，写一首有灵气的诗，而时间已凝结，今夕何夕？

似乎不经意的一个转弯，草色浅淡，山头和山坡都被抛在脑后。有些只走一遍的路就是记忆的线条，串起当时的感受。比如身后尕海的颜色，梦一般的蓝，镜一般的亮，在草山草地的厚实里像玻璃一样轻灵，与天色相接时如眼睛一样澄澈，是草原通灵的心，也是土地明亮的眼，在阅读什么？风起云涌、春夏秋冬，还是霞雨流岚、日月星辰，或者饮食男女、红尘沧桑？不得而知。这一颗玻璃心置换出尘埃污渍，或者伤痛绝望，清洗眼底的愁怨，抚平微皱的纱样伤痕。静坐水边，凝望晴天，无边风月，此刻已是岁月陈酿。且受用，乘容颜尚未全改，半壳黑发尚在。

这一转弯就越过了山口，哦草原，另一种形象的草原！

若尔盖草原来了。走近，走进，再走进，终于走出，心灵经历了一次别样的长征。苍苍茫茫，有边而走不到，浩大到吞没眼睛的视野。若尔盖，天似穹顶，草似苇席，纵横驰骋，四方如一。牛羊的阵容主宰了草原，黑水河无声地流着。八方风云在天空蔚蓝的背景上热烈上演各种各样的美丽情景。阳光如瀑，奶牛喷射白色乳汁，温暖成一首民族诗，而牧歌的长调正被马背上的汉子用长鞭甩出。

汽车疾驶，是一把把匆忙的锁，公路直如拉链。经幡五彩的旗，草色永恒的绿，白的佛塔，转经的人一圈又一圈。哦！苍鹰飞过，它们的灵魂已在飞翔。

我看见了红军的雕像，述说了班佑河边牺牲了七八百人的悲壮故事。红色的砂岩矗立在草地的尽头，如凝固的火苗，顷刻之间，心被点燃。血与火凝成壮志，枪声和风雨交织成不朽，成就了草原别样的风情。让草滩讲述悲壮的牺牲吧，让草根和树皮讲述艰苦的穿越吧，让五角星的光和天上的星光一样闪亮，让红旗猎猎，西风漫卷，与初升的红日一起喷薄。草原的东方，因红军的脚印而告别寂寞和苍凉，村寨的风拍打木栅栏的门，伟人的名字照亮后世的无数时光。红军雕像面容清瘦而疲惫，人去无声，钢枪斜倚，而曙光就在前方，草原被希望映红。

过了郎木寺，白龙江源头的神秘仅是清泉一脉，小池一泓，小溪一条，在石缝里悄悄地渗出，不经意地如随便飘过的一朵云，居然汇聚成一条以龙为名的江，冲出山谷，走过村庄，奔向远方，水流急切，涛声喧闹。两岸绿意葱茏，草原和林带，平原和山脉交错前行，永远不变的是黄色面孔上平静的眼神。而草原是否青碧已不重要，草香浸透心野，杂色的花开在心灵深处，热烈壮观。

我来过草原，就在今夏，虽说我不曾带走露珠一颗。

# 望山抒怀

漫道而上,喧嚣戛然而止。循着时间的脚步,远古的诉说乘着宁静的翅膀漫天飞掠。

是上苍凝结的无奈,山皱起的庞大的鼻梁;是大地无解的情缘,山泛起土色的表情;是远方千回百转的心事,山的步伐匆匆。拜读这雄起的峰峦,开天辟地的传说纷至沓来,沧海桑田的变换如梦般上演。

用脚步丈量哦,心在拔升高度;用眼睛凝望啊,手臂指引方向。

花香和鸟鸣穿透金色日光的帘幕,带着浓荫的温度,和着风的舞蹈,熨帖被尘世沧桑揉皱的心灵。

雾在故乡,用精灵的睿智跳一曲水的舞蹈,把与阳光的缠绵演绎,升腾泥土的爱恋。

这堆积情感的山,这长满故事的山,这行色匆匆的山,春雨写意地抒情,野风猎猎地传唱,坚实的土壤和冷峻的岩石谱写自由的旋律。就让走势狂野的山脉舞一场水袖,飘逸灵动一如歌喉;就让站姿倔强的巅峰矗一座造型,地久天长一如誓言。

只是今天,就在此时,把膜拜表达,在山顶。

# 冬日况味

春天新芽萌发，花蕾初绽，而你不得不开始紧张，以狂奔的步伐追赶季节的含义。夏天原野葱郁，植物拔节，而你虽不懂意气风发，默默辛苦就是追逐成长的速度。秋天的色彩妙不可言，苍穹之下，山水同盟，万物萧索，演绎传说中的结局，而你也在忙着清点自己精神的行囊。回头看，似乎太仓促，春分连着夏至，转眼就中秋了。冬天来了，寒蝉鸣泣之后的一瞬。

这样的日子在重复。天色灰蓝，阳光灿烂，光的线条里有枯叶飞过。走过旷野，大声呼喊一声，回荡四周的苍凉。夜晚的时间格外漫长，梦境演绎心灵的传奇。炉火温柔，有爱和温暖对抗窗外呼啸的北风。

清晨走过熟悉的地方，忘记桃红柳绿和金风送爽。看街角的大树，没了树叶，一如卸妆的女子，朴素的褐色枝干上顶着稀疏的枝条，麻雀缩了脖子蓬了羽毛贴在上面，冷啊。没有雪，空气里的浮尘让阳光有些迷蒙。为完成风景而栽的整齐的侧柏蒙上塑料，树干上刷了白色的油漆，唉，冬天连风景都打包了，哪里去找秀色可餐的地方？

去广场吧，坐在蜡黄的椅子上，让青黑的铁支架吸收体温。广场舞大妈们的热情丝毫不能让气温升高。视野空旷了许多。干冷的风，悠扬的琴声，冬天是来了，歌舞在青春。

去公园吧，拾级而上，看树木被阳光挖空心思，山峦的瘦体无处躲藏，湖水结冰，裂痕无数，似抽象的画，反射青白的光芒。弯曲起伏的路面像古人的水袖，一定是寂寞的歌声里孤独的舞了，一如月下独酌后浪漫的李白们。石碑上的字依旧潇洒，歌颂和缅怀的意思和冬天的意境那样吻合。抬眼望，山巅宝塔在苍穹之下雄视周遭，忍不住怦然心动了。

冬天包围了我，冷风穿透全身，手脚冰凉，内心深处的寂寞水蛇一样游动。是，冬天确实五味杂陈。它有成熟之后的充实，充实过后的寂寞，寂寞之后的守望，守望很久的等待以及等待中永不泯灭的希冀。

不是吗？冬天来了，多少回忆里有汗水在发光，更不要说植物的成长，收获了多少黑夜的无眠，白天的繁忙，才能有此刻的安详。此刻，我的心是在田埂休息拭汗的农夫检阅的目光，是疲惫的母亲生育后甜蜜的喘息，是寂寞的行者到达灯火阑珊处的安然。我喜欢这样的味道，痛并快乐着。

冬天深了，日子是无底洞。尽管生命只是暂时的借贷，久了，无所事事，寂寞就蹿了上来。老人们的棋坛一摆上就是一天，风起云涌只是他们内心的战场，有谁是生活舞台上永远的主角？繁华落尽，万木归真。在汗水里呼啸，同样，在平淡里体味，永远苍凉的山光月色，不会冷落任何一颗苍老的、沧桑的、苍凉的心，无怪乎不得志和失意者的寄情山水了。就让这一川暮色、一地寒霜，承载那些落寞的眼神吧。

冬已很老，老到季节边缘。沉默许久，寂寞许久，不见东风的消息，心在路上。没有谁永远沾沾自喜，好汉不提当年勇，更不要说把失意永远记住心上。越老的心越有坚硬的壳，像坚冰守护河水的温柔；越复杂的经历越积攒回升的弹力，尽管回首时刻落英缤纷。即使迈步风中，阻力重重，枯瘦的风景怎么能锁住丰盈的心，何况自强不息是生生不息的母亲，而冬天，就是一个练兵的沙场。

风来了，炊烟与云气氤氲。灯火亮起，城市的喧嚣逐渐安静，平凡的人和伟大的人都沉没其中。绚烂过后，万物无邪，如同每一天跟下一天一样，你我的灵魂在苍穹之下，平淡、平常、平等。而心，终于趋于平静，似这冰封的湖、落叶后的树和不用点缀的永恒的山脉。

## 冬日听晴

因为生病，不能出去，就只能坐在阳台的凳子上，看书，看手机。感觉很虚弱，很寂寞。但是忽然感觉影子动了，原来我已经坐了好长时间，半天光阴就这么过去了，莫名地有些焦灼。

问自己，急着去做什么？竟然没有答案。我要做什么？什么都不需要我去做。想起诗句里"偷得浮生半日闲"，就是这样的光景。

但是这种焦灼，还是让我想起了很久以前的焦灼，属于冬日晴天的焦灼。放寒假了，要写作业，几天就写完了，没事情可干。爹说："走，刨柴走。"就到山里去。阳光真好啊，一点风都没有。在朝阳的山洼洼里一坐，好暖和。闭上眼睛，眼前一片通红，阳光把眼皮压得紧紧的，迷迷糊糊的，眨一下眼睛都要力气。四周静悄悄的，柴草早就变成褐色的了，但有一种桦柴变得煞白。耳朵里有草木折裂时轻轻的呻吟。悄悄地眯了眼睛，阳光是万缕金色。一切都静止了。拿起两个蜗牛壳，使劲按住，咔嚓，总有一个会瞬间破碎。爹说："你磨吧，明年再没今天了，影子转过山嘴，今天就完了。"我慌忙看影子，再看一眼天，一点云彩都没有，远处的青山像油画一样蓝。我就感觉焦灼，问："我做啥哩？"爹说："给我刨柴，回去了就练字去。"爹的话在晴天里很有力，我一点都不害怕。有一点风，我脸上的热气和爹的话就被风吹走了。我的焦灼也没有了。

今天还是焦灼。原先的理想、后来的目标都没有了，我真的感觉很闲，也很焦灼。去干什么？去广场上跳舞？但是病着，而且我也不喜欢。看见同事们在打麻将，也感觉无聊，就只好去看书。但是内心的焦灼像一条蛇缠着我，我就开始听声音了。晴天里，声音很远。有火车来了，那种带着威胁的巨大的力量过后，平静了。学校里的下课铃响了，学生的嬉闹声变成了一种浑浊的噪音。忽然扑棱一声，很少见的大鸟急速飞过。稍远的工地上传来咔咔的声音，在钢筋树林背后藏着许多做工的人，正忙得不亦乐乎。看看那些书本，还有那些等待完成的东西，焦灼。哎，我要得焦虑症了。

忽然感觉到活着的意义了。时间在直线运动，人生在破浪似地前进，或许那个最高的浪头永远不会达到，但不管你是何人，都要走过去。俯仰之间，新的变成旧的，那幅十字绣《八骏图》是当时呕心沥血的"战果"，今天已经有些褪色了。当年心血来潮买的跑步机也被灰尘笼罩了。想想苏东坡的话，惟江上之清风，与山间之明月，耳得之为声，目遇之成色。或许在机遇和成败之间，在悲伤和喜悦之间，我拥有的一点光阴，就是这半个闲暇的冬日，和冬日里内心静静的怀念。前方还是冬天，多有冬天的故事，故事背后，春天还是传说。姑且闭了眼睛，静静地听那晴日的暖阳和暖阳里世界的温厚无声。我被爹带去刨柴，最终也是为了那些温暖的火苗。而今天的阳台上的确很温暖，当年的我绝对想不到，许多年后的一个冬日下午，我会怀念那些温暖，尽管依然有些焦灼。

# 河州散记

河州是甘肃省临夏回族自治州,也是"花儿"的故乡,悠长的腔调抒发着永恒的真情。这儿的太阳火辣辣,这儿的牛羊如云朵,这儿的青山绿水藏着远古的梦想。

## 一、走笔刘家峡

车子到达刘家峡的时候,我们已经沿着黄河西行两个多小时了。一路涛声,似哼鸣的小调,以最母性的鼻音述说着古老和传奇。听着听着,似乎陶醉了,感觉自己如岸边的鹅卵石一样渺小。

车子开始在山间穿行,山上开始出现侧柏一类的树木,泥土的色泽渐渐被淹没,山像穿了一件花裙子。薄薄的雾气在山间弥漫,树木竟然显出一些可爱的粉色。太阳初升,阳光害羞地闪过,金色的光被树木的缝隙筛出千万斑点,一霎间撒满整面山坡。车子就在这样的山间公路上疾驶而过。道旁树哗哗哗地倒向远方,一律是茁壮的白杨,却全然没有枝叶紧束的内敛,长得恣意放纵,树干也不是寻常的银绿色,而是翠绿。

山势高低起伏,道路弯曲上下。突然就到了峡谷的口子,县城矗立的楼房如一块块直立的巨大积木,镶嵌在蓝天白云下的山口。哦,造物主的精灵就在这里与黄河相依相偎了。

转弯,完全没有防备,就一头扎进了县城。河岸在楼房的背后,人们似乎生活在盆地里。街上的人慢慢走过，有永远的闲适。

　　雨后，通向码头的路面是那样素净。老汉清灰色的长布衫子好像传说一样古老。桥大多建在狭窄的地方，桥下的水碧蓝而宁静，深不可测。两岸是青色的石头山，上面没有一棵树，阳光无遮拦地倾泻下来，天地之间亮得一览无余，天和山石以及路面和河水，一律是淡雅的色调，看在眼里，心就沉静了。

　　通往库区码头的车很多，水库大坝在前方，如一条巨龙稳稳地卧着，截住奔腾的河水，高峡出平湖。一碧万顷的水里映着蓝天白云，太阳也不能免俗地倒映在水里，像十五的月亮，静静地滤去灼热和光芒，极是温柔。河水在这里聚会了，山间就多了一颗明珠，也像大地的眼睛，看天看山，看风起云涌，立刻感觉多了许多灵气。如果说九寨的水是斑斓的，天池的水是圣洁的，长江的水是豪迈的，那么，刘家峡库区的水就是温婉的。虽然水汽氤氲，烈日当空，汽船疾驶，人声喧哗，但是只要走几步到稍远的岸边，芦苇就沿着河岸稀疏成一幅画，背后衬着水纹，水波间或一闪，亮亮的，就把芦苇也染成金属色了。再远一点还会有一条搁浅的小船，船桨横放，或者船头还有一只鸟，可谓"野渡无人舟自横"了。更有几叶小舟倒扣在淤泥里，露出乌黑的船底，水汽的湿润和淤泥的味道合在一起，很闲适的感觉。再往远处走，便是青色的石块陷在松软的沙地里，被小小的浪花无休止地冲刷着，洁净极了。

　　抬头望去，对岸的莲花码头若隐若现，背后山上是花椒林，夏天的颜色由浅碧到深浓，秋天就红彤彤的了，灿烂得像晚霞。机动船和冲锋舟不断划开水面，从向阳码头驶向对岸。站在船头，只感觉青山不老，碧水永恒。丽日当空，微风送爽，在这明媚亮堂如同水晶一样的空间里，前行再前行，很爽！忍不住想做一个舒展而浪漫的动作，只是不见杰克和罗斯。那就挥挥手，告别这泽国吧。

　　回头再看，向阳码头的青山浸在水里，山下的水的绿濡成一片，不知是水渲染了山，还是山汲取了水，山山水水在一起，唱着绿色的歌。

哦，我的心醉了。

## 二、这一路花儿烂漫

上了莲花码头，车子穿行在乡间小路上，村庄的勃勃生机扑面而来。在一个弯又一个坡的坎坷路面上，有各种机动车。风轻轻地吹着，各种声音混在一起，可能到某个集市了。

很奇怪，这些地方的集市都在道路两侧，最著名的就是三甲集。集市上的东西真是五花八门：建材农资、动物花卉、蔬菜粮食、日用百货等应有尽有。不管你如何按喇叭，人家还是在你前面晃晃悠悠。牛羊鸡鸭塞住去路，讨价还价的声音不绝于耳。

回头看，各家各户的房子掩映在绿树之下：青黑的砖瓦，白色的墙，高大而气派的门楼，大门上的铜把手闪闪发亮，山墙上瓷砖的山水画清新秀丽，一切都显得富裕而闲适。最让我感兴趣的是路上的各种植物。家家房前屋后都有树，不是很高大，却也秀气。有杏树、樱桃、槐树、榆树，还有核桃树，最多的还是花椒树。赶上开花时节，树木自有风韵。此外，家家户户都喜欢养花，夏天开得艳丽可人，名字亲切得像邻家少女，什么柴牡丹、臭绣球、绣荷包、土芍药。这些花儿还被刻在砖上，砌在墙上，可见人们将花儿喜欢到了骨头里。每一座庭院的前墙上部，隔一段便砌有镂空的花砖，通透有味，花砖的图案大多是牡丹、石榴或者祥云，线条流畅，构图圆润，风味古拙。

总以为爱花儿是女人的事，衣服上、鞋子上、头饰上、纽扣上都有花儿。其实在河州，在大夏河的两岸和黄河的拐弯处，你会发现，热爱花儿的居然是男人，他们衣衫的颜色虽然灰黑暗淡，但脚底的鞋垫上百花争艳。不管是哪个民族的人，都喜欢把"花儿"放在嘴上。年轻的女子被称呼为"牡丹",女人的小名也往往是三个字的花名,如"山杏花""灯盏花"之类。他们也把花儿刻在木头上:旧式房屋的前墙是木头的,露在外面的椽头总要刻上些花来装饰才行。他们也把花儿吃在嘴里,包子外面的花,三瓣儿的三角梅,五瓣儿的梅花,还有喇叭花和马蹄莲,是区分菜的、肉的、糖的、油的各种馅儿的密码。有花儿的包子,男女都会包,手指一搓就是一个花瓣。包子绝对不趴在蒸屉里,而是发面涨得饱满,褶子捏得清晰,精神抖擞地一个一个站着,小而精致,让人想起小时候的谜语"白玉罐,菊花盖,里面装着什锦菜"。花儿还被这些皮肤黝黑红透的人们喝进肚里。来客人了,沏一杯茶,绝对要用上好的瓷杯子,有美丽的图案,有底子,像小宝塔一样的造型,玲珑精致,叫作"三炮台"。提来茶壶,里面是刚刚煮沸的水。揭开盖子,热浪舒展翻卷,就叫"牡丹花的开水",形象生动,寓意美好,让人想到他们简单生活里的好客和情趣。他们讲究水的温度,讲究用"尖尖的牡丹花水泡一碗尖茶"。以"旧"的开水沏茶,就是怠慢!这些人们,花儿在他们的思想里就是美好,就是轻盈,就是真爱!不管女人多么丑,都是他家的花儿。绝了!

花儿也被烧到砖里。雕花的土坯被大火烧一个礼拜之后就是花砖,镂空的、浮雕的都有,家家户户的院墙就显得古色古香而层次分明了。花儿也让人们打到铁里,铸到钢里。冬天到了,各式烤箱、烤炉,青黑的底子上是金属做的花纹,浮雕一样的质感。装饰的花似乎是镔铁,轻盈而飘忽,显出金子一样的色泽。不只这些,就连小饭馆里盛醋的壶或者舀水的瓢,一样有突起的花纹,有写意的花朵和云彩,还有简单的动物——鹿或者羚羊。更值得一提的是保安腰刀,叮当作响的作坊里,身形粗壮的汉子会给你拿出做工精细的腰刀,大小、形态各异,刀背、刀鞘上的装饰美不胜收,掐丝的、凹凸的、缠绕着、绞丝的、镂刻的,都是金银两色的花子。古铜的庄严,刀锋的寒光,美着,疼痛着。这些花儿还被装饰到食物上。不必说酥油花是寺庙里的供品了，也不必说宴席上的食物了，家家户户总会在你不经意的时候拿出一个烤馍馍，叫焜锅，一掰开就有花纹。最绝的还是一种面食，叫"荷叶面片"，端上来，大片的羊肉集中在碗口，被沸水煮透，舒张开来，就像荷叶。神似啊，形也像。

一路走来，花儿很多。车窗外是一个醉酒的人，趔趄地走过，手里拿一个酒瓶：河州老窖。青花瓷一样美丽的花纹，玉石一样的质感，让人一下子想到河州老窖的广告画了：大朵的牡丹正在怒放。

穿过这样的乡镇，切实感觉农民的日子好了，有许多新建的房子，虎抱头的堂屋，把台子也封闭起来，亮堂宽敞。这里多阴少晴，雨水比较多，旧屋的瓦缝里长出柔柔的草，石子路上也是一丛一丛的草，有一些稀疏的意境。也有花，细碎地在墙边、水渠边寂寞无助地开。大群的鸟飞过，有鸟鸣声。两个集镇中间的路上稍微安静一些，可以看见学校、变电所。

转一个弯，又一个弯，前边忽然人山人海，喧嚣声扑面而来。问一问，回答是："莲花山花儿会。"哦，花儿，又是花儿。你不要以为是牡丹、芍药们聚会，而是赛歌会。这里的人们爱花儿爱到灵魂里，连民歌也叫作花儿。这里是国家级的花儿采风基地，花儿是非物质文化遗产，是古老的情歌，唱情歌，就叫"漫花儿"。这个"漫"字生动而贴切。谁说跟爱情有关的事情不是浪漫的呢？何况在那样的高山上，在那样的森林、原野和梯田里，多少情正在上演？此时的花儿会正在激烈的胶着状态，台上的男女选手在对唱，歌词是现场发挥，看谁唱得美，看谁的歌词唱到大家心里去，调式却有原来的规定。只见歌手抖着肩膀，盯着对方，唱着、走着。对面的歌手退步再退步，或者接上一句，音调忽然拔高，跑到前台，台下的人先是侧耳倾听，然后哄堂大笑，高声尖叫，或者是齐声呼啸。有不服气的上台，把台上的赶下来，又开始激烈的竞争。那歌声是有魅力的，圆融而流畅，一口气能从高到低再加上一个悠长的尾音，嗓子里似乎含了水，声音随意地荡漾着，高低转换，自由如鸟鸣。特别是女声，像一根飘带，穿越山间树林，绕过沟沟坎坎，也像彩虹，一下笼罩了一方天空。我怀疑一句歌词就在说一个故事，我也疑心那些短促的对白一样的句子是在演出一个剧本，但是衬词太多，听到的就是啊、呀、噢之类，时而高亢时而低沉，想来是表达情绪，若不是，那些人的笑容为什么那么神秘？赶紧问："唱的是什么？"没有人回答，只用看傻子的眼神瞥一眼我，只顾笑。我更加疑心了，我想，那绝对是一个跟爱情沾边的故事。

走远些，回头再看，那些女歌手穿着地道的民族服饰，有花边和靓丽的色彩，美啊。男歌手边唱边舞，姿势像开屏的孔雀。不久，又有悠扬的歌声传来，是那种高亢而大气的男声："左面的黄河嘛噢，右面的那个石崖噢……我的个尕妹妹吆……"好听。男声很悠扬，虽然没有信天游的荡气回肠，但是轻松幽默，甚至有些嬉皮笑脸，好像一个放羊娃向对面山沟里的姑娘倾诉，有些忧伤，有些委屈，也有一些不经意。我想起花儿歌手经常用的姿势：一只手弯曲，放在耳边。是的，他们在歌唱，更是在谛听。他们的歌声是放出的信鸽，想听到关于爱的回音。所以他们放出歌叫"漫花儿"，就是浪漫地找上一个姑娘。多含蓄。

走了很久，花儿的声音还在耳边回响，索性放一段花儿来欣赏。"干面饼饼泡肉汤，杂和面干粮的味长；嫌穷爱富的心甭想，穷人的娃们的意长。""山丹花开在了石崖上，牡丹花开在了岭上；尕妹妹好比是银铃铛，连不到阿哥的手上！""你把我心疼我把你爱，指甲连肉不分开；疼烂了肝想烂了心，望麻了一对的眼睛……"歌声很美，却没有花儿会的热闹，听起来总有些寂寞了，像单相思。

窗外渐渐安静了。山很大，坡度很缓，我疑心车子可以开到山顶。没有树，只有草和大棵的树，绿得醉人。有一面山坡上花开得正好，大片的黄色,是格桑花,藏歌里的花。在我的概念里,它们和菩提树一样神奇,却在我的脚下烂漫着。金色从我开始铺到天边,忍不住眯着眼睛说:"这一路,可真是花儿烂漫。"

## 三、松鸣岩,我错过了松涛

从兰州出发上高速,不久就过了洮河。洮河两岸虽然也有黄土高原的"泥土黄",但树木还是多了起来,此处是出产洮砚的地方。洮水清冽,水势也不大,总有些寂寞,不像黄河气势汹汹,到了哪里就主宰了哪里。

松鸣岩是一定要去的。广告牌上那些绿得逼人的照片,美得不像陇上风景。

风景区坐落在一条长长的峡谷里,峡谷的源头深不可测。向远望,很开阔,远处的山坡上绿意盎然,都是杂草的背景,用盆栽的火红的花拼成"松鸣岩欢迎你"的字样。两边都是山,高高低低都是树。坐上电瓶车,有些人租了车子骑,向峡谷深处急奔而去,感觉山也高大起来了,好像人在盆底行走。旁边一条清澈见底的小溪哗哗流淌,脚下是平坦的柏油路。目光到处,绿意渐浓。山迅速增加了高度,与天相接。

忽然有人说松鸣岩到了。再看山时,你不得不佩服这个名字。那不是山,分明是一块与山同体的巨大的石块,没有裂隙,也没有山的走势和起伏,通体绿色,直立在东南方向,好像是放大无数倍的假山。这样一块巨大的石头,以九十度的角度矗立眼前,述说什么是壮美。

这是不是哪个神仙丢失的宝石,幻化成了巨松云杉的底座?抑或上天看见这方土地厚重的泥色过于单调,赏赐了一块温润的翡翠?火热的温度顷刻消失,无数松树就是绿色的旗帜,正在宣告生命的奇迹。

山石是极其坚硬的,否则怎能长久地背负密密麻麻的松树呢?山形的圆润已经没有了，只有树木放纵的长势。山脚下的水汇成小小的湖，微风拂过，湖面荡漾着细碎的光芒。拉马的生意人在饮马，只一低头，就和水底的倒影亲热长吻，苍翠的绿色挤满了眼眶。湖上有小桥，故意修出来古色古香的味道，谦卑地匍匐在松鸣岩脚下。穿过小桥，拾级而上，一下就被卷到了树荫之下。为了减缓坡度，之字形的路分两处引导游客。虽有索道，但我还是一步步地走上山去。

如果没有树，上山的过程绝对惊心动魄，向下望的时候总有点恐高。但是看着两旁高大的桦树、云杉、榆树，就感觉特别安全。松树当然是主人，树下居然有野草莓、艾草和蒿草，还有一些细碎的杂花、萱麻和枸杞。没有栏杆的地方，灌木和柴草自是护卫，在初夏的阳光下长得郁郁葱葱，无拘无束。站在任何一个角落看松鸣岩，都感觉像是镶嵌在黄土地上的绿宝石，夺目得不可想象。这里的雨水不是太多，但松树长了许多年，总感觉有些英雄气。而一座山，只有一块岩石承载了这些树木，总有些匪夷所思，也无怪乎游人的啧啧惊叹了。有的地方，树根一半在地面裸露着，但枝叶葱茏。有的松树就在一把土上扎根，牢牢地吸附在山石上。树木努力向上，蓝天在树缝里，太阳也在树缝里。绿色的枝叶似乎把周围的空气也染绿了。虽然没有花卉游鱼、亭台楼阁，但是三分晴空，三分小桥流水，三分磅礴苍松再加一分闲适的心情，也感觉十分美好。

松鸣岩一定是在有风的时候以无比庞大的肺活量来讴歌生命的。可是我们去的时候没有风，山上挂的经幡微微飘动，而高大的树木岿然不动。

爬过一个个拐弯，忽然就看见背后的山了，居然也是满山松树，只是比前山的树矮了许多。哦，这该是松鸣岩的"后宫"吧？

终于到山顶了！游客的嬉笑声听不见了。好寂静，好豪迈，登上山顶我为峰了！没有松涛，我们大喊一声，我就是松鸣岩的风铃了。

如果造物主愿意，我真想折合无数寂寞的岁月，换取在这苍翠青山里的蓦然一顾；我也想把滚滚红尘里的浮躁与欲望忘记在蓝天绿树间。斜阳余晖，苍松翠柏，只一瞬，晚霞涂抹。我转身，挥手，离歌无声，暗香浮动，在光与影里，松鸣岩竟然让我有些恋恋不舍了。

## 四、河州的石头会说话

"有一个美丽的传说，精美的石头会唱歌，她能给勇敢者以智慧，也能给勤奋者以收获……"这是一首欢乐和自豪的歌，歌颂了一种名叫木鱼石的石头。而我今天想说的是河州的石头，河州的石头会说话。

出兰州，走陆路，不久就到了和政。这儿是平坦的川区，山很远，屏障一样。植被渐渐地厚重了，没有什么夺人眼球的风景。可是谁曾想到，亿万年前，这里会是河流汇聚、水草鲜美的地方。来到这里，你会感觉到这儿就像谁的眼球，曾经透过水波，看见过往的故事，并准备以化石的形式向你诉说。

走进和政的化石博物馆，你所看见的许多化石，好像一下子让你穿越了千年、万年。大象的骨架正在奔跑，河马的姿态正在吼叫。至于三趾马、鬣狗、剑齿象、恐龙类还有羚羊类的就更多了，甚至有一种羊就叫作和政羊。水生的动物更多了，各种鱼类、两栖类都有，还有介于物种之间的，像陆地龟等等。你会感到大夏河旁曾经的生机勃勃。

走出博物馆放眼望去，和政的村落和大多数农村一样，白墙的平顶房居多，安静地坐落在一片平地上，其实这里就是曾经的海底或者河床。我想，每一座院子下面，都有古代生物的化石，这些化石拉近了远古。嗨，多么神奇的地方。

继续向前，就到了广河，这儿是另一种石头的发源地。我不是专家，但我知道这儿有一个地方叫齐家坪，就在县城，无数玉器从这儿起源，就是齐家文化。我看见过玉器商人手里的玉石，绝对不像云南的翡翠一样有光泽，也不讲究水头，而是有一种石头的浑浊感。最多的还是璧，其次是玉璜，就是半块或者三分之一的玉璧，至于玉琮、勒子、玉圭、玉铲也不少。新石器时期，玉器被广泛地用于祭祀或者作为工具，玩赏的意味还不浓，工艺当然是古拙的，然而包浆是厚重的。我想，这个地方究竟有什么样的神灵在保佑？所谓钟灵毓秀，究竟是什么样的水土？云南的玉石和翡翠很多来源于缅甸，但是广河的玉石呢？为什么这儿的先祖有一双发现玉石的眼睛呢？他们在海底被冲刷、漂白、压制了许多世纪的石头上琢磨出玉的光彩，这是怎样的智慧？

还是前行吧！我走到一个叫石海的地方，还是在临夏。这里的山外表葱茏，土质却不像黄土高原的细腻。巨大的石头嵌入其中，或者突兀地摆在眼前，告诉你，这儿就是河床，河床被隆起后形成了山脉。在这里，连土地也曾经高低婉转地唱过歌，她的深情凝固在这高低起伏的山峦和飘忽曲折的山路上。山底就是平川，山底和平川连接的地方就是巨大的滩地，石头们被水流冲着，被狂风推着，被自己的力量坠着，奔流到这儿，停止了，就叫石海。远远望去，像羊群在静默，像云团掠过大地。传说很久以前，祖师爷鲁班赶着石头，要去修建石头桥，走到这里的时候休息了一下，结果还没有睡醒，狗叫了，鲁班惊醒了，一下子失去了赶着石头走的法力，石头就永远地留在了这里，鲁班的脚印和屁股坐过的印记也留在一块巨石上。我欣赏这个故事，我也在石海的石头间走过。这个地方不是很美，更没有文人墨客赋诗留念，但是我觉得很好，很有神秘的味道。

我想，旅游就是用心灵去触摸一片土地，她的欢乐和忧伤，甚至贫瘠和愚昧，都是我的行囊里的宝贝，何况玉石的光华在闪耀，我怎么能拒绝这一方水土的钟灵。

## 暮秋湖上日出

为着一件牵心挂肠的事,我必须在这个早晨外出。

头天下了雪。雪是夜雪,无声地降临。夜里十点多钟的时候路灯很亮,在这整齐的光束里,我看见了蛾子一样飞翔的雪,小绒毛般漫不经心,好像冬天派来的探子,一路看过绿的、黄的、柔的、枯的树叶。许是信心不足,许是秋还有热的力度,雪花一落到人的脸上、身上、地面上,就变成了小小的一摊软弱的水。不曾想,天一亮,居然从窗户里看见许多白色。地面是湿润的,但是山顶、山上的低洼处、房顶、墙上、树上、车顶,都是厚厚的白雪,真像新弹好的棉絮,虚虚的,匀匀的,白白的,有点微弱的脆光。懒蛋们开着车出来,走一路,雪掉一路。

今天应该是个晴天。晨光撕破天宇,大地已经沉入一种类似水晶光芒的亮色里,感觉轻灵而又清冷。天还很高远,清灰的颜色。没有风,空气急速注入肺叶,抽烟的人走过,烟气接了寒气,白白地氤氲在头发上。我感觉冷,衣服都像谜底一样不可靠。急急走过街角,我看见绿树上的白雪,心里掠过小小的惊讶,还有小小的疼。树叶还没有完全枯萎,也有一些变黄的夹杂在中间,亭亭身姿,强壮的枝干,雪花硬生生地驻扎在叶片上,一团一团的白。也有撑不住的,簌簌掉下来,连着青碧的树叶。唉,此情此景,像青春的沧桑,像朝如青丝暮成雪,像一个意外的打击。唉,我也是,心的悸动又有谁知?难怪黛玉说花落人亡两不知!只是葬花的只有她,扫落叶的大妈用长长的扫把划出许多印子,没有尘土，只有一种沉默的清净。

我踩着落叶，脚下有细腻的滑，缩着脖子忍着掉进领子里的冰凉。我走过一条街，我在寻找什么？也许就只想走一走。我回过头，只是这一回头的刹那，我就感觉必须回头，有一些东西必须装进眼睛里，至少今天，让它融入我的生命里。

东山上大雾已起，像缭绕的云，也像炮弹炸出的烟雾。山被封锁，是灰色的雾，完全青灰的颜色，不是白纱一样的柔，而是一种浑浊的色，甚至略带淡粉。因为这些起雾的山顶，太阳已经把它作为自己的莲花台，太阳神的一次漫长的打坐，必须以喷薄的升起来匹配。我想看见它。

可是眼前浓重的雾，把四周封住了。远山上的塔冒出尖顶，把天宇刺破了，那些地方就有了一点亮色。好大的雾啊！像无数只手牵着，我走得小心翼翼。小桥的扶手湿漉漉的，台阶有点滑。鼻翼里湿冷的气流，有点水腥味。唉，秋啊，在这样的湖边。我的红于二月花的叶子尚在枝头，急急忙忙的雪就下了逐客令。好像是那些早行的人恋着被窝一样，我还恋着那秋天的景色！

不觉看天，居然开阔不少。雾淹没了半山，顺山而走的电杆和电线，尺子一样量着高低，雾在电线之下。山顶的豁口里，有亮光像眼眸一样窥视，我看见了莹亮的光波。我自己就在远远的山的黑影之下。路上的雾气在消散，雪沫纷纷从树上滑下又扬起。树枝摆动，微微冒着白的烟气。湖面上有沉静闪亮的光波了，水银一样的冷，镜子一样的细腻。远处的小桥、村庄以及灌木，渐渐地显出轮廓。哦，雾散了。

再抬头时候，已经看见天边亮白的光了。相接的山头是亮的，亮到耀眼，亮到光色有温度，有橘色的温暖。接着，太阳出来了，雾不见了踪影。亮光从山口泼过来，湖上马上开辟出一条光的路，好像光了脚，踩了水波做的金砖，就可以逆流而上，走到太阳里，留给世界一个巨大的背影了。山和塔的倒影一下子映出来，水面霎时变得灵动起来。我真的挺在乎这湖水，它是大地的眼，和我一起等待着一次灿烂的日出。隔了栏杆的柳，正在微风里摇摆淑女长发一样的柔枝。雪落似乎无声，雾起好像无影。我喜欢这不带沧桑的美，风雨丽人，青春永驻。

　　永恒的太阳啊，走一条充满激情与火热的路是你的使命。初升的太阳啊，虽然稚嫩如金黄的卵，却可爱、温柔，没有火热的咄咄逼人，我情愿把这一刻装进眼睛里带走。我紧紧盯着太阳，我要看见它的中心，我似乎看见了一个光亮而澄澈的世界。我要看见这个世界怎样添上温度，怎样喷射火一般的能量。可是，就在我目不交睫的一瞬间，太阳一跳，四周的黑云都有了金色的镶边，它倾泻而出的是火焰，是金光，是任谁都无法看清的力量。大地一下子沐浴在无边的光亮里。我从手机的自拍里看见自己脸上的色彩带了一种暖。

　　太阳出来了，勾引出喧嚣的一天。世界从怀旧的夜晚里突围而出。我静静地看着。好吧，美好的时光来啦，就着这温暖，这暮秋的日出，珍惜生活吧。

# 我与土地的无尽缠绵

上小学的时候,因为光吃饭不长力气,许多农活我都帮不上忙,望洋兴叹的感觉时时证明自己无能。我最崇拜的人就是生产队长,那么多的人和土地都听他的话,是多么了不起啊。

再后来,土地几乎成了磨炼我又给我荣光的战场。春种夏耘,秋收冬藏,汗水兑了泥味。盼得心焦,急得跳脚,累得汗淌,也喜得两眼放光。唉,土地,爱也不容易,恨又奈若何?

终于把故乡的名字写进了籍贯里。皮肤尚没有褪去被热烈的太阳虐待的红色痕迹,我已经消退了对土地的敬畏和热爱。毕竟,土地上的劳作多于休息,收获和付出似乎永远不能对等,苦难和卑微扎了根一样一辈一辈传承。我想,我已经不需要和土地亲密接触了。土地,因为她的无比土气、平淡和卑微,正渐渐地被我遗忘。

可是我注定永远走在土地上。城市繁华,心似旷野,我没有办法走进去。很长一段时间,我都在迷恋商场货物的丰富,街道上各种建筑的不同风格,甚至车辆,甚至夜色里的璀璨灯火,甚至行人的华服,甚至一次次聚会。我真的忽略了故乡和故乡以土地为载体的许多感受,包括亲情和乡愁,包括包容和永不言弃的归属感。

但是造化弄人,我后来忽然必须接受土地,而且必须和土地亲密接触。这多少令人啼笑皆非。第一次被人告知,这一片宅基地是我们的,又说这一块地也是我们的,它有五亩大的时候,我只是漫不经心地"哦"了一声。唉,想想那时候,心情灰暗到对自己都漫不经心了。那片宅基地空空的，上面散落着拳头大的石块，有黑色的地皮和冬天贴地的野草，似乎一点就着。它夹在一些院落间，被来往的人踏出一条斜路来。背后是庄稼地，山在很远的地方，有一种被遗弃的荒凉。我以为这是笑话，这样的地方，有地又能怎样？庄稼？面粉？算了，还是买的方便。而且为了离开操持庄稼地的辛苦，我奋勇当先，在各种考场战斗多年。这片地交给别人去种，一年一茬小麦，跟我半毛钱关系都没有。

再后来，出于收拾行李一样的心情，我们修了墙，圈住了那片地，再后来别人家盖房子，我们也盖了。因为由拆迁而发点财的"生财之道"在许多人嘴里磨成了金点子，我当然不可避免地认真了，像中毒一样。再后来，这个地方的农民都不愿意种地了，而是靠盖房子赚钱：拆迁的做东家发财；不拆迁，当匠人也有工钱。务工挣钱短平快多，一个春夏秋冬的等待远不及一日一结的工资的来得实惠。土地，先是被兼职关照，后来索性被放弃。空放的土地开始荒芜，像永远不能怀孕而生病的子宫，空洞、无聊、暗暗焦灼。我的五亩地就这样又回到了我的手中。

怎么办呢？人家一句"你们的地你们管去"，就让我费了多少脑细胞和汗珠呢！人和土地多可笑啊，付出劳动的话，土地养活人，否则人得养着土地。可怜我还得养着儿子和父母，再养上一块地，操上一份心，简直是一件辛劳的事啊。怎么办呢？我尝试着种了一季土豆，终以失败告终。荒于管理自然收成不好，托付给别人还要欠人情，好在土豆虽小，板结的土地把土豆扭得奇形怪状，但味道真是不错。那年冬天，我们吃的土豆是历年最小的，而且都是我抚摸过的，真可谓"粒粒皆辛苦"了，可是春天的时候，我们种下去的是最大的，最饱满的。"播种的是龙种，收获的是跳蚤"，大约说的就是这样的事。好在每一次放水、除草、犁地，我都把它看作一次游戏和娱乐。当然，那年夏天，我在那个地方的新房子里住了一段时间，感觉很是惬意。夏夜空旷而明亮，玫瑰花香袭人，大接杏枝头成熟，月下行路，倒也不乏妙趣；儿子学会了骑单车；

田间地头，杏树、豆荚甚至野菜，自有收获；左邻右舍单纯、好相处。但那其实不是我要的生活，我用半颗心在那里生活，感觉有一层隔膜。所以我只能放弃那样的生活，第二年说什么都不种地了，只是在夏天燥热的时候去住住，那里是我的别墅了。

可是，那片地，我连放弃的权利都没有。地很好，平整，后面靠一齐坎，前面是一座沙坝，建一个养猪场，蛮好；东面一个深坑，可以修鱼塘，但是真的不敢投资了，只能栽树，玫瑰、果树是首选。于是年年栽树，林林总总也栽了几百棵树。我不太希望绿树成荫，我看的风景在远方，此处有风，景还遥远。至于硕果累累的梦想，在种土豆的传奇里已经预演了未来的失落。我只是希望它被占了，换成真金白银，再换成我的生活用品，能奢侈更好，心里早给它设计了消费的途径。但我知道在这个距离之间，我还得陪它过一段日子，这段日子里，土地和我如影随形。有时候我感觉自己挺卑鄙，像一个准备卖娃的母亲。我知道，这些土粒和野草，已经在我心里找到位置了。

又是春天来了，树下无数蒲公英，是我的药材；夏天，小树们顶着稀少的树叶，努力赶走长势疯狂的荒草，但草还是快要淹没小树了，居然有柴一样强劲的芨芨草，还有大片芦苇样的草；秋深了，割了草，树还在，放过水的土地湿软，里层已经冻了，外层就有点打滑，割下的干草放在地头点燃，熊熊烟火滚滚而起，烟疯狂，火猛烈，我开心地看，不错！土地烧过的地方焦黑一片，火苗的光亮有些舞蹈的味道。

冬来了，这一年的土地，缠绵到此为止。树在风中摇摆，叶子落尽，我想，未来一定不荒芜，一定有青枝绿叶在风中摇摆，还有我脚印的抚摸。

在城市之外，有这样的一块地方供我消遣，不错。如果我愿意，我可以修鱼塘，别人家只有洗澡盆，而我就要有一个鱼塘，钓多少鱼，我说了算，而且改成一个农家乐也不错。想想都很美。

看来，我和这土地得继续缠绵，没完没了。

## 那些有炊烟的日子

上周,三妈病重,我驱车去看望,借此机会回一趟老家。

已经是傍晚时分了,太阳光斜斜地照着,没有风,山包寂静,水泥路洁净。村口下棋的人一个都不见了,停放着几辆小车,感觉暖洋洋的。

真是不凑巧,三妈去看病了,看完就回来,我们只好等着。三爹摔伤了腰卧床不起,堂姐妹们也来了,一屋子的人。三爹本来就是一个健谈的人,就和我们说起村上的许多事情。一时气氛热烈起来。我感觉回到了从前。

不久就要吃饭了,三妈也被送了回来。七十几岁的人,脸浮肿得厉害,眼袋大而青黑。在我的印象中,她一辈子都是病恹恹的。人太多,我下厨帮忙做饭了。

厨房里锅台上一口大铁锅,一下子就把我的记忆勾起来了。哦,灶膛里放进去的麻秆和麦衣子发出轻微的噼里啪啦的声音,有一种熟悉的干燥的烟气和了锅里蒸腾的水汽,厨房就在这样的气体里模糊不清了。有些昏黄的灯光,把我们的影子投到墙上。恍惚间,从前的影子又出现了,那些有炊烟的日子里深刻的记忆涌上心头。

总是在这样的傍晚,我们从田野里回来。一时天地空旷,羊的叫声,牧羊人的鞭子啪啪地空抽着,鸟叽叽喳喳地飞向树林子,大团的蚊子跟着羊群嗡嗡响,田野里的昆虫叫得有些心烦,有个别孩子站在巷口哭,可能是被妈妈赶出来的。这些催得人脚步急切。劳作一天最大的奖赏就是能美美地吃顿饭。回家的路上，急急眺望家里的烟囱，那一炷被风扯得歪斜的青烟，是美味插的旗帜。烟飘散了，暮色笼罩过来，轻纱一样地包裹了村子，我们走进这样的烟雾里，立刻感觉到各种味道的美妙：油炝葱花了，煮洋芋、苞谷了，炒麦子、大豆了……最多的就是朴素的一锅子面的油和醋的味道。一些小小的幸福跳了出来。各家各户门口，都有一个妈妈，把手上的草木灰一拍，用悠长的声音喊自己孩子的乳名，有许多孩子急急地结束游戏，回家吃饭，或许临近家门的时候要挨一下巴掌，也有哭声、打骂声，不久就静下来了。

我最喜欢这样的傍晚，这样的时候最适合团聚。一家人在一起吃饭，是最美不过的了，再平淡的饭也成了美味。我家哥哥姐姐多，叽叽喳喳地说话，从学校见闻到书上的笑话一一道来。我们往往在母亲的责骂声里吃完晚饭。我一次次失望于母亲不参加我们的话题，也为自己参与不进去而着急。哥姐为了开心，有时候也让我读报纸，把里面的错字拎出来寻开心。这时候月亮已经上来了。炊烟散去，月华洁白，澄澈而空灵，如水晶一样的天宇和大地融为一体，我们自由地沐浴柔美的夜色。远处山谷的月光过于沉寂，总让我想到，也许神仙也在这深夜里，从炊烟里走来，看过人家，又悄悄走了。想着，一些美好的感受伴我入眠。

炊烟缭绕在屋顶的时候，总是很温暖。至少有一个老人，在炉子旁煮茶喝。后来住进了楼房，发现许多老人不习惯楼房生活，其实大多是因为没有这样一个炊烟袅袅的地方，做饭，吃茶，抽烟，串门。炊烟和自由散漫在一起，炊烟也和温暖亲近在一起。

许多假期，饥饿的时候从外面回来，第一眼，看见炊烟正从烟囱里冒出，力量大，颜色浓，就高兴起来。然后听见风箱刺啦刺啦的声音有力地响，鼻腔无比精准地捕捉味道，那种归属感就是前所未有的幸福。

后来大了，离家多年回故乡的时候，初冬了，树叶落尽，枝条稀疏，直刺灰蒙蒙的天。泥土色的房子，就像大地上长出来的一颗痣，只有炊烟泄露了秘密，传递了真诚。奔着炊烟，奔着那从炉筒子里冒出的热气，我们就回了家。推开门，父母都在，一路的劳累立刻就在炉子里的两颗烧熟的洋芋，或者小锅里煮的几颗冬果的爱抚里消解干净。把冻得像石头一样的脚使劲塞到父母的被窝里，父亲就咯咯地笑，忍受寒冷，然后抽烟，吐出一大口烟，笑着让母亲给炉子添上煤块，准备做饭。炊烟就冒出来，水汽也冒出来，热腾腾的。摸摸自己的脸，被冻得冷冰冰的地方开始暖过来，这样一次次，我们就变成和父母一样的"红二团"了。

那些炊烟，在我心灵的上空飘了许多年，我从来不曾觉得珍贵，它和日月星辰一样，该来的时候就来了。我更多的是抱怨路途的遥远和难走，也抱怨冬天的冷和夏天的酷热。炊烟的味道，始终淡淡的，淡淡的，缭绕在屋顶、树梢和我的头发上。

后来，我还是归去，故乡生生塞给我一段颓废的记忆。还是落日，还是杨花，还是老人们模糊的笑容。更加让人欣喜的是平整的水泥路面和路灯。可是，我不能怀抱群山，我也不能和路灯倾诉思念。屋子都在，炊烟全无，除了人们用电磁炉做饭的原因之外，还有十室九空的原因。人都如候鸟一样去了不同的地方，而故乡忠实地等待我们。我不敢轻易拍打任何一块门板，须电话联系好才可以。故乡还在，而那些古老的情愫无处可寻。

我现在想，当我向我的后辈说起炊烟的时候，该怎么解释？我又怎样给他说明，炊烟里，桃红柳绿的故乡那美丽的风景，曾包含着多少我挥之不去的记忆？那些记忆其实无关金钱和地位，无关学识和年龄，那和什么有关呢？想了很久，那应该是温暖和永远的怀念。

# 播种小麦、诗歌和爱的季节

书本就是田地。这个比喻并不新鲜。父辈说多了,就有些沉重了。今天我们做了父辈,需要说的时候,才觉得贴切。

它美不胜收,也深不可测。如果说,黄金屋、千钟粟、颜如玉带上了功利色彩的俗,那么"半亩方塘一鉴开,天光云影共徘徊,问渠哪得清如许,为有源头活水来"就把读书涤荡心灵的感受表现得纯真而美好。书与田,书与塘,那种唯美而透彻的关系也就诠释清楚了。

我很幸福,我有一个诗意的故乡,大气磅礴的山脉,禀赋了父辈大气、豪迈的性格。书田一体的生活,就是我生命的底色。我来不及说爱与不爱,就一头栽进这样的场景里。花香麦香,纸香墨香,濡染了我的性情。

多年以后,我依然无悔于这样的生活,尽管我不曾光耀门楣或者步入富贵。

我无悔,是因为左手抱着书本,右手拿着农具的生活给了我情感的张力和美的熏陶。

春天是播种的季节。爹和所有农民开始把土地打磨得平整而肥沃,松软的泥土,踩过之后就是深深的脚印,透出湿气。这样的土地刚刚好,其实土地首先种下去的就是脚印,爹的脚印,乡亲的脚印。所以多年以后我看见小麦依然觉得无比亲热,当然,我真的在诗歌里盼望脚印里能长出爹的胡须和味道来。爹的土地被耖耧耖过,就可以下种了。一行一行,爹的脚印踩在行子上,特别像读古文句读中的点号,斜斜地,断开连缀的行子。有小石头暗藏的地方,耧摇得快了,就有微微的弯曲。种完籽种之后,土地一块一块摊放着,像小学生翻好作业等老师欣赏和批阅。谁的好,谁的不好,一眼扫过,自有人飞红脸庞。

小麦田一般是六行,就套种两行玉米,隔一段再栽一棵果树。不久,小麦钻出来,长到二寸左右;玉米是秋庄稼,还在土里沉睡;果树花开过了,叶子绿得发亮。那时候心里没有忧伤,这田地分明就是欢歌的曲谱,五线谱啊!有果树的地方就是分节,爹在地里走来走去,黑黑的身影,好像在撩拨一些琴弦,靠近水口或者换趟留下的半段,简直就是弱起小节。不久,玉米出来了,长势很快,放二水的时候,高度就超过了小麦,茁壮的秆,宽大的叶子,像毛笔字一样润,醒目得颗颗可数,简直是给曲谱填上词。此时,麻雀成行地停栖在电线上,五行或者六行,叽叽喳喳地唱着,好像它们懂这一切。

然后拔草,打药,拣出燕麦。给玉米拥上化肥或者土肥,放一次水。大片的、厚厚的、立体的绿毡子,里面绣了同样绿色的花,那是果树。当然周围缺不了装饰。点上黄豆,或者麻子,像办黑板报时画的边。

当然,土地上播种的不只是小麦,还有瓜、土豆、胡麻。倘若是瓜,绝对不可能像大口吞咽小说那样粗放地大笔挥洒,它的种植需要像读诗一样细致琢磨。扒开沙土,铲子与沙子的交响细碎亲切,像絮语,像切切的情话。"沙拉,沙拉",泥土湿润的肤色裸露出来,一览无余,像一首解析开的小令。简单地铲软,放两颗瓜子进去,只能用手扒平,就好像把一些注释写在诗歌的某处,然后盖上沙土,并有意地堆出一条小棱,好像是在某个重点的地方做出标记。然后等待,像把诗句粘连在某种手法里体味、品尝。春雨、阳光和蜜蜂,向四面八方蔓延的藤,顶起淡黄的小花和缠绕的金色线圈,最终炫耀出绿皮黑纹的大西瓜来,如同诗意在心底荡漾开来。

这样的季节，其实我在读诗，我一直守着庄稼，拣去杂草。可我一直都没有懂。爹的瓜地啊，多少晨昏朝夕的殷勤风雨，青葱了我的读书岁月。

后来我去上师范，桃林深处，绯红的花朵云霞一样美丽。黑板上永远有黄色的油漆画的五线谱，顶头分别是高音、低音谱号。每天，我们都要龙飞凤舞地画那两个谱号。上音乐课，视唱练耳，必须要写谱子，来不及画"蝌蚪"的头，都用斜线打断五线，竖线连起，斜线横连，一曲歌就立体地出现。用眼睛阅读高高低低的旋律，鼻子里下意识地哼唱，脚小心地打着节拍，就好像看见麦田在风里高高低低的样子，就好像麦地风声恢宏的情缘。把仿宋体的歌词写进去，美丽端庄，古典精练，好像写进去某种情感："长亭外，古道边，芳草碧连天，晚风拂柳笛声残，夕阳山外山。"离别、相逢、友情、爱情都被我们吟唱，少年不识愁滋味，来不及做作。我们必须特别在意切分音的效果，三连音的时长以及各种节奏，忽略了在这样的一方田地里，我是不是如我的父亲一样把汗水挥洒。关于技巧，大多还是可以勤能补拙的。

又一个春天来了，我的土地还在。我的学生们如花似玉的脸上带着智慧的光芒。当走过一个一个关于种植小麦和其他的春天以后，我还是坚定地去，在他们的心上种下文明，然后等待拔节、开花、结果。等待我的色彩在另外一些生命里透出那么一点点，就像我的心脏今天透出的一定是大山的豪迈和博大，我的肩膀挑起的一定是风雨的急骤和湿冷，而我一定笑意盈盈，好像麦香穿透五月，直到我在时光里老透。

## 大墩峡，平静下来的繁华

黄河水在这个地方转了一个弯。两岸，庄户人的日子红红火火：树木成荫，果实累累；庄稼风吹浪起；集市沿街而设，大袋的核桃山一样逶迤延续；车流像一条河，河里的波浪却泛着金属的光芒。大河家，这个属于甘肃临夏的小镇，更像是青海省的地界，无数的白色顶帽云彩一样飘过，又云彩一样飘到茶马古道的村街里巷，山川沟岔。一种别样的风情悄然升起，那就是大墩峡。

本来就是大河家西边的一条深沟，也许，当年就是土司老爷的封地。放牧、采药、挖野菜、打野物……反正山大沟深，树林茂密。黝黑的铁岩和红锈的山土生死相依。积石峡在白云生处的黄河上游，大墩峡的出口就是一个叫大墩村的保安族山庄。那些山泉水，像试探水性的龙头，从山里腾云驾雾而来，与刚刚冲出积石峡的河水汇聚成一条居住在高原之上的长龙——黄河，所以，黄河最母性的鼻音，带了龙的钟灵，也带了山乡的温厚，清凌凌的波浪，有水晶一样的光和润，像不沾尘埃的从前。

逆流而上，来一次时间的穿越和高海拔的问候。我渴望找到一块山石，那儿必须有侏罗纪时代的信息。前世今生，生命轮回。我愿意是一株仙草，存在过。

买门票的地方人山人海，是所有节日、所有景点庸俗的繁华！感情的反感和理智的欢喜交织着。真的，只有众多的人，才可以举起一个景点。因此就有了一条玻璃栈道，虽然是人工景点，摇摇晃晃，但峡口两座山，终于牵了手，打破了寂寞。仰望天空的时候，那些小心翼翼走过栈道的人，都像雨前的蚂蚁，硬邦邦地挪过。等到我把自己交付给这些玻璃，把体重担在空明无所依的玻璃上，真有一种不确定的自信。半道上拍照，似乎白云就在脚下，两脚之间是空气，大地被剥离，灵魂有一刻钟的游离。这样的不真实迅速传染，好像筋骨和血液，甚至脑神经也可以抽出来。心跳加速，目光锁定对岸的青山，好像那里才有牢靠的把手。脱掉脚套从对岸下去的时候，忍不住叹道："会当凌绝顶，一览众山小。"

真正的大墩峡之旅才刚刚开始。

路在两山之间的松木台阶上，栏杆和扶手都是带皮的桦树干和榆树干钉成，垃圾桶都是柳条编的背篓——森林强大，自给自足！而背了货物的工作人员挥汗如雨地超越，让我感觉到了小镇人心头的渴望。

森林就在眼前。没有参天大树，许多旁逸斜出的枝干上，是朽黑的湿润的苔藓，树干又多关节，化石一样。更多的是楸树、李树、栎树，还有许多红桦和柏树，榆树都是小树，松树和白杨特别少。我疑心土质疏松，承受不了高大粗壮的树。果然在黑土和黑石相接的地方，有松树倒挂着，根须外露，绿叶葱茏。亿万年前的山泉冲刷而出，疏松的土和石块被送到峡口，从齐嶔嶔的垭口跌落，就是今天的瀑布。水流不是很大，但一直在冲刷，水路就从岩石上深深陷下去，所以保安族人说是"鸡腔子瀑布""注洼沟瀑布"。当然，也有坚强的石头悬出来，叫"碗架瀑布"，那是还没有开发出来的景点，我只看见了图画。

山石无语，泥土情深。曲曲折折的溪流，哗哗哗地一路笑过，风起的时候，山树应和。浓荫和阳光交叉演出，横枝不时地从脚下的木台阶里穿出来，或者横过额头，挑逗游客。中秋红黄的落叶，把黑色肤质的山土包裹起来，而长青乔木的绿，依然让人想到消夏的快乐。大汗淋漓的人坐在木台阶的两旁，水果宴多彩，野炊格外香。口渴了，有木质的水槽随意插在道旁山土上，上面有字："山泉水，可直饮。"有农夫山泉的味儿，还是冷藏的。饮足了山泉的各种小草钻出来，伴着各种藤条，牵牵绊绊地，像一张大网，盖着山体，那些躲在树空里的石头露出黑绿的苔藓。我很疑惑，前人是怎样找到一条不落石、不打滑的道路攀爬的？阴雨天，山里绝对是又湿又滑的。

有游客大失所望地从上面下来，好像山顶的风景对不起爬山的劳累。的确，一个小时的拾级而上，有几处不但来来回回之字形地迂回，而且又窄又险，我总担心承重的铁钎会把风化了的石头钉得粉身碎骨，而且旁边的提示语说："路险，不要久留！"这样战战兢兢地走过，看脚下深潭里的水沉静而阴郁，无所依凭的远古感觉和现代的刺激马上出现。

山顶之上，除了一个木制的三层小亭供人歇脚，一个柳条束成的小卖铺门口写着"备货不易，谢绝还价"之外什么都没有。可是我分明看见远处的山，在暖阳之下安详而寂寞。没有陡峭的峰，像极了保安族人脸上温和的笑。有一个山头的土，枫叶一样红艳，我想，那一定可以烧制成陶罐。忽然想起，除了花儿和保安腰刀，许家窑文化的标志陶罐雕塑，正耸立在积石山文化广场的中心。

一方水土养育一方人，这样的山水相依，富裕了越来越现代化的保安族人，也富裕了摩肩接踵的游客的心灵。

站在高山上，有人在大声喊叫，有人在拍照。我们这些人，分明也是挂在树上的风铃和马灯，而后来的人流，不正是逆流而上的青龙吗？大峡云雨苍茫，那些激动的泪珠就要落下。

回来的路上，看见卖纪念品的摊点，居然有红得彻底的线辣椒，在翠绿的把上穿起来，像金丝玉和翡翠的制品，的确可爱。但是我只买了核桃，两颗，在手心里把玩。我要把今天的光阴摩挲进去，直到它玲珑剔透，像某种隐喻。

大河家的街上堵车严重，有花儿传来："大河家街道里，牛拉车啊，唉！牛拉车啊！见上着妹妹着难场着呀，唉！难场着呀！"

可是，我喜欢这样艰难的局面，山山水水的钟灵，就需要这样的艰难。好像土地开花了，河流咆哮了，甚至是风流初始。这一幕平静下来的繁华啊！

## 西海的夜

300公里的车程，我最终停靠在西海。一路上，我听着刀郎那首著名的《西海情歌》。

黄昏时分的西海，被金银滩的草原托出来，遗世而独立，有一种超绝的孤独。远处草色苍茫，在高温下微黄。有羊群走过，它们看远方的眼神有些迷茫。西海，也如同这被放牧的羊群，停了下来。

所以西海有悲伤的情歌。

向晚的天色明静，湖水一样的蓝。

街上的人三三两两地回家了。街道是清寂的。有栏杆隔出的自行车道。到处都是骑兵营。

哦！自行车赛，让无数热爱运动的人朝圣一样地赶来。

西海，不再悲伤。路灯是清亮的，星星一样。我喜欢街巷、店铺的烟火气，足以赶走刀郎的悲伤。

树木葱茏，楼层不超过五层，方方正正地，像印在大地上的印章，有一种书法、绘画才有的闲适。果然，我看见石头上刻字的路牌，那份郑重其事，好像道路和单位、建筑都是永恒的。尤其是，我发现了王洛宾纪念馆。有一首歌，从心底冒出来："在那遥远的地方，有个好姑娘！"哦，好姑娘，幸福的姑娘，那甜蜜的皮鞭，是刀郎脸上刀割般的风！

西海，其实像一个赶路的人，歇歇脚，左手金银滩的过往，右胳膊伸向西宁、兰州以及更东方。

刀郎的忧郁，不是拂过草叶的风，刀郎的深情却叩打着心房。

西海，我忽然喜欢起来。安静的夜，安静的街道，车辆少，行人更少，二十四小时值班的医院，透出黄亮的灯光，长条椅上一个人都没有。原子街尽头，是流浪汉救助站。

和儿子走在路上，拎着买回来的小食品。我说："我们可以放下学业和考试，轻松一下。"儿子忽然说："妈妈，我以后在这个地方生活，可以吗？"我说："可以，只要有幸福。但是现在，我们的努力是为荣誉而战，每一天、每一年都过得不容易。这在西海，应该是一样的。"

西海，一定有她的温暖和幸福。今夜，她给我一夜安眠和金银滩朋友的问候。明天，我一定用自己的脚步亲吻街道，像亲吻自己稍纵即逝的过往。

# 闻　雪

看不见雪的时候，可以嗅到、听到。我有一颗雪做的心。

## 一、等雪

像春天必须有一场花事，人生必须有一场爱情一样，在北方，若没有雪，这个冬天就过得混沌、寂寞、不纯洁。我们有理由鄙弃它的干涩。

立冬之后，帷幕拉开，像开始长青春痘的男女，爱情出怀。找一场雪远比寻觅一场风情更容易。时光修路，脚印踩上。

可是雪没有来。

雪的兄弟们却随心所欲地来过：白露为霜，那清冽一定伤了早晨的叶子，像黄色泪痕，黯然销魂。淡雾来了，像巫师的袍，翠了山岚，迷了河津，生死相依的，是凋零的花瓣和倔强的蕊。秋霜沉甸甸地压下来，一张网，一张封条。乔木卸下重负，灌木打开自己，只有苔藓充耳不闻，老道的野菊花宠辱不惊，一脸铁骨铮铮的金色。风开始左冲右突，打听所有门道，好在天下的墙都能透过，所以带冬天的口信出去，也有几分诚意。

终于到了小雪。小雪落雪是一个象征。太阳羞红的脸还没有藏进云彩里，就有一些雪花毫无理由地飘下来。有人惊奇地说："哦！下雪了！"更多的人不相信，待抬起头，雪已停，窗台上有几瓣白色的、薄如蝉翼的东西,忍不住说:"哦,下雪了!"这口吻让人多少有些不爽。有人说刚才像天上飞过纸屑,会不会是撕碎的信笺;有人说就是一些盐粒;有人说夹杂着雨;有人说是被风吹着,来来回回欲说还休,犹犹豫豫地才落到地上;也有人说这雪"连一鸡爪子都没有",所以绝对没有人拿"飞絮扬花""种玉碎琼"来形容。

这样的模糊不清简直像初次的投石问路,这样的模棱两可像第一回合的有意拖延。我们被雪玩了。

有人拍了照片,说他们那儿下雪了。真的,在松树上,又开了一嘟噜一嘟噜的花,像白色羽毛一样,草叶儿蒙头蒙脑地支棱着一碟子的奶油。傻开到最后的花,没有等到蜜蜂,初吻就被灌了冰……最是野果风骚,刚刚红透的脸蛋,被裹了半件婚纱,绝对是美美的新娘。

唉,这样的消息总是让人欣喜之后又有些丧气,新娘是别人家的,爱情是情敌的。我们倒是愿意听见别人在冷得伤肺的空气里"嘶嘶"地吸鼻子,"稀里索罗"地搓搓手,冲锋衣"哗啦啦"地走过去,当然他们一定也是"扑哧扑哧"地踩到雪里的。

等雪比等爱情更加寂寞。爱情可以制造浪漫。

好想念去年雪后的浪漫。年年岁岁雪相似,可是去年的雪呢?这一问,一定让人荡气回肠,声吞泪流。

可是突然就有人说外面下雪了。看时却没有,静悄悄的,什么都没有。一阵心冷,一阵手冷,一阵一阵冷过,忽然就闻见土的腥味。一定是雪,被风带着,在地上打了几个水漂,削起的泥味儿,悄悄来报信。闻到雪了。雪的队列一定快到了,此刻在西伯利亚,在天山山脉,在河西走廊,在黄河石林,在九万米的高空,在我心里。

我收拾东西回家,脚步碰撞的地面更加硬朗。呵呵,明天要大包大揽起万千天兵天将,今天就开始当精致的瓷器,莹莹地发了一点光亮。有更犀利的空气进入鼻腔,像冰般晶莹和通透。额头荒凉,像猝不及防的初恋的吻。

雪来了。夜来了。听雪的时间来了。

我和灯光被关在小屋里。城市的阳台没有诗意，想起无数听雪的过去。

夜晚，我们听见北方吼，吼，吼。停了以后，大雪开始下，下，下。

停了狗吠，连关不紧的门的哐啷声都渐渐没了，大雪像消音器，把所有杂乱的声音都吸纳进去，所以第二天看上去多少有些臃肿，不过，我还是喜欢。

我们一定要在这时候把炉子烧旺，火舌一遍一遍舔着炉子，茶壶里的水高歌浅唱，我们都可以感动——有多少寒冷，就有多少温暖，雪花和火苗都是我们的节目。

听雪的时候听故事，童话和王子；听憧憬，浪漫和邀请。

相同的是，城市的街道渐渐安静，霓虹灯给雪披上洋装，我不敢保证雪快不快乐。

夜深了，雪来了，明天的欣喜，一定是脱胎换骨的那一种。世界被人们用旧了，雪把它们重新恢复当初的纯洁和简单，然后重新整理了一遍。因此我们趔趔趄趄地两步碎成五步走，还挤出六边形的笑容问好。

下雪，真好，百闻不如一见。

## 二、雪后九寨

经过松潘，车加了防滑链，细碎的冰凌和防滑标志，让我们屏气凝神，但我们还是决定冒着初冬的雪，去看看九寨。五彩的九寨，我不信雪花不能遮掉色彩，不死心地来。我找的宁静，有吗？

雪花来过，九寨清寂，水域清浚，空气湿冷醒肺。森林和海子竞相争艳，流水共枝叶一起碧绿的光景不在了。有琼枝玉叶，有衰黄浅红，也有久绿转蓝的花草树木，这些都可以省略，九寨，有海子就够了。

在诺日朗游客中心，我们乘坐旅游大巴，以往可以坐到原始森林的，现在只能到五色海，也好。好在雪下得漫不经心，从浓重的绿色里挣脱出来的树木，被粉雪一扑，居然有淡淡的紫雾了，夹在常青的松树中间，背后和前面都是蓝色的天空和海子。长海是银练，沉静下来，多少有些深沉的味道，可是倒影和反光总会玩弄明暗，微风吹拂，碎银和绿玛瑙，变幻无穷地扑入眼帘。薄薄的积雪撒在树下草滩上，给长海镶了一道边，如同美女的银色眼线，顿时明眸善睐了。路边草木的颜色浅淡起来。初冬，薄雪，浅雾，流霜，像电影片的虚化，也像仙山了。

诺日朗瀑布甚为壮观，水势浩大，从密林里一路奔跑，在平直的崖顶被分成许多绺挂出来，恰如白丝线正被纺成，并源源不断地垂下来。

芦苇海是不让下车参观的。蒲草黄了，海子绿了，比夏天更迷人。雪儿随风飘过，芦苇轻轻摇摆，倒影像开合自然的剪刀，光色和雪花不断被剪去、融化。

五花海是九寨沟的明星。来则查洼沟，是想再次找到它的多色。可是它比地震前逊色多了，那些碧蓝、金黄、浅紫，都梦一般地浅了，小小的雪花，挑逗着小波浪，转眼就被吞噬了。四周的树木都升起了云雾的旗帜，卫拱着，还真是女王啊。五色海底是钙化的山石，有不同比例的金属物质，水中折射的光芒，自然谜一样地颜色不一。

下一个目标是珍珠海。在山石撒过的慢坡上，水被摊成薄薄的一层，无数珍珠一样的水珠不断溅起，形成一层珠子的罩子，哗哗的水声像山神的笑声，不得不叹服大自然的神奇了。随着山势，水流继续分散，最终从悬崖上跌落下去，就是珍珠湖瀑布。水从山体滑坡的巨石间流过，不断被斜下方的石头激起，水花细碎，琼珠碎金般，却偏偏有树木见缝插针地长出，全然没有一般瀑布的冷峻了。珍珠滩瀑布是一个群落，不依不饶地四面开花，散漫，率性，像山的翅膀一样，随意拍拍就风景万千了。

九寨的海子太多了，据说有 100 多个。海子的色彩，在冬天的雪后初晴，美而光亮。许多游人在《西游记》拍摄地和装扮好的猪八戒、孙悟空合影。

我们回到了诺日朗游客中心。回味海子独特的美丽，水面风平浪静，远山倒影清晰，滩涂水漫温柔，堤岸蜿蜒绵亘，空气清冽，阳光晶亮，岸边枯草金黄欲燃，山中树木苍翠，都有不可言说的美好。

# 山水辞

陈美霞

游历山水，于我们而言，是生活的一个小结。我们不过是凡人，守一座城终老，请远方入梦。

在禅意的山高水长里阅读人生。

有多久的人生就有多少磨难。金戈铁马、沙场点兵，或许就是默默清点办公桌上的文件和合作者的眼神。已经无须小心翼翼，还是在意所得所失。短暂忘记，是良药。远山和涛声，波波折折一路向前。这一路读过的山重水复就是劝解和讲和。波峰浪谷和峰峦叠嶂是大地的宿命。恣意放纵的一刻，一定有委屈的昨日。青山的祖先是火山，瀑布压住悬崖，险滩有珍珠一样的水幕衣裙，长路有永久的寂寞，大海的漂泊在永恒。至于我们，沧海一粟，能让眼睛幸福，也一定让脚步辛苦。

刻意的获取提醒平静和幸福。

什么样的山路最难走？哪一个季节最难熬？何处的迷雾最奇幻？何地的日出最难忘？我们居住的钢筋水泥建筑永远沉默。带上出行的全部家当和去远方的心情，从秋雾的迷离中醒来。我们必须邂逅鸟鸣花香，亭台楼榭的高低冥迷，以及山川大河的奇伟绚丽。没有设定的路程叫未知。告诉自己，田园风光不只是苍翠美丽，还有劳作和汗水；提醒自己，险阻的奇伟必须伴有攀爬的苦难。幸福有时候是平静，但平静不是平庸。

诗意的花红叶绿是一杯今日佳酿。

拒绝一朵花的诱惑，是心灵的残忍。在二月"玫瑰"的叫卖声音里，在南方，彩云之下，和一只蜜蜂悄悄甜蜜。我们的甜，从来都是眼睛的获取。苍苍古木是一把伞，一座移动的房子，山水相邀的时候，把家带上。植物永远是亲人，从一片叶子的熟悉味道里，找寻回到往昔的路径。不是因为苍老，而是因为阅历。薄荷茶、玫瑰饼、桔梗汤、莲子羹、桑烟香、柏树苍，我们走出自己的故乡，在一片叶子的蝉声里沉醉。一朵杏花相思的红颜，澎湃了心灵的海洋。

随遇而安是在另一种生活里悄悄停顿。

放下节奏，把自己变成路边一株白杨，来来往往的人间风景都是远方。而我们行走的步伐，点破了山水的寂寞。不需要阅尽周遭。选一朵花，说出某个季节的密语，已经是通灵的了悟。我们阅读的书本里，没有书写。贫穷和富贵，都是一粒蒲公英的种子。在风里，我们抛洒自己，凤凰的翅膀上闪着岁月馈赠的夏日晨光。灵动的心，跳动的情，在岁月里变成另外一种回味。把远方请到相册里，是充盈生命的方式。文字里的定格、感恩和感动，温热素日的苍凉。

天意难违的相聚是另一场风花雪月。

一直在路上，一直需要互相陪伴和帮助，也一直在与对手竞争之后把酒言欢。你好，那些熟悉或者陌生的笑脸。这一路的波澜无关粮食，只与月亮、笑意和前方有联系。置换锅碗瓢盆的琐屑，品诗酒歌赋，闻南腔北调。有一种素常可以叫新奇，有一种居住叫投宿，有一种交谈叫风情。从北方来，看南方物。一杯清茶、一餐便饭都有别样的香气。端来杯盘碗碟的双手，吐露地方风俗的双唇，陪一段时间，佩一时心境，风月美丽，情怀不老。

深意的他乡明月洒落难忘的故乡清辉。

走过千山万水，走不出千里婵娟，看过人情冷暖，忘不了牵挂故乡。

长亭外古道边，铁轨旁的小集镇，市场上带着露水的叫卖声。有人的脚印里带有田泥的湿润；有父子从山中来，背负肩扛着野味的新鲜。在他乡，时时发现故乡。故乡是回不去的过去，放不下的梦乡。柳梢头的黄昏，红泥炉的夜晚，黄叶树的细雨，中秋夜的碧空。我们为了离别故乡把自己丢了。走过莽原，我们放牧自己把故乡捡回。有时候的流泪不是伤心，一首歌、一种味道，甚至一种月色，在他乡生生勾出一个秋天的故乡。

执意的爱情凝聚着心意的安放。

为一只蜜蜂驻足的那一刻，把一首诗放在心间。在丽江，为一座庭院的美丽，放弃了一次航班。这样美丽的情缘，密密麻麻挂在心间。一路上的风景，美丽得用尽所有色彩都难以描画。在路上的心情，有诗歌的美丽，小说的情节。不需要排练的一出戏早已经上演。我们采不下云霞的时候就写下诗行，放弃修辞，把山水放在字里行间，把当初的感动送给未来的回忆。

这个三月注定会是记忆里的浓墨重彩，一个伟大的民族再一次战胜了危机。一个戴着口罩的冬天过去了，花红柳绿的春天来了。感动和泪水都让我们记忆深刻。一卷记录生活游历片段的册子，让心情美丽。感谢山水，感谢命运，感谢文字。